mtb

Der Preis dieses Bandes versteht sich einschließlich
der gesetzlichen Mehrwertsteuer.

Umwelthinweis:
Dieses Buch wurde auf chlor- und säurefreiem Papier gedruckt.

Linda Lael Miller

Bliss County – (K)ein Mann zum Heiraten

Roman

Aus dem Amerikanischen von
Christian Trautmann

mtb

MIRA® TASCHENBUCH
Band 25855
1. Auflage: September 2015

MIRA® TASCHENBÜCHER
erscheinen in der HarperCollins Germany GmbH,
Valentinskamp 24, 20354 Hamburg
Geschäftsführer: Thomas Beckmann

Deutsche Erstveröffentlichung

Titel der nordamerikanischen Originalausgabe:
The Marriage Charm

erschienen bei: HQN Books, Toronto

Published by arrangement with
Harlequin Enterprises II, B.V./S.á.r.l

Konzeption/Reihengestaltung: fredebold&partner GmbH, Köln
Umschlaggestaltung: pecher und soiron, Köln
Redaktion: Mareike Müller
Titelabbildung: Harlequin Enterprises II B.V./S.àr.l
Autorenfoto: © Harlequin Enterprises S.A., Schweiz, John Hall Photography
Satz: GGP Media GmbH, Pößneck
Druck und Bindearbeiten: CPI books GmbH, Leck – Germany
Printed in Germany
Dieses Buch wurde auf FSC®-zertifiziertem Papier gedruckt.
ISBN 978-3-95649-205-1

www.mira-taschenbuch.de

Liebe Leserin, lieber Leser,

ich möchte Sie willkommen zurück in Bliss County, Wyoming, heißen! Mustang Creek, Herz dieses Countys, ist die Art von Kleinstadt, die auf Leute eine magische Anziehungskraft ausübt – mit Freunden und Nachbarn, wie wir alle sie uns wünschen. Und, wie die meisten Städte in Wyoming, ist sie umgeben von einer der schönsten Landschaften überhaupt. Die Berge und Wälder und Flüsse in Wyoming sind immer noch sauber, wild und majestätisch. Es ist eine Landschaft, die ihre Bewohner prägt und ein Teil von ihnen ist.

Das gilt auch für die Charaktere in dieser Trilogie. In *Bliss County – Der Hochzeitspakt* lernen wir drei Freundinnen kennen: Hadleigh, Becca – als Bex bekannt – und Melody. Im Lauf ihrer drei Geschichten findet jede der Frauen den Mann, der für sie bestimmt ist. In den ersten beiden Romanen haben die Frauen eine Vorgeschichte mit den jeweiligen Männern, die es ihnen nicht unbedingt leichter macht, zueinanderzufinden. Für Hadleigh ist dieser Mann Tripp Galloway, für Melody Spencer Hogan. Was Bex angeht, müssen Sie sich noch gedulden!

Der Westen der USA und Liebesgeschichten sind zwei meiner Steckenpferde, besonders wenn ich beide miteinander verbinden kann. Freundschaft, der ich in allen drei Romances nachspüre, ist ein weiteres Thema. Unnötig zu erwähnen, dass Tiere im Leben meiner Protagonisten – und in meinem sowie möglicherweise Ihrem auch – eine wichtige Rolle spielen. Es gibt nichts Vergleichbares zur bedingungslosen Liebe eines Tieres. Ihr werdet das bei Spence und seinem Hund Harley ebenso feststellen wie bei seinem Pferd Reb. Ebenso bei Melody mit ihren Katzen Ralph, Waldo und Emerson. Keine meiner Heldinnen und Helden wäre so, wie sie oder er ist, ohne die Tiere, mit denen sie Haus und Leben teilen.

Oh, ich sollte erwähnen, dass ich mich außerdem für Kunst im Allgemeinen und Schmuck im Besonderen interessiere. Ich bin selbst künstlerisch tätig – genau wie Melody. Neben vielen anderen Dingen stellt Melody die Glücksanhänger her, die an den Hochzeitspakt der drei Freundinnen aus dem ersten Roman erinnern.

Ich hoffe, Ihnen gefällt Melodys Geschichte, in der sie merkt, dass sie mit Spence Hogan von Anfang an richtiglag. Spence ist der Polizeichef von Mustang Creek, und er verkörpert alles Bewundernswerte an den Männern und Frauen, die uns beschützen.

Bitte besuchen Sie meine Website www.LindaLaelMiller.com, um sich über Vorankündigungen meiner Bücher zu informieren, meinen Blog zu lesen und, natürlich, um einen Kommentar zu schreiben.

Und jetzt viel Spaß beim Lesen! Und glückliche Pfade! (Das wird im Laufe des Buchs einen Sinn ergeben …)

In Liebe,

Linda Lael Miller

Für Bill Francis und Renae Kinsey,
zwei der besten Freunde, die ich je hatte,
in Liebe und Dankbarkeit

1. KAPITEL

Nach der Hochzeit …

Nachdem die meisten seiner Pflichten als Trauzeuge seines Freundes Tripp erledigt waren, stahl Spencer „Spence“ Hogan sich von der Hochzeitsfeier im Versammlungszimmer der öffentlichen Bibliothek davon. Braut und Bräutigam waren kurz zuvor verschwunden, vor Glück strahlend und verständlicherweise ungeduldig, endlich in die Flitterwochen starten zu können.

Bis zur Polizeistation dauerte es fünf Minuten. Dort ging Spencer durch den kleinen Eingangsflur, wobei er Junie McFarlane von der zweiten Schicht in der Funkzentrale nur kurz zunickte, ebenso wie den beiden mit ihr plaudernden, diensthabenden Beamten.

In seinem bescheidenen Büro tauschte er eilig den geliehenen Smoking und die polierten Schuhe gegen seine ausgewaschene Jeans, ein blaues Baumwollhemd und seine Alltagsstiefel, die er hier deponiert hatte. Er nahm seinen Hut vom Haken neben der Tür, setzte ihn auf und seufzte erleichtert. Endlich fühlte er sich wieder ganz wie er selbst und nicht mehr wie ein dressierter Affe.

Nachdem er wieder vorn war, verschaffte er sich einen Überblick über die Lage.

Die Deputys Nick Estes und Moe Radner, die gerade keinen Fall bearbeiteten, dafür allerdings eine erstklassige Arbeitsmoral ausstrahlten, saßen an ihren Schreibtischen. Beide waren Berufsanfänger, ihre Haare stoppelkurz, die Uniformen so gestärkt, dass die Faltkanten noch zu sehen waren, die Polizeimarken auf Hochglanz poliert.

Junie schaute zu Spence und lächelte. Sie war noch diesseits der vierzig und hübsch wie eine Countrymusik-Göttin. Glücklicherweise verzichtete sie weitgehend auf Make-up, zumindest wenn sie im Dienst war. Die aufwendige Frisur, falschen Wimpern, hautenge Jeans und Strasssteine sparte sie sich für die freien Abende auf. „Wie war die Hochzeit, Chief?“, erkundigte sie sich, wobei ihre grünen Augen funkelten. „Hat Hadleigh Stevens es diesmal geschafft, zu heiraten, oder ist wieder einer aufgetaucht und hat die Veranstaltung gesprengt?“

Genau wie Spence war Junie bei jener anderen Feier damals dabei gewesen, die inzwischen eine lokale Legende war wie der Bankraub von 1984 und der Zeit irgendwann in den 1950ern, als Elvis Presley und seine Entourage in einem Konvoi aus Limousinen auf dem Weg nach Yellowstone durch den Ort gerauscht war.

Leise lachte Spence. „Ja“, bestätigte er und erinnerte sich an die Beinahe-Hochzeit vor zehn Jahren. Tripp Galloway war es gewesen, der die naive, achtzehnjährige, bildhübsche Braut Hadleigh gerettet hatte – wenn auch gegen ihren heftigen Protest. Der sitzen gelassene Bräutigam war die Personifizierung des Mr Wrong gewesen, auch bekannt als Oakley Smyth.

Tripp war damals entschlossen in die kleine Kirche aus rotem Backstein marschiert, unmittelbar vor dem Jawort, und hatte ruhig verkündet, er könne tatsächlich einen triftigen Grund nennen, weshalb die zwei nicht in den heiligen Stand der Ehe treten dürften.

Verständlicherweise hatte Hadleigh seine Einmischung nicht gut aufgenommen; genauer gesagt kriegte sie einen erstklassigen Wutanfall und schlug mit ihrem Brautstrauß auf ihn ein, dass die Blütenblätter nur so umherflogen.

Da er ihr nicht mit Vernunft beikommen konnte, warf Tripp sich die Braut schließlich kurzerhand über die Schulter wie einen Futtersack und trug sie aus dem Gotteshaus.

An diesem Punkt der Ereignisse war Hadleighs Protest beachtlich eskaliert – sie trat, zappelte und schrie den ganzen Weg hinaus über. Dessen dürfte sie sich in der hellen Aufregung nicht bewusst gewesen sein.

Trotz Hadleighs Gekreische mischte sich niemand ein – weder der Reverend noch Alice Stevens, Hadleighs Großmutter und letzte lebende Verwandte, noch die verblüfften, dicht gedrängt in den Kirchenbänken sitzenden Gäste. Niemand rührte sich, und niemand sagte etwas.

Das war eigenartig angesichts der Dynamik von Kleinstädten im Allgemeinen und Mustang Creeks im Besonderen. Dort zögerten die Menschen für gewöhnlich nicht, einzuschreiten, wenn es Krawall gab, so wie die Bewohner von Großstädten es manchmal machen. Nein, die Leute vom Land waren Farmer und Cowboys, Zimmermänner und Elektriker, Trucker und Automechaniker, die sich einmischten und notfalls kämpften. Auch die Frauen konnten ziemlich wütend werden, mit oder ohne das Wissen um die Unterstützung ihrer Männer, allein oder gemeinsam.

Diesmal jedoch sahen alle nur tatenlos zu, Männer wie Frauen, während Hadleigh brüllte, sie werde „entführt, verdammt noch mal!"

Schließlich, so lautete hinterher die einhellige Meinung, handelte es sich bei Tripp nicht um einen Fremden mit dubiosen Absichten. Genau wie die empörte Braut, die er sich über die Schulter geworfen hatte, war auch er einer von ihnen, ein hart arbeitender Mann, durch und durch anständig – vielleicht ein bisschen wild in der Jugend und kein sonderlich pflichtbewusster Kirchgänger.

Er hatte seinem Land gedient, ehrenhaft, noch dazu in Kriegszeiten. An Orten wie Mustang Creek zählte so etwas.

Oakley hingegen, ebenfalls aus dem Ort und aus einer prominenten Familie stammend, hatte nie großen Ehrgeiz an den Tag gelegt, während des gesamten Studiums Party gemacht und sich den Ruf erworben, stets den leichtesten Weg zu gehen.

Man verabscheute ihn nicht, geschätzt wurde er allerdings deswegen noch lange nicht.

Die Einheimischen fragten sich höchstens, was ein hübsches und intelligentes Mädchen wie Hadleigh Stevens an diesem Kerl fand. Sie hätte jeden haben können.

An diesem Punkt seiner Erinnerung holte Junie Spence zurück ins Hier und Jetzt mit einem leisen, wehmütigen „Ist das nicht romantisch? Wie Tripp und Hadleigh doch noch zusammengekommen sind, trotz der Ereignisse von damals …“

Spence rückte seinen Hut zurecht und erwiderte skeptisch: „Romantisch?“ Allein das Wort zu hören, ganz zu schweigen davon, es laut auszusprechen, machte ihn leicht nervös, auch wenn er das nicht zugegeben hätte. Natürlich freute er sich für die Frischvermählten – Tripp und Hadleigh wollten wirklich den Rest ihres Lebens gemeinsam verbringen und waren ganz offensichtlich füreinander bestimmt. Sie waren auf getrennten, langen und meist einsamen Pfaden gewandert, ehe ihre Wege sich endlich erneut kreuzten. Und nach einigem Hin und Her beschlossen sie, die Art von Beziehung zu führen, die praktisch jedem Sturm standhielt.

Wenn jemand ein Happy End verdient hatte, dann diese beiden.

Doch Spence’ Ansicht nach waren Tripp und Hadleigh eher die Ausnahme, nicht die Regel. Er fühlte das, was er immer empfand, wenn ein Freund heiratete – eine gewisse bittersüße Erleichterung darüber, dass er nicht der Bräutigam war und vor Gott und aller Welt schwören musste, durchzuhalten, in guten wie in schlechten Zeiten und so weiter.

Wenn es die „guten Zeiten“ gab, fabelhaft. Her mit dem Haus und dem weißen Gartenzäunchen, dem regelmäßigen Sex und der Kinderschar, die für gewöhnlich folgte.

Doch was, wenn die „schlechten Zeiten“ anbrachen? Die Statistiken belegten eindeutig, dass die Chancen für eine gute

Ehe fünfzig zu fünfzig standen. Spence vertrat die Auffassung, dass man am besten frühzeitig Heartbreak Hotel buchen sollte. Dann konnte man wenigstens irgendwohin, wenn das Feuer der Liebe erloschen war und der Ärger so richtig losbrach.

Bitte ein Einzelzimmer auf unbestimmte Zeit.

Er mochte Frauen und versteckte das auch nicht. Doch sein Ruf hatte sich verselbstständigt, denn länger als ein oder zwei Dates hielt er nicht durch. Dafür gab es Gründe, genau genommen einen Grund, und der hatte einen Namen. Aber wen ging das überhaupt etwas an?

In Herzensangelegenheiten ganz klar kein Optimist, machte Spence um jede engere Bindung einen großen Bogen, solange es möglich war. Man hielt ihn für einen Womanizer, sogar für einen Schürzenjäger, und wenn diese Wahrnehmung nicht ganz mit den Tatsachen übereinstimmte, so war es das halt. Niemand musste die Seite an ihm kennen, die er sorgsam verbarg – oder wissen, dass er praktisch unfähig war, ein Versprechen zu brechen, egal, als wie dumm es sich im Lauf der Zeit erweisen würde. Was auch geschehen mochte, er würde – *konnte* – nicht derjenige sein, der resignierte.

Sein Vater hatte die Familie verlassen, als es Schwierigkeiten gab, und in die Fußstapfen dieses Mannes zu treten, war das Letzte, was Spence wollte. Gegen die DNA von Judd Hogan konnte er nichts tun, doch alles andere war eine Frage der eigenen Entscheidung.

Wenn die Frau, die er heiratete, eines Tages die Scheidung wollte, würde er nicht versuchen, es ihr auszureden, oder sie gar unter Druck setzen. Aber er wäre viel sturer, wenn er den ersten Schritt dafür machen sollte. Nicht nur das, ihm war tief im Innern klar, dass er sich wie ein Feigling fühlen würde, sollte er jemanden in Zugzwang bringen.

Er war beinah dankbar, dass Junie ihn erneut aus seinen Gedanken riss. Sanft berührte sie ihn am Arm, und in ihren Augen lag ein verschmitzter Ausdruck, der verriet, dass sie ihn durchschaut hatte.

„Was?", fragte Spence gereizter, als er eigentlich war, wobei er darauf achtete, nicht zu laut zu sprechen. Auf der anderen Seite des Raumes saßen Estes und Radner über ihren Tastaturen und tippten fleißig vor sich hin. Spence vermutete, dass sie irgendwelche Computer-Ballerspiele spielten oder ihre Profile auf irgendeiner Social-Media-Website aktualisierten, statt Fahndungsaufrufe oder sonstige, für den engagierten Deputy interessante Informationen zu lesen, wie sie ihn zweifellos glauben lassen wollten.

Das hieß allerdings nicht, dass sie ihre Ohren nicht spitzten, während er sich hier mit Junie unterhielt. Bestimmt hofften sie darauf, ein bisschen Klatsch aufzuschnappen, den sie zu Hause an ihre schwatzhaften jungen Frauen weitergeben konnten. Obwohl nichts dran war an den Gerüchten, dass er und Junie seit Jahren eine On/Off-Affäre hätten, kursierten sie eben dennoch.

Junies Grinsen wurde geradezu hinterhältig. Spence und sie waren schon befreundet gewesen, lange bevor sie Kollegen wurden, darum wusste sie meistens genau, was in ihm vorging. Und sie erinnerte ihn gern daran.

Freunde waren sie geworden, als Spence' Mutter ihn mit neun Jahren bei ihrer Schwägerin absetzte und laut verkündete, genug sei genug und sie habe die Nase voll davon, Mutter zu sein, Verantwortung zu tragen, Entscheidungen zu treffen und ständig Opfer zu bringen. Schluss, aus, vorbei.

Kathy Hogan war nie mehr dieselbe gewesen, nachdem Spence' Vater sie wegen einer anderen verlassen hatte, einer Jüngeren und Dünneren natürlich. Die Wahrheit lautete jedoch, dass seine Mom schon vor der Scheidung nicht gerade der fürsorgliche Typ gewesen war. Zu ihren Gunsten sprach, dass Kathy ein paar halbherzige Versuche unternommen hatte, ihren Elternpflichten gerecht zu werden. Nachdem sie Spence bei seiner Tante Libby abgeliefert hatte, tauchte sie unregelmäßig auf, um ihren Sohn abzuholen, „heim“ nach Virginia, gegen seinen und Libbys Protest. Allerdings strahlte sie nie etwas Warmherziges bei ihren ungeduldigen Bemühungen aus, und früher oder später landete Spence stets wieder in Mustang Creek.

Als Judd und seine neue Frau bei einem Bootsunfall drei Jahre nach ihrer Heirat ums Leben kamen, starb ganz offensichtlich etwas in Spence' Mom mit ihnen. Auf Libbys Beharren hin hörte sie auf, ihren Sohn ständig von einem Ort zum anderen zu schleppen, was der einzige Lichtblick in dieser ansonsten ziemlich dunklen Zeit war.

Seufzend verdrängte er die Erinnerungen an jene erste Trennung seines Lebens, obwohl ihm bewusst war, dass sie mit Macht zurückkehren würden. Sobald er glaubte, es bewältigt zu haben, überwältigte ihn das ganze traurige Szenario wieder.

Wären Libby, die älteste Schwester seines Vaters, und Junie nicht gewesen, die in der Nähe wohnte und sich selbst zu Spence' neuer besten Freundin ernannte, wäre er als Teenager wohl einfach davongelaufen. Es war nicht so, dass er nie daran gedacht hätte.

Das Resultat: Er zweifelte an der Ehe. Er mochte Frauen, keine Frage, aber möglicherweise hatte sein Vertrauen in sie mehr als nur ein bisschen gelitten.

Ach wirklich?

Er bemühte sich um einen entschlossen wirkenden Gesichtsausdruck, ehe er Junies herausforderndem Blick begegnete. „Ich haue ab“, erklärte er brummig. „Falls du mich brauchst – und sorg dafür, dass das nicht passiert –, ich bin drüben im Moose Jaw. Danach will ich nach Hause, aufräumen, mir etwas zu essen machen und schlafen, bis ich verdammt noch mal wieder Lust zum Aufstehen habe.“ Er wandte sich ab, rückte seinen Hut ein weiteres Mal zurecht und blieb lange genug stehen, um die beiden Deputys zu ermahnen. „Da draußen gibt es eine Stadt", rief er ihnen ins Gedächtnis und deutete vage in die Richtung. „Wenn ihr es also irgendwo in eurem engen Zeitplan unterbringen könntet, Streife zu fahren, würde ich eure Bemühungen wirklich zu schätzen wissen. Die Steuerzahler übrigens auch. Wir hatten in letzter Zeit diese Einbrüche. Ich denke, ein wenig Präsenz zu zeigen wäre nicht schlecht."

Radner und Estes erröteten, sprangen auf, schnappten sich Schlüssel und Ausrüstung und eilten zum Ausgang. Sie riefen im Chor „Jawohl, Sir" und fielen beinah in ihrer Hast übereinander, hinauszueilen und die Wahrheit, die Gerechtigkeit und den amerikanischen Traum zu schützen.

Im Nu waren sie verschwunden, was Spence ganz recht war, zumindest meistens.

„Du hast Spaß daran, den beiden armen Jungs dabei zuzuschauen, wie sie wie zwei Idioten herumstolpern", bemerkte Junie amüsiert, jetzt wieder an ihrem Platz hinter dem Schreibtisch.

„Ja", gestand er. „Stimmt. Wahrscheinlich steigt mir die Macht zu Kopf." Nach einer kurzen Pause fügte er hinzu: „Wir sehen uns."

Normalerweise ließ Junie einen von ihren Sprüchen hören, diesmal allerdings läutete das Telefon, darum sagte sie nur beiläufig: „Ja, bis dann", ehe sie in nüchternem Ton fragte: „Mustang Creek Police Department. Was kann ich für Sie tun?"

Spence wartete nicht, bis Junie das Gespräch beendete hatte und ihm eine Zusammenfassung davon gab, da ihm alles, was er wissen musste, per Handy mitgeteilt werden konnte oder durch das topmoderne Kommunikationssystem in seinem Pick-up. Echte Notfälle waren glücklicherweise selten in dieser Gegend. Die meisten Anrufe kamen wegen hilfloser Katzen, seltsamen Geräuschen aus dem Keller oder vom Dachboden, kleineren Blechschäden, rücksichtslosen Nachbarn, die jemandes Einfahrt blockierten oder die Musik zu laut aufgedreht hatten. Gelegentlich klagten Eltern über Teenager, die schon seit Stunden zu Hause sein sollten und nicht auftauchten. Die diensthabenden Beamten sollten in der Lage sein, jedes dieser gewöhnlichen Probleme zu lösen.

Diese Einbrüche jedoch machten Spence zu schaffen. Das war definitiv nicht üblich in ihrer ruhigen kleinen Stadt. Es beunruhigte ihn, dass die Diebe genau zu wissen schienen, wohin sie gehen mussten. Auf dem Parkplatz vor dem Polizeirevier fuhren besagte Deputys in den schicken SUVs – Eigentum der Stadt – los, der eine in östlicher Richtung, der andere in westlicher.

Spence grinste. Vor sechs Monaten hatte er Estes und Radner persönlich aus einer ganzen Schar Bewerber frisch von der Akademie ausgesucht, nachdem der Bürgermeister und der Stadtrat sein Budget erhöht hatten. Die zwei sind gute Cops, dachte er, als er vor seinem blauen Pick-up mit erweiterter Passagierkabine stand. Und sie würden mit der Zeit und mit mehr Erfahrung immer besser werden. Auf jeden Fall hatten sie das Zeug dazu.

Er stieg in seinen Wagen, ließ den Motor an und blickte reumütig auf das blau schimmernde Display im Armaturenbrett. Danach machte er sich auf den Weg zu Moose Jaw Tavern am Rande der Stadt. Viel lieber wäre er nach Hause gefahren, damit er die noch zu schaffende Arbeit erledigen und anschließend ins Bett fallen konnte. Schließlich hatte er offiziell für den Rest der Woche frei, und er hatte sich ein wenig Erholung verdient.

Aber da er Trauzeuge war, legte man auf sein Erscheinen auf der Feier nach dem offiziellen Hochzeitsempfang Wert, egal, wie kurz es sein mochte. Spence wusste, dass Tripp es ihm verziehen hätte, wenn er die Feierlichkeiten ausgelassen hätte –

mittlerweile dürfte der frischgebackene Bräutigam ohnehin wilden Sex mit seiner heißen Ehefrau haben, dieser glückliche Mistkerl. Mustang Creeks lange schon bestehende Hochzeitstradition dürfte Tripp momentan eher nicht durch den Kopf gehen, und wer könnte ihm das verdenken?

Mit dem eigenartigen Gefühl in seinem Bauch wollte Spence sich lieber nicht weiter beschäftigen.

Es kam einfach nicht infrage, am Moose Jaw vorbeizubrausen und nicht reinzuschauen. Wenn er nicht auftauchte, würde nur wieder getratscht werden. Zum Beispiel, dass er in Hadleigh verliebt sei, trotz seiner Freundschaft mit Tripp. Dass er sich während der Zeremonie zusammengerissen und auch bei der Feier eine gute Miene zum bösen Spiel gemacht habe, sich nun jedoch nur abschotten würde. Dass er nach Hause gefahren sei, um seine Wunden zu lecken.

Natürlich war das alles Unfug. Er mochte Hadleigh, sehr sogar. Und sie sah tatsächlich gut aus, keine Frage.

Dennoch hatte es nie zwischen ihnen geknistert, weshalb Spence umso verärgerter gewesen war, als sich dieses Gerücht verbreitete. Es war noch lächerlicher als das über Junie. Es hatte eine Zeit gegeben, da hatte er kurz nacheinander eine Reihe lockere Beziehungen zu Frauen unterhalten. Aber bei genauer Betrachtung hätte jedem schnell klar werden müssen, dass es nur deshalb so viele gewesen waren, weil er mit keiner dieser Frauen *wirklich* zusammen war. Selbst seine Freundschaft mit Trudy Reinholt war nur das – reine Freundschaft. Bis sie anfing, mehr zu erwarten, als er bereit war, zu geben. Mehr, als er geben *konnte* …

Also würde er sich im Moose Jaw sehen lassen und klarstellen, dass er keiner verflossenen Liebe nachtrauerte.

Außerdem war er der Polizeichef, ob im Dienst oder nicht. Es war sein Job, für Frieden zu sorgen, und dafür musste er mal einen Blick auf die Leute werfen. Bei den Hochzeitsgästen handelte es sich überwiegend um vernünftige Menschen, alles Freunde der Braut und des Bräutigams. Aber heute war Samstag, also waren garantiert auch die Stammgäste des Ladens da, und Touristen. Spence' Erfahrung nach kochten die Emotionen bei sentimentalen Angelegenheiten wie Hochzeiten, Feiertagen oder Beerdigungen schneller hoch – bei symbolträchtigen Veranstaltungen. Mix noch ein bisschen Alkohol dazu, und alles konnte passieren.

Kurz darauf kam das Moose Jaw in Sicht, und es schien tatsächlich mächtig Betrieb zu herrschen. Autos, Pick-ups, Motorräder und so ziemlich jeder fahrbare Untersatz bis auf Skateboards standen dicht an dicht auf dem Schotterparkplatz, ohne erkennbare Ordnung. Die Fahrzeuge waren kreuz und quer abgestellt worden, als hätten ihre Insassen sie in Panik verlassen. Das ergab ein chaotisches Bild wie aus der Schachtel gekippte Dominosteine.

Wenn die Feiernden es schon so eilig gehabt haben, Bier in sich hineinzuschütten, in welcher Verfassung werden sie dann erst sein, wenn die Bar schließt? fragte Spence sich müde.

Seufzend stieg er aus dem Pick-up. Er war mittlerweile seit vierundzwanzig Stunden auf den Beinen, da er am Freitag eine Doppelschicht geschoben hatte, ehe er zu Tripps Junggesellenabschied aufgebrochen war. Entsprechend müde war er – und hungrig noch dazu, denn seit der Pizza vom Vorabend hatte er nur ein Stück Kuchen, eine Handvoll lindgrüner Häppchen und ein Lachs-„Sandwich“ von der Größe eines Silberdollars gegessen.

Er brauchte Protein, vorzugsweise in Form eines dicken Steaks, medium, und eine lange heiße Dusche, nachdem er die Tiere – ein Pferd und einen Hund – gefüttert hatte. Danach konnte er endlich ins Bett fallen und schlafen.

Sein schwarz-weißer Mischlingshund Harley, in dem sich eine ganze Reihe geheimnisvoller Hunderassen vereinigt fanden, würde Ausschau nach ihm halten und wie ein Geier auf der Wohnzimmercouch hocken, durchs Panoramafenster spähen und die Glasscheibe mit seinem Atem beschlagen.

Der steingraue Wallach namens Reb, in Gedenken an Spence' Südstaatenherkunft, graste vermutlich zufrieden auf der Weide neben dem Stall und genoss den Sommer. Allerdings waren Pferde von Natur aus gesellige Wesen, ob wild oder gezähmt, und sie brauchten Gesellschaft.

Mit diesen Gedanken im Hinterkopf war Spence versucht, gleich wieder umzukehren und zu seiner Ranch zu fahren. Er würde einfach so tun, als habe er nie die Absicht gehabt, im Moose Jaw vorbeizuschauen.

Stattdessen fügte er sich in sein Schicksal und überquerte den Parkplatz. Die Bar gab es, seit die ersten Siedler sich hier niedergelassen hatten, damals war sie noch ein echter Westernsaloon gewesen. Das Gebäude neigte sich ein wenig zu einer Seite, wie ein Betrunkener. Das Dach fiel schräg ab, und Roststreifen markierten jeden Nagel. Die nie gestrichenen Verbundplatten waren inzwischen zu einem schmutzigen Grau verwittert.

Spence nahm sich fest vor, höchstens zehn Minuten zu bleiben. Er würde sehen und gesehen werden, Hallo sagen zu denjenigen, bei denen ein paar Worte nötig waren, die Lage einschätzen und sich dann schleunigst wieder auf den Weg machen.

Pflichtbewusst öffnete er die Tür.

Ich werde zehn Minuten bleiben, versprach er sich noch einmal. *Länger nicht.*

Die Musik dröhnte viel zu laut aus der Jukebox, und das Moose Jaw war viel zu voll.

Zumindest nach Melody Nolans Ansicht. Alle anderen hingegen schienen sich prächtig zu amüsieren. Sie feierten ausgelassen, lachten, tanzten und konsumierten reichlich Bier.

Oh, natürlich gab es auch einen guten Grund, zu feiern. Hadleigh und Tripp waren endlich verheiratet, und das war praktisch ein Wunder, wenn man bedachte, wie stur die beiden sein konnten. Außerdem konnte Melody sich mit der Erkenntnis trösten, dass der geheime Heiratspakt, den sie, Hadleigh und Bex vor einigen Monaten geschlossen hatten, tatsächlich funktionierte. Eine Hochzeit hatte gerade stattgefunden, zwei fehlten noch.

Melody strich über den winzigen goldenen Pferdekopf, ein Symbol des Triumphs, nicht nur für Hadleigh, die erste Braut, sondern auch für Bex und sie. Sie hatte diese funkelnden Talismane selbst entworfen und hergestellt, für jede der drei Freundinnen einen. Dieser erste Anhänger repräsentierte Hadleighs Beziehung zu Tripp, einem Rancher und Vollblutcowboy.

So weit, so gut.

Melody freute sich schrecklich für Hadleigh, die eine ihrer beiden besten Freundinnen war. Wahrscheinlich lag es nur an der Müdigkeit und den schmerzenden Füßen, dass sie sich im Moment etwas verloren vorkam, ungewöhnlich gereizt und den Tränen nahe.

Trotz der Pein wagte sie es nicht, ihre hochhackigen Pumps einfach auszuziehen. Da sie eine von Hadleighs Brautjungfern war, trug sie diese Schuhe nun schon seit über sechs Stunden.

Täte sie es doch, würde sie es schnell bereuen, denn ihre geschundenen Füße würden anschwellen und es unmöglich machen, jemals wieder in diese elenden High Heels hineinzugelangen. Darüber hinaus hatte Melody nicht die geringste Lust, den ganzen Abend barfuß herumzulaufen, da der mit Sägespänen bedeckte Fußboden reichlich dreckig war. Mal außer Acht gelassen, dass überenthusiastische Tänzer ihr auf die Füße treten konnten.

Also litt sie, wenn auch nicht in aller Stille.

Nachdem ihre zweite beste Freundin Bex – die Kurzform von Becca – Stuart zu ihrem Tisch mit der klebrigen Tischplatte zurückgekehrt war, lachend und außer Atem nach einem weiteren Texas-Two-Step mit einem weiteren Cowboy, warf Melody ihr einen finsteren Blick zu.

„Warum tanzt du nicht?", rief Bex ihr durch den Lärm zu.

„Und warum humpelst du nicht?", entgegnete Melody. Bex hatte die gleichen Schuhe an wie sie – gelb, spitz zulaufend und hoch wie Stelzen. Diese High Heels waren hier völlig fehl am Platz. Hier trug man Cowboystiefel.

Wegen des Geräuschpegels war Bex' Seufzen eher sichtbar denn hörbar. Der Pferdekopf-Anhänger funkelte, während sie die Hand hob, um sich eine Strähne kunstvoll gefärbten Haars aus dem Gesicht zu streichen. „Ehrlich, Mel", meinte sie, und Melody las es von ihren Lippen. „Musst du eine solche Spaßbremse sein?"

Melody betastete leicht zerknirscht den Talisman an ihrem Armband. „Mir geht's gut", log sie.

Doch Bex schüttelte nur den Kopf. Die Frau war ein regelrechter Fitnessguru. Sie lebte sozusagen in Sportschuhen und stakste nie auf Zehn-Zentimeter-Absätzen herum. *Warum hat sie dann keine Schmerzen?* Es musste an ihren trainierten Waden liegen, die sie den Sportkursen verdankte, die sie in einem ihrer Fitnesscenter gab. „Das klingt nicht sehr überzeugend."

Lass mich doch weiter in Selbstmitleid versinken. Mitten in diesem Gedanken verspürte Melody ein seltsames warmes Kribbeln zwischen den Fingern und hob abrupt den Arm, als käme es direkt vom Anhänger. Sie setzte sich ein wenig aufrechter und spähte zum Eingang der Bar.

Und dort stand er. Spence Hogan, der einzige Mann, der ihr jemals das Herz gebrochen hatte.

Allerdings nicht nur ihres, sondern das so ziemlich jeder attraktiven Frau, mit der er zu tun gehabt hatte. Er sollte ein Schild mit der Aufschrift „Herzensbrecher“ um den Hals tragen. Anscheinend war es unmöglich, als Frau in dieser Stadt zu leben und sich kein Date mit ihm zu wünschen. Viele hatten eines bekommen. Aber Melody hörte nicht mehr hin, wenn über ihn getratscht wurde.

Spence trat gerade ein, den Hut in der Hand. Er war so groß, dass er sich im Türrahmen beinah ducken musste, um sich nicht den Kopf zu stoßen.

Es dürfte eigentlich nicht möglich sein, dennoch sah er in Jeans und lässigem Hemd noch besser aus als in dem eleganten Smoking, in den er sich zur Hochzeit geschmissen hatte. Der Kerl verleiht dem englischen Ausdruck „best man“ für „Trauzeuge“ eine ganz neue Bedeutung, dachte Melody grimmig. Ihre zunehmende Gereiztheit verdankte sie der Tatsache, dass sie in den letzten Tagen viel zu viel Zeit mit ihm verbracht hatte. Beim Abendessen vor der Hochzeit hatte sie sogar neben ihm sitzen müssen! Wenn Tripps Vater Jim und seine neue Frau dieses Essen nicht ausgerichtet hätten, wäre sie richtig wütend über diese Sitzordnung gewesen. Doch Jim war ein Schatz, und seine Frau hatte vermutlich keine Ahnung, dass Melody und Spence eine gemeinsame Vergangenheit verband. Außerdem entsprach die Sitzordnung der Logik, da sie Brautjungfer war und er Trauzeuge.

Best man.

Bester in was? Aussehen? Als Liebhaber? Oder darin, Träume zu zerstören?

Allein sein Anblick brachte sie aus dem Konzept, was eigenartig war, weil sie nicht nur während der Feier die erzwungene Nähe überstanden hatte, sondern den Großteil ihres Lebens in der gleichen kleinen Gemeinde wie er gelebt hatte. Da blieb es gar nicht aus, dass man sich immer wieder über den Weg lief – trotz Melodys Bemühungen, genau das zu vermeiden.

Dennoch spielten ihre Nerven verrückt wie bei einem überlasteten Stromkreis.

Warum, fragte sie sich panisch, kann ich nicht einfach wegschauen und vorgeben, Spencer Hogan wäre unsichtbar, wie ich es sonst auch immer mache?

Ihr fiel keine Antwort ein, und das allein war schon ärgerlich, denn Melody hatte stets eine Antwort auf alles. Nur nicht, wenn es um Spence ging. Spence mit dem lässigen, selbstbewussten Cowboygang und den lebhaften blauen Augen. Hätte sie es nicht besser gewusst, hätte sie geschworen, dass er gefärbte Kontaktlinsen trug. Dieses dunkle Blau war faszinierend, selbst aus der Entfernung. Das Gleiche galt für seine dunklen Haare, die breiten Schultern, die enge Jeans, die seine schmale Taille betonte, die langen Beine ... irgendwie schafften all diese vertrauen Dinge es jedes Mal aufs Neue, Melody zu überraschen.

Spence war dreizehn Jahre alt gewesen, als er in jenem denkwürdigen Sommer zum ersten Mal auf Melodys Radar erschienen war. Sie war damals gerade erst sechs und schon dick befreundet mit Bex und Hadleigh. Alle drei sollten im Herbst in die erste Klasse kommen.

Weil Spence mit Hadleighs großem Bruder Will und Tripp Galloway befreundet war, hielt er sich oft im Haus der Stevens auf, spielte Basketball in der Auffahrt mit den anderen Jungen aus der Nachbarschaft oder Rhythmusgitarre in Will und Tripps Garagenband.

Eines Tages in jenem Sommer fiel er ihr definitiv auf, und damit begann ein ernster Fall von Heldenverehrung.

Dabei handelte sich um nichts Bedeutungsloseres als eine abgesprungene Kette an ihrem Fahrrad, wegen der Melody auf der Straße stürzte. Spence traf zufällig in genau diesem Moment bei Will ein und sprang von seinem alten klapprigen Rad. Er lief zu ihr, half ihr auf und untersuchte ihr zerschrammtes Knie und den Ellbogen, ohne sich abfällig über ihre Tränen zu äußern. Stattdessen wischte er sie mit einem Zipfel seines T-Shirts weg. Dann brachte er Melody ins Haus, wo er sie den fürsorglichen Händen von Hadleighs Großmutter überließ. Als Melody wieder nach draußen ging, frisch verpflastert, stand ihr Fahrrad repariert neben der Garage.

„He, ist alles in Ordnung mit dir?“, erkundigte er sich; er schien wirklich an ihrer Antwort interessiert.

Nachdem sie genickt hatte, sagte Tripp: „Ich habe deine Kette eingestellt. Sie war viel zu locker.“

Will fügte noch hinzu: „Das letzte Mal, als ich mich so hingelegt habe, musste ich auch weinen. Ich kam mir überhaupt nicht wie ein Baby oder so vor.“

Dann widmeten sie sich wieder ihrem Basketballspiel.

Das war's.

Doch sowohl Hadleigh als auch Bex waren beeindruckt. Ihrer Erfahrung nach nahmen diese Jungs für gewöhnlich nicht einmal ihre Existenz zur Kenntnis.

Rein äußerlich hatte sich nach diesem Tag nichts geändert. Will und Tripp tolerierten Hadleigh und ihre zwei Freundinnen, verhielten sich ihnen gegenüber aber neutral, und Spence machte es genauso.

Hadleigh, Bex und Melody hingegen verband das Geheimnis, dass nichts mehr so sein würde wie vorher. Sie flüsterten und kicherten miteinander und versuchten, dieser neuen Faszination auf den Grund zu gehen. Es dauerte jedoch noch Jahre, bis es ihnen endlich gelang.

Und heute, nach all dieser Zeit, waren Hadleigh und Tripp schwer verliebt und hatten den heiligen Bund der Ehe geschlossen.

Zufall? Wahrscheinlich nicht, dachte Melody mit einer gewissen Tiefsinnigkeit, die zweifellos den Ereignissen dieses Tages geschuldet war, während sie einen Schluck von dem Bier trank, das irgendein Cowboy ihr spendiert hatte. Sie glaubte wirklich, dass diese Hochzeit der Höhepunkt einer Geschichte war, die ihren Anfang genommen hatte, als sie alle noch Kinder gewesen waren.

Der Märchenaspekt ihrer gemeinsamen Vergangenheit wäre noch stärker hervorgetreten, wenn Bex und Will als Erwachsene ein Liebespaar geworden wären, so wie Hadleigh und Tripp. Nur war Will in Afghanistan ums Leben gekommen. Bex war zwar mit vielen Männern ausgegangen, besonders während ihrer Collegezeit, doch den Richtigen hatte sie nie getroffen.

Was Melody und Spence betraf, so hatten sie eine Sommeraffäre, bis ihr klar wurde, dass er keine ernste Beziehung wollte, während sie schon von einer gemeinsamen Zukunft träumte, inklusive Haus, Kindern und dem ganzen Rest. Am Ende hatte sie sich komplett zum Narren gemacht, indem sie mit einem Heiratsantrag herausgeplatzt war, an einem perfekten Abend im Juli, zum Ende des Feuerwerks anlässlich des Unabhängigkeitstages. Nie würde sie vergessen – und sie hatte es weiß Gott versucht –, mit welchem Gesichtsausdruck Spence sie angeschaut hatte, bevor er antwortete.

Statt seines typischen Grinsens und eines „Ja, klar, das tun wir“, wie Melody es erwartet hatte, tätschelte er ihr im übertragenen Sinn den Kopf, um ihr anschließend sehr behutsam zu erläutern, dass er dafür noch nicht bereit sei. Und sie im Übrigen auch nicht, sie hatte ja noch nicht einmal ihren Collegeabschluss in der Tasche.

Melody brauchte zwei Jahre, um darüber hinwegzukommen. Sie nippte wieder an ihrem lauwarmen Bier, wobei sie sich an diesen Abend erinnerte.

Als sie unter Tränen von ihm wissen wollte, ob er sie liebe, hatte er Ja gesagt. Sie bedeute ihm etwas, sehr viel sogar. Und das sei ein weiterer Grund, weshalb er nicht derjenige sein wolle, der ihrer Karriere im Weg stehe und womöglich ihr Leben beeinträchtige, weil sie keine Gelegenheit mehr bekäme, Orte zu bereisen, Dinge zu lernen und zu entscheiden, was sie eigentlich wirklich wollte.

Bevor Melodys Universum in einem schwarzen Loch verschwand, hatten sie und Spence buchstäblich jeden freien Moment miteinander verbracht. Nach und nach waren sie sich nähergekommen, bis sie miteinander schliefen, zum ersten Mal langsam und wundervoll unter einem von Sternen funkelnden Himmel, und danach an jedem ungestörten Ort, den sie finden konnten.

Melody hatte Spencer Hogan von ganzem Herzen geliebt. Und naiv, wie sie war, tatsächlich angenommen, dass er ihre Liebe erwiderte.

Bis es vorbei war. Spence tröstete sich sofort mit Junie McFarlane, und Melody blies Trübsal, bis es Ende August an der Zeit war, wieder ans College zurückzukehren. Dort lief sie wie eine Schlafwandlerin herum, war nicht bei der Sache und deprimiert. Ihr war klar, dass sie etwas ändern musste, und wechselte ihr Hauptfach. Anstatt Jura studierte sie Kunst, da sie es schon immer gemocht hatte, mit Materialien und Farben zu arbeiten und etwas zu gestalten. Und als das nichts half, versteckte sie sich im Studentenwohnheim, ließ Kurse und Mahlzeiten ausfallen und schlief kaum noch eine Nacht durch.

Melodys Mutter war außer sich vor Sorge. Nach Jahren als Witwe hatte sie gerade wieder geheiratet und wollte nach Casper ziehen. Die Erkenntnis, dass sie ihre Mutter daran hinderte, ihr neu gefundenes Liebesglück zu genießen und ihr außerdem großen Kummer bereitete, hellte Melodys Stimmung nicht gerade auf.

Wäre sie in dieser Situation ganz auf sich selbst gestellt gewesen, hätte sie es sicher nicht geschafft.

Glücklicherweise ließen Bex und Hadleigh nicht zu, dass sie sich selbst zerstörte. Sie griffen ein und stellten Melody in dem kleinen Zimmer, das sie sich auf dem College teilten, zur Rede. Zuerst sperrte Melody sich und verlangte, in Ruhe gelassen zu werden. Doch ihre Freundinnen blieben hartnäckig und gaben einfach nicht auf.

Sie setzten ihr so lange zu, bis Melody alles versprochen hätte, um wieder fünf Minuten allein zu sein. Als die zwei merkten, dass Melodys Widerstand gebrochen war, drängten sie sie, den Pyjama auszuziehen, den sie seit Tagen trug, zu duschen und in ihre Lieblingssachen zu schlüpfen.

Danach schleppten Bex und Hadleigh sie vom Campus in die nächstgelegene Mall und dort zu einem von diesen Friseurläden, in dem ein sehr schwuler Typ mit pinkfarbener Irokesenfrisur und einer verstörenden Anzahl an Bodypiercings sie in einen Stuhl drückte, um sich ihren ungekämmten Haaren so lange mit Schere und Spray zu widmen, bis sie wieder aussah wie sie selbst.

Wunderbarerweise war das erst der Anfang der Aktion „Rettet Melody vor sich selbst".

Anschließend verkündeten Bex und Hadleigh, sie kämen um vor Hunger, weshalb alle drei in den Restaurantbereich marschierten und sich nach einigem Hin und Her für Yakisoba, Chicken Teriyaki und Frühlingsrollen entschieden.

Dann gingen sie frisch gestärkt ins Kino, um sich einen oder zwei Filme anzuschauen. Am Ende guckten sie ganze drei Filme hintereinander, zwei Frauenfilme und einen apokalyptischen Actionfilm.

Am nächsten Tag besuchte Melody wieder ihre Vorlesungen, und in den nachfolgenden Wochen halfen Bex und Hadleigh ihr, den versäumten Stoff aufzuholen.

Bei der Erinnerung an diese Zeit musste Melody lächeln – hier an dem klebrigen Tisch in der Moose Jaw Tavern, trotz ihrer schmerzenden Füße.

Diese Episode war längst Geschichte, und dennoch beobachtete sie Spence, wie er hier und dort stehen blieb, um ein freundliches Wort zu wechseln, jemandem die Hand zu schütteln oder über einen Witz zu lachen. Sie schaffte es einfach nicht, ihn zu ignorieren.

Er trat an die Bar, sprach mit dem Mann hinterm Tresen und ging wieder – ohne einen Drink. Spence trank selten Alkohol. Er hatte ihr einmal erzählt, der Alkohol glätte die harte Realität ein bisschen zu sehr, was immer er damit meinte.

Mit einiger Mühe gelang es Melody, den Blick von ihm abzuwenden. Ihr Gesicht brannte förmlich vor Anstrengung, und als sie in die andere Richtung blickte, bemerkte sie, dass Bex wissend grinste, wie nur beste Freundinnen es können.

Melody kniff die Augen zusammen.

Bex lachte ungerührt und schüttelte den Kopf. Dann stand sie auf, weil der nächste Cowboy sie zum Tanzen aufforderte.

„Sei nicht überrascht, wenn ich nicht mehr hier bin, wenn du zurück bist", schrie Melody gegen die Musik an.

„Wie du willst", brüllte Bex mit ihrer unerschütterlichen Freundlichkeit zurück.

Allmählich kam sie sich vor wie ein Mauerblümchen, was natürlich übertrieben war angesichts der vielen Aufforderungen zum Tanzen seit ihrer Ankunft vor etwa einer Stunde. Nachdem sie ein paarmal höflich abgelehnt hatte, hörten die Einladungen auf, was ihr und ihren geplagten Füßen absolut recht war.

Sie hatte, wie ihre Großmutter zu sagen pflegte, schon so viel Spaß gehabt, dass sie es kaum noch aushielt.

Zeit, abzuhauen.

Die Kellnerin hatte alles angeschrieben, und Melody wollte zahlen. Also bahnte sie sich einen Weg zur Kasse am Ende der Theke. Unterwegs kramte sie in ihrer kleinen gelben Handtasche, die zum Brautjungfern-Outfit gehörte, nach ihrer Kreditkarte.

Sie beglich ihre Schulden, humpelte zum Ausgang, stieß die Tür auf und empfing die Sommerbrise. Auf dem Parkplatz hielt sie in dem herrschenden Durcheinander Ausschau nach ihrem Wagen.

Er war von allen Seiten zugeparkt.

„Mist!“, murmelte sie, denn ihr blieben nur zwei nicht sehr attraktive Möglichkeiten. Sie konnte wieder ins Moose Jaw gehen und den Barbesitzer davon überzeugen, die für dieses Dilemma verantwortlichen Gäste ausfindig zu machen und dazu zu bringen, ihre Fahrzeuge wegzubewegen. Oder sie konnte nach Hause laufen.

„Gibt es ein Problem?“ Sie erschrak beim Klang der allzu vertrauten Stimme.

Als sie sich umdrehte, stand Spence vor ihr. Sein Gesicht lag im Schatten, daher konnte sie seine Miene nicht deuten. Zumindest nicht richtig. Aber war der eine Mundwinkel nicht leicht gehoben, weil er grinste?

„Ja“, antwortete sie steif. „Allerdings. Tatsächlich gibt es sogar mehrere Probleme. Erstens, ich will nach Hause, kann aber nicht, weil mein Wagen buchstäblich umzingelt ist. Außerdem bringen meine Füße mich um …“

Unvermittelt hörte sie auf, zu reden.

Während er zuhörte, überblickte Spence den Parkplatz, der aussah, wie von einer Horde Fahranfänger zugestellt. Er seufzte. Melody war nicht vorbereitet auf die Wirkung seiner blauen Augen, nachdem er den Blick wieder auf sie gerichtet hatte und jetzt an ihrem Körper hinuntergleiten ließ, bis zu ihren High Heels, die nicht zum Gehen auf Schotter gemacht waren, ganz zu schweigen von einem Fußmarsch nach Hause. Sein Grinsen ließ sich jetzt kaum noch unterdrückt nennen.

„Ich habe keine Ahnung, wie du in den Dingern überhaupt laufen kannst“, bemerkte er. „Nichts für ungut, doch in diesem Kleid erinnerst du mich an eine umgedrehte Osterglocke. Eine verwelkte. Ich wette, das ist modisch oder so was, aber ich bin mir nicht sicher, ob Gelb deine Farbe ist. Das einzig Gute an dem Kleid ist, dass es deine Beine zur Geltung bringt. Das gefällt mir. Du hast tolle Beine."

Melody verdrehte die Augen und fuhr ihn an: „Na vielen Dank auch."

„Ist doch nur meine Meinung. Und ich meinte das ernst mit deinen Beinen."

„Ich kann mich nicht entsinnen, dich um deine Meinung zu irgendwas gebeten zu haben, weder zu meinen Schuhen noch zu meinem Kleid." Inzwischen war sie sehr gereizt. Wann wäre dieser elende Abend endlich vorbei?

Spence lachte bloß leise und auf eine so raue männliche Art, dass ihr Herz wie wild klopfte. „Tja, wenn ich so darüber nachdenke, muss ich einräumen, dass du das nicht hast." Sein Gesichtsausdruck änderte sich. Plötzlich wirkte Spence nur noch müde und nicht mehr belustigt. „Ich wollte selbst gerade nach Hause. Ich nehme dich gern mit." Einen Moment herrschte Schweigen. „Dein Wagen ist hier sicher bis morgen, falls du dir deswegen Sorgen machst."

Mittlerweile schlug Melody das Herz bis zum Hals. Trotzdem kriegte sie immerhin ein Krächzen zustande. „Ich glaube nicht … ich würde nicht … ich meine …"

Spence' Mundwinkel zuckte erneut, und seine Augen funkelten.

Am liebsten hätte sie ihn in den Bauch geboxt.

Seltsamerweise wollte sie ihn auch küssen.

Sie wollte …

Verdammt, sie wusste nicht, was genau sie eigentlich wollte.

Und Spence fragte nicht. Stattdessen hob er Melody ohne jede Vorwarnung hoch und trug sie über den Parkplatz.

„Was …", stieß Melody nach beachtlicher Verzögerung und mit hörbarer Mühe hervor, „… tust du da?"

„Das sollte doch offensichtlich sein", erwiderte Spence. „Ich schleppe dich zu meinem Truck, damit ich dich heimbringen kann. Schließlich kommst du aus eigener Kraft kaum weiter, und schon gar nicht in diesen albernen Schuhen."

„Du *schleppst* mich?"

Er nickte. „Du siehst zwar dünn aus, doch du bist ganz schön schwer. Ich hab schon Kälber herumgezerrt, die weniger wogen."

„Es ist schrecklich, so etwas zu sagen!", protestierte sie. „Ich bin schwer?"

„Tut mir leid", erklärte er, aber es klang nicht sehr überzeugt. Da sie sich nicht rührte, setzte er sie einfach in seinen Pick-up.

Melody landete mit dem Po hart auf der Sitzbank und war zu verblüfft von seiner Dreistigkeit, um noch etwas zu erwidern – oder gleich wieder aus dem Wagen zu klettern.

„Ich schätze, ich kann ganz schön taktlos sein", räumte er ein. „‚Schleppen' war wohl das falsche Wort. Aber ich hab mich doch entschuldigt, oder?"

Melody fand genug von ihrer Stimme wieder, um ihm ein Schimpfwort an den Kopf zu werfen.

Das erstaunte ihn sichtlich, allerdings wusste Melody genau, dass das gefährliche Lächeln nur unter der Oberfläche lauerte und jeden Moment wieder erscheinen konnte, um erneut seine verheerende Wirkung auf sie zu haben.

„Ich hätte gar nicht erst versuchen sollen, dir einen Gefallen zu tun", meinte er dramatisch seufzend. Ehe Melody reagieren konnte, fügte er hinzu: „Bitte anschnallen." Damit warf er die Tür zu, ging um den Wagen und setzte sich ans Steuer.

Wenn sie nicht so kaputt gewesen wäre und nicht in der Stimmung, sich ihre Füße durch einen Marsch nach Hause lebenslang kaputt zu machen, hätte sie Spence Hogan erklärt, was er mit seinem „Gefallen" tun konnte. Und danach wäre sie aus diesem Benzin fressenden Phallussymbol von einem Pick-up-Truck gesprungen. Sollte er doch denken, was er wollte.

Hübsche Fantasie.

Melody verschränkte die Arme und kochte innerlich, bis sie vom Parkplatz und auf den Highway gefahren waren. Dann – sie konnte einfach nicht anders – murmelte sie: „Du hast angefangen."

Spence warf den Kopf in den Nacken und lachte laut.

„Na ja, stimmt doch", entgegnete sie. *Warum kann ich nicht einfach den Mund halten und die Sache auf sich beruhen lassen?* Ihr Haus lag gerade mal fünf Minuten entfernt. So lange sollte sie ihre Zunge doch im Zaum halten können.

Aber nein.

Grinsend schaute er sie an.

„Was ist denn so lustig?", fragte Melody gereizt.

„Du", antwortete er kurz und bündig. „Es ist wirklich wahr, was man sich erzählt."

„Und das wäre?"

„Manche Dinge ändern sich nie. Das Gleiche gilt für manche Leute."

2. KAPITEL

Nach Spence' Schätzung dauerte es keine zehn Minuten bis zum unvermeidlichen Fiasko.

In dem Moment, als er vor Melodys Haus hielt und noch bevor er aussteigen konnte, um ihr die Tür zu öffnen, sprang sie heraus und humpelte los. Dabei sah sie sich weder zu ihm um noch winkte sie. Von einem „Auf Wiedersehen" oder einem „Danke schön" ganz zu schweigen.

Da kein Mann mit einem Funken Selbstachtung eine Frau in der Dunkelheit nach Hause fährt und dann einfach hinterm Steuer sitzen bleibt, während die Frau allein zur Tür geht, war Spence im nächsten Augenblick unterwegs.

Er holte Melody am Gartentor ein, als der Schmerz in ihren Füßen sie bremste. Sie blieb stehen, stützte sich auf einen der Pfosten und streifte ihre Schuhe ab, erst den einen, dann den anderen. Die Erleichterung war ihr deutlich anzusehen. Spence dachte schon, sie würde die Dinger in die Büsche werfen, aber sie tat es doch nicht.

Stattdessen hob sie das Kinn, sah ihn direkt an und sagte in angespanntem Ton: „Du kannst jederzeit wieder fahren." Sie zeigte zum Haus, wobei die Schmerzen verursachenden Stilettos um ihr Handgelenk baumelten. „Ich glaube kaum, dass ich eine Polizei-Eskorte zu meiner eigenen Haustür benötige."

Spence überging das in stiller Entschlossenheit, indem er die Gartenpforte öffnete und Melody am Ellbogen zu ihrer Veranda führte. Sie protestierte nicht, jedenfalls nicht verbal, aber sie platzte fast vor Wut.

Kommentarlos wartete er, bis sie einen Schlüssel aus ihrer unfassbar winzigen Handtasche gefischt hatte und diesen so fest ins Schloss rammte, dass es ihn nicht gewundert hätte, wenn das Ding abgebrochen wäre.

Kaum war Melody über die Schwelle getreten, warf sie ihm einen letzten wütenden Blick zu und knallte ihm dann die Tür vor der Nase zu.

Bei der Erinnerung daran zuckte ein Wangenmuskel in seinem Gesicht, während er hart die Gänge einlegte. Sobald er die Stadt hinter sich gelassen hatte, trat er aufs Gas.

Alles klar. Er war im Moose Jaw ein paarmal ins Fettnäpfchen getreten – sobald er in Melodys Nähe war, konnte er einfach nicht mehr klar denken. Aber hinterher hatte er sich schließlich entschuldigt – und es auch so gemeint. Mehr oder weniger.

Zählt diese Entschuldigung, wie halbherzig sie auch gewesen sein mochte, denn gar nicht?

Jede andere wäre wegen seiner guten Absichten wenigstens nachsichtig gewesen.

Aber natürlich war Melody nicht irgendjemand und benahm sich daher so störrisch, wie es ihrem Charakter entsprach. Ein unbeteiligter Beobachter hätte glauben können, Spence wolle Melody kidnappen.

Über jedes vernünftige Maß hinaus verärgert – er war hungrig und müde, eine ganz schlechte Mischung –, schleuderte er seinen Hut auf den Beifahrersitz und fuhr sich durch die Haare.

Es war der Sache nicht förderlich gewesen, dass er diese Wildkatze zu seinem Pick-up getragen hatte. Dies war schließlich die Gegenwart, in der es ganz neue, wenn auch oft verblüffende Regeln für die Interaktion zwischen Männlein und Weiblein gab, und kein alter John-Wayne-und-Maureen-O'Hara-Film.

Keine Frage, er hatte vorschnell gehandelt und würde jetzt nach und nach die Quittung dafür bekommen.

Aber ich musste doch etwas unternehmen, um aus dieser Sackgasse zu kommen, oder? Andernfalls stünden er und

Melody womöglich immer noch auf dem Parkplatz und würden sich streiten.

Erst ganz allmählich beruhigte er sich und dachte daran, wie Melody im gelben Schein der insektenfleckigen Verandalampe ausgesehen hatte, mit an manchen Stellen abgewischtem, an anderen verschmiertem Make-up. Er erinnerte sich daran, wie sie sich auf die Unterlippe gebissen hatte, was sie immer machte, wenn sie gestresst war. Und wie ihr Haar, ihr wundervolles honigblondes Haar, sich aus ihrer Frisur gelöst hatte.

Allein bei der Vorstellung zog etwas in ihm sich zusammen.

Er seufzte.

Melody war schön, wie Spence im Stillen und mit einem traurigen Lächeln einräumen musste. Zugleich meldeten sich tief in seinem Innern der vertraute Kummer und das Bedauern.

Ich habe sie verloren.

Das war nun keine Neuigkeit. Was immer zwischen ihm und Melody gewesen war – oder beinah gewesen wäre –, gehörte der weit zurückliegenden Vergangenheit an. Leider tauchte die gelegentlich wie aus dem Nichts auf und verfolgte ihn.

Wie heute Abend.

Spence mahlte mit den Backenzähnen, entschlossen, die Emotionen, die ihn überfielen, auszuhalten. Zum einen, weil er wusste, dass ihm keine andere Wahl blieb, zum anderen aber auch, weil es eben seine Art war. Er hielt es aus, in dem Wissen, dass es sinnlos war, gegen diese Gefühle anzukämpfen. Sie würden nur tiefer gehen und das Elend in die Länge ziehen.

Wieder seufzte er.

Seit Spence und Melody jede Anstrengung unternahmen, einander aus dem Weg zu gehen, lagen die sprichwörtlichen Leichen im Keller. Dennoch gab es Anlässe wie die Hochzeit ihrer gemeinsamen Freunde, bei denen die Geister der Vergangenheit erwachten und ihn daran erinnerten, dass es mit seinen Träumen und Plänen von einst für immer vorbei war.

Auch das, sagte er sich finster, würde vorbeigehen.

Früher oder später.

Also fuhr er einfach weiter.

Gnädigerweise besserte sich seine Laune ein wenig, als er die Umrisse seines Hauses und seines Stalls sah. Beide Gebäude waren nichts Besonderes, aber solide gebaut, und sie hatten eine so lange Geschichte, dass sie vermutlich im Lauf der Jahrzehnte Wurzeln gebildet hatten. Noch dazu tief in die Erde reichende, knorrig und stark, die sie fest und untrennbar mit dem Land, auf dem sie standen, verbanden.

Spence parkte hinter dem dunklen Haus, nahm seinen Hut vom Beifahrersitz und stieg aus. Kaum berührten die Sohlen seiner Stiefel den Boden, breitete sich das vertraute friedliche Gefühl in ihm aus.

Zu Hause.

Er lächelte über die Geräusche, die seine Heimkehr ankündigten. Sein Wallach Reb wieherte zur Begrüßung von der nahe gelegenen Weide, fast unsichtbar in der Dunkelheit, während Harley lautstark bellte und hinter der Küchentür freudig jaulte.

„Ist ja schon gut“, rief er beiden Tieren zu. „Ich bin gleich bei euch.“

Melodys drei Katzen Ralph, Waldo und Emerson saßen ordentlich in einer Reihe, als sie barfuß in die Küche humpelte und sich dabei schwor, nie wieder High Heels zu tragen, ganz egal, wer heiratete, sie selbst eingeschlossen.

Nicht dass diese Gefahr bestand, wenn man den Zustand ihres Liebeslebens als Anhaltspunkt nahm.

Die Katzen miauten im Chor, und Melody wusste sofort, dass dies kein Willkommensgruß des Empfangskomitees war, sondern Protest.

Sie lachte, noch immer mitgenommen von ihrer jüngsten Begegnung mit Spence. Jetzt, wo er fort war und ihre Füße anschwellen konnten, so viel sie wollten, erholte sie sich jedoch rasch. „Erspart mir das“, tadelte sie ihre Haustiere und ging barfuß zum Küchentresen, um sich ihren Lieblingsbecher aus dem Holzregal neben der Spüle zu holen. „Ich weiß, ich bin spät dran mit eurem Abendessen, aber ich fühle mich deswegen nicht schuldig, klar? Eine meiner besten Freundinnen hat heute geheiratet.“ Melody lächelte – glücklich, weil Hadleigh glücklich war. Bewies das nicht, dass es zumindest manchmal funktionierte?

Sie füllte den Becher mit Wasser, warf einen Beutel Früchtetee hinein – himbeerrot – und schaltete die Mikrowelle ein.

Das Katzentrio rührte sich nicht von der Stelle, nur die Köpfe drehten sich. Mit vorwurfsvollem Blick verfolgten die drei, wie Melody eine Dose Katzenfutter öffnete, drei kleine Teller von einem Stapel im Schrank nahm und das Futter gleichmäßig aufteilte.

Die Katzen bildeten auch noch eine Formation, als Melody ihnen die Futterteller geschickt wie eine Truck-Stop-Kellnerin servierte.

Die Tiere waren eine seltsame Truppe, hochnäsig und eigensinnig. Hadleigh und Bex sagten das ständig, und Melody musste ihnen recht geben. Sie stammten aus einem Wurf im Tierheim vor ein paar Jahren und sahen einander zum Verwechseln ähnlich, bis auf den letzten Tupfen ihres gescheckten Fells. Selbst Melody konnte sie nicht auseinanderhalten.

Austauschbar, wie sie waren, hätte sie auch alle drei Bob nennen können. Das wäre einfacher gewesen.

Sie überließ die Katzen ihrem Festmahl und ging in ihr Schlafzimmer.

Müde und erleichtert zog sie das Kleid, die enge Strumpfhose und den kratzigen Unterrock aus und ließ alles achtlos zu Boden fallen. In BH und Slip nahm sie ein sauberes und altes Nachthemd aus der Kommodenschublade und machte sich auf den Weg unter die Dusche.

Ihr Haar erwies sich als problematisch – sie musste vor der Dusche alle Haarnadeln entfernen und die Kletten herausbürsten, die die Friseurin am Vormittag hineintoupiert hatte. Nach dieser mühsamen Prozedur und als die Wassertemperatur genau richtig war, stellte sie sich unter das prasselnde Wasser. Sie schloss die Augen, legte den Kopf zurück und genoss dieses Glück, während der letzte Rest ihres Make-ups fortgespült wurde.

Sie freute sich, wieder zu Hause zu sein, unter ihrem eigenen Dach, allein und unbeobachtet, wo sie ganz sie selbst sein konnte.

Nachdem sie sich gründlich shampooniert, eingeseift und ausgiebig wieder abgespült hatte, stellte sie das Wasser aus und wickelte sich in ein großes Badehandtuch wie in einen Sari.

Als der Spiegel nicht mehr beschlagen war, kämmte sie ihre nassen Locken. Ihr fehlte die Kraft, noch den Föhn zu benutzen, was bedeutete, dass sie ihre Haare morgen früh erneut nass machen musste, um die Mähne zu bändigen. Aber das war erst morgen und noch weit weg.

Im Autopilot-Modus putzte sie sich die Zähne und wischte ein paar letzte Mascaraflecken unter ihren Augen fort. Dann zog sie ihr Nachthemd an und verließ das Badezimmer, um ihre Abendrunde zu absolvieren – alle Fenster kontrollieren, jede Tür und den Herd. Dabei gratulierte sie sich dazu, dass sie kein einziges Mal an Spence Hogan gedacht hatte. Das war eine persönliche Bestleistung: Eine halbe Stunde lang war ihr vielbeschäftigter Kopf Spence-frei geblieben.

Zumindest bis jetzt … So viel zu ihrer Bestleistung.

In der Küche stellte sie fest, dass die Katzenbrigade fertig gespeist hatte und in einen anderen Teil des Hauses gewandert war, wahrscheinlich in ihr Atelier. Die drei mochten es, auf dem Kaminsims zu hocken, und zwar so vollkommen reglos, dass Besucher sie manchmal für Porzellanfiguren hielten.

Lächelnd sammelte sie die leeren Teller ein, spülte jeden gründlich ab und stellte sie in die Spülmaschine.

Pflichtbewusst wandte sie sich dem nächsten Punkt auf ihrer Liste im Kopf zu – sicherstellen, dass die Haustür abgeschlossen war. Nach der Begegnung mit Spence war Melody ziemlich durcheinander gewesen.

Danach prüfte Melody jedes einzelne Fenster. Da sie zu Hause arbeitete und nie eine Klimaanlage installiert hatte, ließ sie drei oder vier der Fenster tagsüber offen, um jede Brise einzufangen, die von den schneebedeckten Gipfeln der Grand Tetons herunterwehte.

Die Tour endete im Atelier, ihrem Lieblingsteil des Hauses. Ursprünglich ein Wohnzimmer, war der Raum nicht gerade riesig, aber ein großartiger Ort zum Arbeiten. Er hatte strategisch platzierte Oberlichter, Einbaubücherregale und sonderangefertigte Schränke, in denen sie ihre Arbeitsmaterialien lagerte.

Während sie sich umschaute, ließ die Verspannung in ihren Schultern nach. In manchen Nächten, in denen sie nicht von dem Stück, an dem sie gerade arbeitete, getrennt sein wollte, schlief sie sogar hier, auf dem langen Sofa, und spann im Traum Stroh zu Gold.

Wie sie es vorhergesehen hatte, saßen die Katzen Seite an Seite auf dem breiten Kaminsims – wie Statuen. Da sie diesen Platz ständig beanspruchten, konnte Melody weder gerahmte Fotos noch eine Uhr oder sonst etwas Dekoratives dorthin stellen, wie ein normaler Mensch das wohl tun würde. Lächelnd schüttelte sie den Kopf und sah auf die Zeichentafel, die den Großteil der gegenüberliegenden Wand einnahm. Jeder Zentimeter war gefüllt mit Skizzen, Terminkärtchen, Schnappschüssen, Post-its mit gekritzelten Erinnerungen und Ideen für neue Schmuckstücke, Hochglanzbildern von Uhren und Anhängern, Ringen und Armreifen, alle aus verschiedenen Magazinen gerissen.

Zwar würde Melody nie die Arbeit eines anderen Künstlers kopieren, aber sie bewunderte wirklich gut gemachte Sachen. Und hin und wieder inspirierte sie ein anderes Design, was sie in einen wahren Schaffensrausch versetzte, der Stunden oder gar Tage anhalten konnte. Und stets endeten solche Kreativausbrüche in neuen und originellen Kreationen.

Wenn sie arbeitete, konzentrierte Melody sich ganz auf das, was sie tat, ohne an das Endergebnis zu denken. Für sie lag die Magie im „Was wäre wenn“, in den kleinen Experimenten und der schieren Alchemie, die darin bestand, Rohmaterialien in etwas Schönes, Zeitloses und Einzigartiges zu verwandeln, ein Stück, das hoffentlich geschätzt und womöglich von einer Generation an die nächste weitergegeben würde.

Trotz ihrer Müdigkeit war Melody versucht, sich auf den gepolsterten Hocker vor dem Zeichentisch zu setzen, eine leere Seite in ihrem Skizzenbuch aufzuschlagen und einen Stift zu nehmen.

Schlaf erst einmal, ermahnte sie sich und beschloss, diesem Rat ihrer Vernunft zu folgen.

Es war Zeit, ins Bett zu gehen.

Ralph, Waldo und Emerson, die nach wie vor auf dem Kaminsims saßen, beobachteten sie mit unergründlichen Katzengesichtern, in denen sich lediglich die Augen bewegten.

Melody blieb am Lichtschalter stehen, bevor sie den Raum verließ. „Hadleigh und Bex haben recht …“, sagte sie zu den dreien. „Ihr seid keine gewöhnlichen Katzen, sondern Aliens.“

Spence’ innerer Wecker weckte ihn prompt um vier Uhr am nächsten Morgen, wie immer während des Sommers. Im Winter schaffte er es bis fünf, ehe er die Augen aufschlug und offen ließ, ob er nun ausgeschlafen war oder nicht.

„Verdammt", murmelte er, setzte sich auf und rieb sich mit beiden Händen das Gesicht. Noch ein paar Stunden Schlaf und er hätte sich wenigstens halbwegs wie ein Mensch gefühlt. Aber da es ohnehin keinen Zweck hatte, länger im Bett zu bleiben, warf er die leichte Decke zurück.

Harley stand im Türrahmen des Schlafzimmers und beobachtete ihn neugierig und hoffnungsvoll. Der Hund hatte den Kopf schief gelegt und die Ohren aufgerichtet.

„Was?", fragte Spence. Auf keinen Fall würde er sich von dem Tier zu einem schlechten Gewissen hinreißen lassen. Schließlich hatte er ihm gestern Abend eine Extraschüssel Trockenfutter und ausreichend Wasser hingestellt. Und er hatte die Hundetür aufgehakt, für den Fall, dass Harley nachts nach draußen musste.

Der Hund reagierte mit einem fröhlichen Jaulen und klopfte mit dem Schwanz auf den Holzfußboden. Ungeduldig erwartete er, was da noch kommen mochte.

Spence seufzte und fuhr sich durch die zerwühlten Haare. Selbst wenn seine innere Uhr nicht so eingestellt wäre, dass er noch vor Tagesanbruch erwachte, hätte der Hund ihn vermutlich so intensiv angestarrt, dass er davon aufgewacht wäre.

Er stand auf und tat frustriert, obwohl er in Wirklichkeit grinsen musste. Harley spürte anscheinend genau, dass er heute nicht zu Hause bleiben und warten musste, sondern mitdurfte. Ein Tag voller Hunde-Highlights lag vor ihm, wie beispielsweise auf dem Beifahrersitz in Spence' Pick-up zu fahren oder Spence auf den Fersen zu bleiben und durchs hohe Gras zu rennen, um auf der Wiese mit Reb mitzuhalten.

Es war dem guten alten Harley völlig egal, was Spence tat oder wohin er fuhr, ob er zu Fuß oder im Sattel unterwegs war, solange er nur mitdurfte.

Nach einer Rasur und einer Dusche kehrte Spence ins Schlafzimmer zurück, wo er ein paar Schubladen öffnete, in der Hoffnung, dass wenigstens einige saubere Kleidungsstücke auf wundersame Weise darin aufgetaucht waren. Aber er hatte kein Glück.

Mit einem Handtuch um die Taille lief er in die kleine Wäschekammer neben der Küche, machte den Trockner auf und zog ein Hemd heraus. Die Jeans von gestern musste es eben noch einmal tun. Er hatte sie nur einige Stunden getragen und nicht, um in ihr Löcher für Zaunpfähle zu graben oder Kälber einzufangen.

Nein, Kälber habe ich nicht eingefangen, aber dafür eine wütende Frau in meinen Pick-up gezerrt.

Vielleicht, dachte Spence, sollte ich mich noch einmal bei Melody dafür entschuldigen, dass ich sie *schwer* genannt habe. *Ich hätte ‚kräftig' sagen sollen, aber vermutlich wäre das auch nicht besonders gut angekommen. Muskulös? Auch nicht.* Angesichts ihrer femininen Anmut war er einfach erstaunt gewesen, dass sie nicht viel leichter war. Wahrscheinlich trainierte sie.

Nein, besser auf Distanz bleiben, statt zu riskieren, erneut ins Fettnäpfchen zu treten.

Nur kam ihm das auch nicht richtig vor.

Während er noch darüber nachdachte, wie er sich entscheiden sollte, öffnete Spence die Tür und ließ sie einen Spaltbreit offen, damit Harley hinauskonnte, ohne sich durch die viel kleinere Hundeklappe zwängen zu müssen. Angesichts der lockenden Freiheit rannte der Hund wie der Blitz nach draußen – als hätte er ein Date.

Spence, noch immer mit dem Handtuch um die Hüften, warf sich das Hemd über die Schulter und setzte Kaffee auf, bevor er wieder in sein Zimmer ging. Dort suchte er nach der Jeans von gestern Abend. Er fand sie halb unter dem Bett und zog sie an. Dann zog er das Hemd über und bemerkte, dass es ein Bügeleisen gebraucht hätte.

Was soll's, ein paar Falten mehr oder weniger, darauf kam es nicht an. Schließlich hatte er frei und würde nur zum Futtermittelladen am Stadtrand fahren und hinterher kurz beim Supermarkt halten. Sobald er und Harley wieder zurück waren, würde er Reb satteln und losreiten, um die Zäune zu kontrollieren.

Er beschloss, den Zwischenfall mit der gereizten Miss Nolan aus seinem Gedächtnis zu streichen.

3. KAPITEL

Melody stieß sich den Zeh am Türrahmen bei dem Versuch, eine volle Tasse und zwei Kunstzeitschriften in ihr Atelier zu tragen. Aus irgendeinem Grund hatte sich eine der Katzen entschieden – sie wusste nicht, welche –, ihr vor die Füße zu laufen. Der Balanceakt war ein Experiment in Gelenkigkeit, aber es gelang ihr, wenn auch nur knapp, auf den Beinen zu bleiben.

Sie biss die Zähne zusammen und opferte eine der Hochglanzzeitschriften, um die schuldige Katze vor einer Dusche aus heißem Kaffee zu bewahren. Die Seiten würde sie vermutlich nie mehr auseinanderbekommen. *Na vielen Dank.*

„Eines Tages", warnte sie alle laut, „werde ich nicht mehr so anmutig reagieren."

Die anderen zwei Fellknäuel betrachteten sie ungerührt von ihrem Platz auf dem Kaminsims. Melody hatte den vagen Eindruck, dass sie sie ohnehin nicht für besonders anmutig hielten. Damit hatten sie vermutlich recht. Katzen hatten die Fähigkeit, Dinge zu sagen, ohne einen Laut von sich zu geben, sogar ohne Körpersprache. Außerdem hatten die Tiere sie beim Yoga beobachtet und imitiert – und alle drei waren besser darin als sie.

Ihre Füße taten immer noch weh. Sie sollte einen Song schreiben, den „Broken Toe Blues" über ihren ramponierten Zeh. Vielleicht würde der Song die Charts stürmen, weil so gut wie jede Frau ihn nachvollziehen konnte.

Mit einem kleinen Lächeln und einem Seufzer scheuchte Melody diese Idee aus ihren Gedanken. Sie war Designerin, keine Songschreiberin, mal abgesehen davon, dass sie nicht das geringste musikalische Talent hatte.

In bequemer Jogginghose und einem schlabbrigen T-Shirt setzte sie sich an den Arbeitstisch und legte los.

Zumindest versuchte sie es.

Nach fast drei Stunden ebenso intensiver wie fruchtloser Tätigkeit stellte sie sich widerstrebend der Realität. Ihre Muse hatte eine Auszeit genommen.

Verdammt. Dabei saß sie an einem großen und wichtigen Auftrag: einer Halskette mit kostbaren Edelsteinen für eine sehr anspruchsvolle Kundin, die die Edelsteine selbst auf ihren Reisen auswählte. Das Design lag gut verborgen in einem der Fächer in Melodys Hirn und wollte noch nicht herauskommen. Mrs Arbuckle war berüchtigt für ihre Unverblümtheit, darum wollte Melody ihre Sache wirklich gut machen. Andernfalls würde sie es zu hören bekommen – und nicht unbedingt auf die taktvolle Art.

Dass ihr keine zündende Idee kam, war aber nicht ihr einziges Problem.

Sie dachte über die unangenehmen Punkte auf ihrer Liste nach. Zunächst einmal sollte sie sich vielleicht bei Spence entschuldigen.

Vielleicht? Ganz bestimmt sogar.

Sie hatte sich ihm gegenüber sehr grob benommen. Gut, sie war wütend gewesen, weil er glaubte, er könne sie einfach wie ein Neandertaler in Cowboystiefeln und Cowboyhut zu seinem Wagen schleppen. Doch inzwischen konnte selbst sie nicht mehr leugnen, dass er ihr einen Gefallen getan hatte. Und nur weil sie hungrig und müde gewesen war, hatte sie äußerst undankbar reagiert.

Ihre Großmutter, die sie zum Teil mit großgezogen hatte, wäre mit ihrem Benehmen nicht einverstanden gewesen – allerdings auch nicht mit seinem, aber darum ging es nicht. Und auch wenn Grandma Jean nicht mehr da war, um ihr die Meinung zu sagen, hätte Melody schwören können, dass sie das von irgendwoher gerade tat.

Also, eine Entschuldigung war angebracht. Seufzend legte sie den Zeichenstift aus der Hand. Aus Erfahrung wusste sie, dass Muse und Inspiration erst zurückkommen würden, wenn sie wieder einen klaren Kopf hatte.

„Das lässt sich leicht in Ordnung bringen“, verkündete sie den Katzen und stand auf. Ihre Füße waren nach wie vor nicht im Normalzustand, aber wenigstens sicher aufgehoben in einem Paar weicher, bequemer Schuhe, die man als Hausschuhe bezeichnen konnte, falls man es so genau nehmen wollte. „Ich werde mit dem Mann reden und ihm sagen, dass ich es durchaus zu schätzen weiß, dass er mir helfen wollte – obwohl er eine ziemlich krasse Methode gewählt hat.“

Eine der Katzen, die noch immer auf dem Kaminsims hockten – Melody war sich ziemlich sicher, dass es sich um Waldo handelte –, gähnte demonstrativ desinteressiert. Das kannte Melody – und fand es in diesem Moment ärgerlich. „Na schön“, murmelte sie. „Ich werde euch nicht mit Details behelligen. Und ich werde nicht sagen, ich sei zu grob gewesen. Passt euch königlichen Hoheiten das?“

Natürlich war es zwecklos, auf eine Antwort zu warten. Also schnappte sie sich einfach ihre Handtasche – immerhin konnte sie wieder eine benutzen, in die mehr als eine Streichholzschachtel hineinpasste –, um zum Moose Jaw zu fahren und ihr Auto zu holen.

Schon fast aus der Tür, blieb sie unvermittelt stehen. Der Wagen stand in ihrer Auffahrt. Sie blinzelte, um sicherzugehen, dass es sich nicht um eine optische Täuschung handelte. Nein, das Auto war definitiv da.

Dabei hielt sie den Schlüssel in der Hand – den einzigen Schlüssel.

Wie also …

Spence.

Durfte der Polizeichef einen Wagen einfach kurzschließen? Melody stand mehrere Minuten da, klopfte mit einem wunden Fuß auf den Boden und kam zu dem Schluss, dass, wenn überhaupt jemand damit durchkam, er es war. Na fabelhaft, jetzt stand sie noch mehr in seiner Schuld.

Als sie von der Auffahrt fuhr, realisierte sie, dass sie nicht nur Hausschuhe trug, sondern auch ein altes T-Shirt mit der Aufschrift „Wyoming Will Rock Your Tetons“, dazu eine schlabberige Jogginghose mit Kordelzug. Nach Glamour sah das heute nicht aus.

Gut, sie würde die Sache hinter sich bringen und wieder verschwinden. Wen kümmert es, wie ich aussehe? dachte sie.

Das war schließlich nur etwas, was sie zu erledigen hatte, kein heißes Date. Trotzdem trug Melody die Haare offen. Es war ja auch nicht richtig, einen vollkommen ungünstigen Eindruck zu machen. Spence würde ihr da weit voraus sein, so wie die Dinge standen. Sie hatte keine Ahnung, warum, doch plötzlich erinnerte sie sich daran, wie sie während eines Campingausflugs in jenem magischen Sommer einmal im Yellowstone River schwimmen gewesen waren. Mit seinen nassen Haaren und völlig nackt hatte Spence zum Anbeißen ausgesehen. Es war ein unvergesslicher Nachmittag gewesen.

Melody fuhr langsam zu Spencers Haus und ging im Kopf ihre Entschuldigung durch. Sie würde sich für ihr schroffes Benehmen entschuldigen und die Schuld ihren teuflischen Schuhen geben. Er würde nett, aber distanziert reagieren, und damit wäre die Sache erledigt. Danach könnte sie vielleicht wieder arbeiten. Kreativität war eine heikle Angelegenheit. Wenn Melody durcheinander war, konnte sie sich nicht konzentrieren. Also tat sie das, was sie vorhatte, in erster Linie nicht für Spence, sondern für sich selbst.

Als sie endlich die lange Auffahrt der Hogan-Ranch entlangfuhr, ließ sie den Blick über die Umgebung schweifen. Dabei registrierte sie, dass zwar Spence’ Pick-up neben dem Stall stand, sein Pferd aber nicht auf der Weide. Auch von seinem Hund war nirgends etwas zu sehen.

Perfekt. Jetzt hatte sie all ihren Mut zusammengenommen und war umsonst hierhergefahren.

Hin- und hergerissen zwischen Verärgerung und Erleichterung, parkte Melody, stieg aus dem Wagen und stand da, die Hände in die Hüften gestemmt, während sie die nach Gras duftende Landluft einatmete, die Landschaft auf sich wirken ließ und ihre Optionen abwägte.

Die Grand Tetons ragten in der Ferne auf, zerklüftet und mit schneebedeckten Gipfeln.

Sie richtete den Blick auf das Haus. Nichts Luxuriöses, das war ohnehin nicht Spence' Stil, und das würde auch niemand erwarten. Das einstöckige Gebäude war funktional und angenehm geräumig, es passte zum Lebensstil eines Cowboy-Polizisten. Es gab eine große Veranda vorn mit einem schräg abfallenden Dach, auf der mehrere Holzschaukelstühle sowie ein kleiner Tisch standen. Der Stall sah verwittert aus und hatte offenbar kürzlich ein neues Dach bekommen.

Haus und Garten könnten die Hand einer Frau gebrauchen, dachte Melody – ein paar Blumenbeete, vielleicht einen oder zwei Blumenkästen, hübsche Vorhänge an den Fenstern.

Aber Spence war Junggeselle und teilte sich die Ranch mit einem Pferd und einem Hund, und Melody nahm an, dass das für einen einfachen Mann völlig passend war. Nur war Spence alles andere als ein einfacher Mann. Im Gegenteil, er war ziemlich kompliziert und irritierend.

Melody fing an, unruhig zu werden. Sie musste wirklich arbeiten, denn das war nicht nur in vielerlei Hinsicht therapeutisch, sondern sie verdiente auch ihren Lebensunterhalt damit. Nur deshalb war sie schließlich hier. Sie wollte endlich diese Entschuldigung loswerden, damit sie sich wieder konzentrieren konnte …

Vielleicht sollte sie doch lieber Schadensbegrenzung betreiben und wieder verschwinden. Sie konnte Spence immer noch eine E-Mail schicken, mit einem flott-fröhlichen „Tut mir leid, diese Sache da gestern“. Damit wäre die Sache abgehakt.

Außerdem konnte sie auf das Drama verzichten. Alles war ganz gut gelaufen in letzter Zeit, und plötzlich war Spence ein Thema. Wieder einmal.

Er hat dich doch bloß nach Hause gefahren, sagte sie sich, also entspann dich.

Plötzlich hatte sie einen Einfall. Sie würde ihm eine Nachricht hinterlassen. Damit würde sie ihr Gewissen beruhigen und die Angelegenheit ein für alle Mal zum Abschluss bringen.

Problem gelöst. Entschlossen stieg Melody die Stufen hinauf und klopfte an die Tür, nur für den Fall, dass sie sich geirrt haben sollte und Spence doch da war. Kein Hund und kein Pferd bedeutete eigentlich automatisch auch kein Spence. Doch bei ihrem Pech in letzter Zeit erwischte sie ihn womöglich ohne Hose oder so.

Ein faszinierender Gedanke.

Sie klopfte fest an die Tür. Wartete.

Keine Reaktion.

Dennoch zögerte sie, einfach in das Haus eines anderen einzudringen. Sie überlegte, ob sie nicht ein paar Worte auf den Zettel ihres Skizzenblocks schreiben sollte, den sie immer dabei hatte. Aber es war ein windiger Tag, die Nachricht könnte wegwehen, quer über das Grundstück wie ein Steppenläufer oder oben in den Ästen einer Kiefer landen.

Mist.

Melody hämmerte gegen die Tür.

Nichts. Ihr blieb keine andere Wahl. Vorsichtig und nachdem sie einmal tief Luft geholt hatte, probierte sie den Türknauf. Überraschenderweise hatte der Polizeichef sein Haus nicht abgeschlossen. Andererseits wusste Spence natürlich, dass schon Mut dazugehörte, ausgerechnet sein Haus auszurauben.

Bevor sie die Tür öffnete, hielt Melody inne. Ihr Blick fiel auf eine buschige Pflanze auf der Veranda. Im Ernst? Sie vermutete, dass es sich bei der Pflanze um Unkraut handelte. Aber sie musste zugeben, dass sie ganz hübsch aussah mit ihren gelben Blüten, die vermutlich jeden, der eine Allergie hatte, umhauen würde. Trotzdem wirkte es so, als wüchse die Pflanze beabsichtigt dort. Eine Gartendekoration wie diese auf einer Ranch? Das war doch völlig untypisch für Hogan.

Er war so ein … *Mann.*

Ein großer, ärgerlicher Mann mit geschickten Händen und einem umwerfenden Lächeln, der sich auch beim Sex benahm, als meine er es ernst …

Was nicht stimmte. In all den Jahren hatte sie damit gerechnet, von seiner Verlobung zu hören. Zu Unrecht. Es gab einiges Gerede über Trudy Reinholt, eine attraktive Grundschullehrerin, die es noch am längsten bei ihm auszuhalten schien. Jedenfalls länger als Melody. Vor einem Jahr war aber auch diese Affäre vorbei gewesen.

Melody trat ein und stand im Wohnzimmer, denn es gab keinen echten Flur, lediglich ein gefliestes Quadrat, auf dem Cowboys sich die Füße abtreten konnten, ehe sie den Holzfußboden betraten. Links von ihr, vor einem aus Flusssteinen gemauerten Kamin, standen ein braunes Sofa, ein schlichter Couchtisch aus Kiefernholz mit einem eselsohrigen Buch darauf und eine eiserne Lampe mit dem Bild eines Bullenreiters. Und auch Spence' Kaffeebecher stand noch da.

Ob er etwas dagegen hätte, dass ich hier eindringe? Genau betrachtet war sein gestriges Verhalten dafür verantwortlich. Denn hätte er sich nicht so ungestüm benommen, würde sie hier gar nicht stehen. Uneingeladen in seinem Wohnzimmer.

Genau. Alles seine Schuld.

Allerdings war sie der Eindringling. Für Spence war seine Privatsphäre nahezu heilig, das wusste sie, denn das hatten sie gemeinsam. Sie waren gern allein. Melody brauchte die Einsamkeit, um kreativ an neuen Entwürfen arbeiten zu können. Spence hingegen musste sich mit einer düsteren Realität herumschlagen, auch wenn niemand ernsthaft behaupten konnte, dass Mustang Creek ein Sammelbecken krimineller Aktivität war. Doch das Alleinsein gewährleistete für ihn Erholung von den Problemen, die er zu lösen hatte, und gab ihm sein inneres Gleichgewicht zurück.

Während er draußen in der realen Welt Verbrechen aufklärte, hielt sie sich in ihrem eigenen kleinen Reich auf und entwarf Schmuck.

Beruhte darauf die Anziehung zwischen ihnen? Dass sie das Licht war und er die Dunkelheit?

Nein, Spence war reines Licht, nur ein völlig anderes.

Sie sollte diese philosophische Meditation beenden und endlich einen Stift suchen, denn in ihrer Handtasche schien keiner zu sein. Auch kein Skizzenbuch. Melody mochte einfach in das Haus dieses Mannes gegangen sein, aber wenn sie Schubladen und Schränke durchwühlte, überschritt sie deutlich eine Grenze. Deshalb fischte sie einen Bankbeleg aus der Tasche. Zum Glück lag ein Stift auf einem kleinen Beistelltisch am Panoramafenster. Sie nahm ihn und fing an, ihre Entschuldigung hinzukritzeln. Dabei fiel ihr auf, dass der Kugelschreiber die Aufschrift Findley's Feed Store trug.

Dann ging die Tür auf.

„Hallo."

Spence' tiefe Stimme veranlasste sie, sich umzudrehen, gerade in dem Moment, als Harley sich begeistert auf sie stürzte.

Der Hausherr war also zurück.

„Ma'am, verzeihen Sie, aber ich glaube, Sie haben mein Haus widerrechtlich betreten."

„Ich wollte dir eine Nachricht hinterlassen."

Melody sah süß aus, wenn sie sich schuldig fühlte, besonders wenn sie sich dabei mit einer Hand gegen einen Hund wehrte und mit der anderen einen Kugelschreiber umklammert hielt.

Spence' Problem war allerdings, dass sie in seinen Augen die ganze Zeit süß war – nein, wunderschön. Selbst in dem gelben Osterglockenkleid und ihren albernen Schuhen fand er sie aufregend. Vielleicht wegen des Blicks auf dieses eine lange schlanke Bein, den der Schlitz im Kleid freigab.

Die echte Melody, die eigensinnige Künstlerin mit der schlecht zusammenpassenden Kleidung und den langen honigblonden Haaren, war seiner bescheidenen Meinung nach ein Hingucker. Es spielte keine Rolle, was sie trug.

„Weswegen?" Er hob fragend die Brauen.

„Weswegen was?" Sie war inzwischen dahintergekommen, dass sie Harleys Übermut besser abwehren konnte, wenn sie auf einen der Hocker am Tresen kletterte. Auf sein Kommando würde sich der Hund sofort beruhigen, doch Spence sagte nichts. Auf dem Hocker sitzend sah Melody ihn an.

„Du erwähntest eine Nachricht?"

„Oh, ach ja." Sie wirkte durcheinander. Und zwar herrlich. „Ich wollte mich für gestern Abend bei dir bedanken."

„Wofür genau?" Er kostete Melodys Unbehagen voll aus und dachte daran, wie wenig dankbar sie gestern für seine Hilfe gewesen war.

„Für die Fahrt nach Hause." Sie errötete. „Und ich nehme an, du hast meinen Wagen zurückgebracht. Dafür auch danke."

„Gern geschehen."

„Das kann nicht ganz einfach gewesen sein, da du meinen Schlüssel nicht hattest."

„Für jemanden, der schon eine Weile bei der Polizei arbeitet, ist das kein unüberwindbares Hindernis."

Im Laufe seiner Karriere war Spence dem einen oder anderen begegnet, der mit dem Gesetz in Konflikt geraten war. Aber das waren nicht grundsätzlich böse Menschen, manchmal waren sie nur ein wenig fehlgeleitet. Spence sah nicht weg, wenn sie gegen das Gesetz verstießen, doch die meisten von ihnen, besonders die jungen, brauchten lediglich einen Schubs, um von der schiefen Bahn wieder aufs gerade Gleis zu gelangen. Spence glaubte sehr an zweite Chancen.

Momentan hätte er selbst auch nichts gegen eine zweite Chance. Bei Melody Nolan.

Er konnte es kaum glauben – aber sie waren tatsächlich allein. In diesem stillen Haus waren sie allein, zum ersten Mal, seit sie vor neun Jahren getrennte Wege gegangen waren.

„Beantworte einfach nur meine Frage. Wie ist es dir gelungen, den Wagen ohne meinen Schlüssel zu fahren?"

„Hab jemanden gefragt, der mir einen Gefallen schuldete." Er ging in die Küche, sein lässiger Gang täuschte über seine Stimmung hinweg. Innerlich war er alles andere als gelassen. Der Anblick ihres Wagens vor seinem Haus hatte ein eigenartiges Gefühl in seinem Bauch ausgelöst.

Sie wirkte skeptisch und nervös, weil sie in seiner Küche gefangen war, obwohl Harley sich so weit beruhigt hatte, dass sie wieder vom Hocker herunterrutschen konnte. „Wie hat derjenige den Wagen ohne Schlüssel wieder ausbekommen?"

Melody war schon immer neugierig gewesen.

Er zuckte die Schultern. „Auf die gleiche Weise, wie er ihn angeworfen hat, nehme ich mal an. Und nein, ich habe keinen verurteilten Verbrecher deinen Wagen fahren lassen. Es gab auch keine vorherigen Verhaftungen, nur … eine ungewöhnliche Vergangenheit."

Frank war der reinste Magier bei allen mechanischen Dingen. Mal abgesehen von einer Fahrt ohne Fahrerlaubnis als Jugendlicher hatte er nie Ärger gemacht. Bei seinem Zusammenstoß mit dem Gesetz hatten sie eine Übereinkunft getroffen. Spence wollte den Jungen nicht ins Gefängnis stecken, und Frank wollte auch nicht hinein. Er hatte es sehr lustig gefunden, als Spence ihn wegen Melodys Wagen anrief.

Melody beschloss offenbar, der Sache nicht weiter nachzugehen. Im Licht des späten Vormittags leuchteten ihre blauen Augen. „Es ist ohnehin besser, es persönlich zu machen. Ich weiß, wir sind nicht mehr …"

„Zusammen", half er ihr, verschränkte die Arme und lehnte sich an den Tresen.

Leider.

„Seit fast zehn Jahren nicht mehr!" Die schöne Einbrecherin funkelte ihn an. „Ich wollte sagen: ‚befreundet'. Dass wir nicht mehr befreundet sind, meine ich. Der Punkt ist doch, dass ich meine Schulden immer zurückzahle. Solltest du je Hilfe von mir brauchen, bin ich dir ab jetzt etwas schuldig."

Ihr zerknirschter Tonfall ließ ihn schmunzeln. „Tja, Ma'am, ich fürchte, das ist nicht unbedingt die freundlichste Entschuldigung, die ich je bekommen habe."

Ihre Augen hatten wirklich die schönste Farbe, ein Wasserblau, das er noch nie bei jemandem gesehen hatte, und in ihnen flackerte das vertraute Feuer, das er so vermisst hatte. Es war viel zu lange her, dass er tief in diese Augen geschaut und sie seinen Blick erwidert hatte. Für gewöhnlich tat Melody ihr Bestes, um ihm aus dem Weg zu gehen. Wenn sie zufällig beide gleichzeitig an einem Ort waren, tat sie glatt so, als wäre er nicht da. Oder als wäre sie nicht da …

Sie hängte sich die Handtasche um die Schulter, und er war erstaunt, dass sie nicht wankte, denn das Ding sah schwer aus. Diese Annahme fand er bestätigt, als Melody sich tatsächlich ein wenig zur Seite neigte. „Ich glaube, du spinnst. Nach deinem Verhalten gestern Abend kannst du froh sein, dass ich mich überhaupt entschuldige."

Harley saß da und verfolgte mit schief gelegtem Kopf fasziniert den Wortwechsel. Der Hund war so schlau, dass er wahrscheinlich auch noch jedes Wort verstand. Wenn Spence nur das Wort „Spaziergang" erwähnte, war der Hund schon an der Tür. Und wenn er „Leckerli" sagte, war Harley wie der Blitz in der Speisekammer vor dem richtigen Regal.

Die Entschuldigung war ausgesprochen, die Pflicht erfüllt, und Melody schien gehen zu wollen.

Während er sich noch fragte, warum ihr das überhaupt wichtig gewesen war, erkannte er, dass er sie nicht gehen lassen wollte. Das war der reinste Masochismus. Vielleicht sollte er mal seinen Verstand untersuchen lassen.

„Warte", sagte er. „Mir ist schon eingefallen, welchen Gefallen du mir tun könntest."

„Ach ja?" Sie musterte ihn misstrauisch. „Schieß los."

Ihr Misstrauen war mehr als berechtigt. Denn seine Absichten zielten auf einen ganz bestimmten Teil seines Körpers ab, der sich danach sehnte, zum Zug zu kommen. Melodys Mund sah weich und einladend aus in dem Licht, das durch das Küchenfenster hereinfiel. Im Hintergrund waren die Berggipfel und der blaue Himmel zu sehen. Die Sonne verlieh ihrem Haar einen goldenen Schimmer.

Wenn er sie um das bitten würde, was er wollte, würde sie vermutlich ablehnen, darum improvisierte er. „Beweg dich nicht."

„Das ist der Gefallen?" Sie klang verwirrt, und ihre Stimme bebte leicht.

„Jep."

„Was hast du vor, Hogan?" Sie sah ihn erschrocken an, als er zu ihr trat.

Er nahm ihr die Handtasche von der Schulter. „Was ist denn da drin? Hast du nach Wracks getaucht und Kanonenkugeln vom Meeresboden eingesammelt?" Die Tasche machte ein dumpfes Geräusch, als er sie auf den Tresen stellte. Im nächsten Moment hatte er einen Arm um Melodys Taille gelegt.

„Das geht dich gar nichts an. Und was, zur Hölle, machst du da eigentlich?"

„Ich küsse dich."

„Ich denke eher nicht …"

„Ausgezeichnet", unterbrach er sie und kam noch näher. „Denken solltest du dabei auch lieber nicht."

Es war lange her seit jenem leidenschaftlichen Sommer, in dem sie beide nicht genug voneinander hatten bekommen können. Doch seine Sinne hatten kein Detail vergessen. Ihren Geschmack, die Kurven ihres Körpers, der sich an seinen schmiegte, und die Intensität seines Verlangens. Bei keiner anderen Frau vorher oder nachher hatte er je Ähnliches empfunden.

Wenn er in den vergangenen Tagen nicht ständig Kontakt zu ihr gehabt hätte, hätte er sich wahrscheinlich beherrscht. Sobald sie sich in der Stadt begegneten, herrschte Verlegenheit zwischen ihnen, und sie waren sich aus reinem Selbstschutz aus dem Weg gegangen.

Neun Jahre lang hatten sie das getan. Und doch dachte er jeden Tag an sie. Das war zu verräterisch, um es ignorieren zu können.

Und wenn wir einfach die gleiche Energie für eine Beziehung aufbringen würden wie dafür, einen großen Bogen umeinander zu machen? Es könnte funktionieren.

Tripps Glück musste Spence irgendwie inspiriert oder wie ein Virus angesteckt haben.

Melody stieß einen Protestlaut aus und schlug ihn auf die Schulter.

Romantische Begeisterung sah anders aus.

Statt sich davon beeindrucken zu lassen, küsste er sie noch leidenschaftlicher, halbwegs in der Erwartung, dafür ihr Knie zwischen die Beine gerammt zu kriegen.

Dann lockerte sich plötzlich ihr Griff an seinem Arm.

Vielleicht hätte er das nicht bemerkt, wäre er nicht so sensibel für ihre Körpersprache gewesen. Bei Melody jedoch fühlte er jede noch so kleinste Regung, während sich alles auf ihn einstellte und die Anspannung von ihr wich.

Auf körperlicher Ebene hatten sie sich immer hervorragend verstanden …

Und wenn jetzt noch dieser sexy Laut von ihr dazukäme, an den er sich erinnerte wie an einen Song, der ihm nicht mehr aus dem Kopf ging, wäre es um ihn geschehen.

Spence glaubte zu ertrinken.

Er bekam prompt eine Erektion und wusste, dass sie das spüren konnte, denn sie bewegte sich ein wenig, auf sehr erotische, instinktiv weibliche Weise. Wäre er nicht damit beschäftigt gewesen, ihr den Kuss ihres Lebens zu geben – zumindest versuchte er das –, hätte er laut aufgestöhnt.

Was als Nächstes passierte, lag ganz allein bei ihr.

Keiner von ihnen atmete noch ruhig und gleichmäßig, nachdem sie den Kuss schließlich unterbrochen hatten. Spence schmiegte sein Gesicht an ihren Hals und wartete darauf, dass sie etwas sagte, irgendetwas, um wenigstens anzudeuten, wie sie über das dachte, was sie gerade getan hatten. So, wie er Melody kannte, könnte sie sehr abrupt zur Vernunft gelangen und ihn ohrfeigen, ehe sie aus dem Haus stürmte und mit quietschenden Reifen davonraste.

Er hoffte inständig, sie möge nicht zur Vernunft gelangen.

Er war ganz sicher nicht vernünftig.

Das Glück war auf seiner Seite, denn auch sie zeigte keinerlei Anzeichen von Vernunft. Sie schaute ihm in die Augen. „Ich habe keine Ahnung, was das jetzt sollte."

„Doch, hast du." Er strich ihr über die Wange. „Ich werde noch einmal wiederholen, was ich gestern Abend gesagt habe.

Du siehst toll aus in Gelb. Ich finde dich besonders reizvoll in Gelb. Merkst du, wie gut ich mich entschuldigen kann? Außerdem war es ein Scherz."

„Zu spät, um das wieder auszubügeln. Vielleicht solltest du mich einfach noch einmal küssen."

„Ich würde verdammt gern noch viel mehr machen."

„Tja, das ist in dieser Situation auch kein Geheimnis", erwiderte sie übermütig.

Ein verräterisches Triumphgefühl meldete sich in ihm. Ho, Cowboy, ermahnte er sich im Stillen, bilde dir bloß nichts ein. *Gib ihr einfach mehr.*

„Mel, hast du jemals darüber nachgedacht, dass es niemals zu spät sein könnte?" Er flüsterte die Worte, seine Lippen dicht an ihrem Mund, und die Sonne schien warm auf seine Schultern, während er Melody an sich zog. „Für uns, meine ich."

Er wartete nicht auf ihre Antwort. Der zweite Kuss war sogar noch besser als der davor. Möglicherweise war das nur seine Meinung, aber als einer von zwei Beteiligten hatte sie sicher Gewicht.

Nachdem es vorbei war, holte sie tief Luft. „Ich weiß, dass ich dumm bin, aber es ist mir egal. Schlafzimmer?"

„Du bist nicht …", begann er, verstummte jedoch sofort wieder. Sosehr sie zögerte, ihm wieder zu vertrauen, so sehr hielt er sich mit Versprechungen zurück, bis er sich sicher war, was sie eigentlich wollte. Bis er wusste, dass sie beide das Gleiche wollten.

Er hob sie hoch und war schlau genug, kein Wort zu sagen, als er sie den Flur entlang zum gewünschten Ziel trug. Es wurde langsam Zeit, dass er lernte, den Mund zu halten.

4. KAPITEL

Vielleicht lag es an Hadleighs und Tripps romantischer Hochzeit, dass Melody in ihr ganz persönliches Märchenreich abgedriftet war. Vielleicht allerdings auch nicht.

„Ich brauche zwei Minuten, um aus diesen Klamotten zu kommen", erklärte er. „Vorher will ich aber dich ausziehen." Das war so süß von ihm, dass sie lachen musste. Es fühlte sich gut an.

„Oh, du meinst meine sexy Jogginghose und das T-Shirt?"

„Ich brauche keine schicken Klamotten, um zu wissen, wie du ohne aussiehst." Er hob ihre Arme, um ihr das T-Shirt abzustreifen. „Das Shirt ist für einen Mann mit einer guten Erinnerung wie meiner durchsichtig. Mir ist bestens bekannt, was sich darunter verbirgt, deshalb achte ich nicht auf den Schnickschnack." Mit sinnlicher Stimme fügte er hinzu: „Komm schon, Melody, dir ist klar, dass ich dich schön finde. *Das* war nie unser Problem."

Was stimmte. Wenn sie mit ihm zusammen war, er sie umarmte, hatte sie sich immer ganz als Frau gefühlt. Genau genommen war sie auf diese Weise zur Frau geworden. Mit zwanzig war sie noch Jungfrau gewesen. Allerdings nicht infolge einer bewussten Entscheidung, sondern eher unbewusst. Wie ihr erst später klar wurde, hatte sie sich, naiv und dumm, wie sie war, für ihn aufgehoben.

Melody war sehr lange in Spence verliebt gewesen. Als sich zwischen ihnen eine Liebesaffäre entwickelt hatte, war sie mit den Füßen vorangesprungen, wie sie es bei einem Sprung von einer Klippe getan hätte. Natürlich war es etwas peinlich, sowie er begriff, dass sie unerfahren war. Doch alles in allem stellte es kein Problem dar, was vermutlich daran lag, dass sie sich für ihn aufgehoben hatte. Sie war sich jedoch sehr wohl der Tatsache bewusst, dass er schon auf der Highschool den Ruf eines Playboys genossen hatte.

Im Laufe der nächsten Monate hatte die Übung die Situation deutlich verbessert. Und sie übten auf jeder verfügbaren horizontalen Fläche, bis Melody sich im Herbst am College anmeldete. Sie führten die Beziehung weiter, zumindest diesen Teil davon, auch nach Melodys desaströsem Heiratsantrag im Juli und Spence' demütigender Absage. Den ganzen Sommer lang waren sie ein Liebespaar. Und Melody hatte weiterhin geglaubt, es gebe eine Zukunft für sie.

Doch dann ließ er sie fallen.

Er wollte nur eine Sommeraffäre, damals. Warum sollte sie heute nicht dasselbe können?

Die ärgerliche innere Stimme, von der Melody wünschte, sie würde verstummen, flüsterte: Weil das nicht zu dir passt, Dummerchen. Besonders wenn es um diesen Mann geht.

Er war unglaublich attraktiv mit seinen dunklen Haaren und diesen unfassbar blauen Augen. Immerhin hatte sie einen neuen BH angezogen und einen dazu passenden Slip. Mehr hielt ihr Kleiderschrank nicht zur Verfügung, da sie wegen der Hochzeitsfeierlichkeiten schon seit einer Weile nicht mehr gewaschen hatte.

Spence strich mit dem Zeigefinger den Spitzensaum über der Wölbung ihrer rechten Brust entlang. „Meinem Röntgenblick ist das ganz entgangen. Hübsch."

„Das ist auf ein Wäscheproblem zurückzuführen. Ich habe ihn nicht deinetwegen an."

„Ich hoffe, es stört dich nicht, dass mir der BH noch besser gefällt, wenn du ihn nicht mehr trägst." Geschickt öffnete er den Vorderverschluss und schob ihr den BH von den Schultern.
Irgendwann werde ich ihm dieses Geschick übel nehmen.

Denk nicht daran.

Auf seine übliche unverfrorene Art hob er sie hoch und legte sie aufs Bett. Sein Zimmer hatte eine maskuline Ausstrahlung. Ein rustikales Holzbett mit einem Kopfteil aus Kiefernbohlen bildete den Mittelpunkt, darauf lag eine braun-grüne Tagesdecke mit Tannenmuster. Außerdem gab es eine Kommode, einen Nachtschrank mit Leselampe und eine Tür, die vermutlich zu einem begehbaren Wandschrank führte. Ein Fenster bot einen Blick auf die Berge. Das war es.

Der Ausblick war vermutlich der Grund, weshalb keine Bilder an den Wänden hingen. Wozu auch? Kein gerahmtes Kunstwerk konnte da mithalten, weder im Frühling noch im Sommer, Herbst oder Winter. Doch Melodys Aufmerksamkeit wurde momentan auf etwas anderes gelenkt.

Nachdem Spence sich von seiner Kleidung befreit hatte, sah sie, dass sein Körper sich nicht verändert hatte. Er war noch immer trainiert und muskulös. Sie wusste, dass er trainierte, denn sein Pick-up stand regelmäßig vorm Fitnesscenter. Außerdem gehörte das Fitnessstudio Bex, und Melody besuchte es ebenfalls. Ihr war auch bekannt, dass er jeden Tag Reb ritt, egal bei welchem Wetter.

Sein erregter Zustand erinnerte sie daran, dass die sexuelle Anziehung zwischen ihnen nie ein Problem gewesen war. Ebenso gab es keine Zweifel daran, dass sie sich gegenseitig attraktiv fanden. Auf physischer Ebene stimmte alles.

„Den wirst du nicht brauchen." Ihr Slip verschwand als Nächstes.

Kaum dass er sich auf sie schob, raste ihr Herz. Er streichelte ihre Brüste und sagte das denkbar Romantischste – was die Sache natürlich nicht besser machte.

„Du hast mir gefehlt."

Vier schlichte Worte, und er schien es ernst zu meinen.

Er sah außerdem sehr erregt aus. Und sexy. Und … ganz einfach wie Spence.

„Sprichst du gerade mit meinem Busen oder mit mir?“ Melody ließ die Finger durch sein volles Haar gleiten. „Ich …“

Er unterbrach, was immer sie hatte äußern wollen – sie war selbst nicht einmal mehr sicher, was das überhaupt war –, mit einem weiteren glühenden Kuss. *Genug geredet.* Auch das war typisch Spence. Bettgeflüster war nichts für ihn. Er war ein Mann der Tat in jeder Hinsicht. Auch daran hatte sich nichts geändert.

Und er konnte nach wie vor mit einer bloßen Berührung oder mit einem Kuss die Begierde in ihr entfachen. Selbst mit einem bedeutungsvollen Blick gelang ihm das.

Nicht dass sie wirklich ein Vorspiel gebraucht hätte, doch war er umsichtig genug, es ihr zu schenken, bevor er mit der Hand nach unten wanderte. „Du hast mich also auch vermisst“, stellte er zufrieden fest, sowie seine Finger ihr Ziel erreicht hatten und er merkte, wie warm und feucht sie dort schon war.

Könnte sie das doch nur verneinen!

Stattdessen streichelte sie seinen nackten Rücken. „Beeil dich.“

Das Geräusch der Nachttischschublade, die aufgezogen wurde, riss sie ein wenig aus ihrer sinnlichen Benommenheit. Spence holte ein Folienpäckchen heraus, öffnete es und rollte sich das Präservativ über. Das war noch etwas, worauf sie ihn später ansprechen würde – seinen Kondomvorrat.

Er drang in einer langsamen Bewegung in sie ein, und er schaffte es halbwegs, seinen unbändigen Wunsch, schneller vorzupreschen, zu zügeln. Er war noch der Liebhaber, an den sie sich erinnerte, eine feine Balance zwischen Finesse und Heißblütigkeit. Er konnte den Grad ihrer Erregung genauestens justieren und beherrschte die Situation entsprechend.

Er bewegte sich, und sie bewegte sich, indem sie sich ihm instinktiv entgegenbog, als wisse ihr Körper, was sie wollte.

Spence wusste es auch. Er steigerte sein Tempo wie aufs Stichwort zu einem perfekten erotischen Rhythmus. Melody fühlte, wie sich der Orgasmus ankündigte, und tat ihr Bestes, um ihn hinauszuzögern, denn es ging peinlich schnell. Vergebens, es gelang ihr nicht.

Das Befriedigendste daran war – abgesehen vom Höhepunkt ihres Lebens –, dass auch Spence sich nicht länger zurückhalten konnte. Sie war sich ziemlich sicher, dass ihre Reaktion dazu beitrug, dass er eher als beabsichtigt so weit war.

Hinterher atmeten sie beide schwer und schwitzten, und Spence drehte sich mit ihr auf die Seite. Sein zerwühltes dunkles Haar hob sich deutlich von dem weißen Kissenbezug ab. Nach einer Weile sagte er mit einer Stimme, die viel rauer war als sein gewöhnlich lässiger Ton: „Wow, und ich dachte, ich bin keine siebzehn mehr. Das ging verdammt fix."

Offenbar hatten sie beide gebraucht, was gerade geschehen war. Doch wenn sie darüber nachdachte, würde sie wahrscheinlich aufspringen, sich hastig anziehen und verschwinden. Also schob sie den Gedanken daran, dass das möglicherweise ein Riesenfehler gewesen war, beiseite.

„Du musst dich nicht entschuldigen." Sie zeichnete mit der Hand die Konturen seiner Brust nach. Spence fühlte sich gut und sehr real an, selbst in einem surrealen Moment wie dem nach wildem Sex mit einem Mann, dem sie eigentlich für den Rest ihres Lebens hatte aus dem Weg gehen wollen.

Bex und Hadleigh würden sie glatt würgen dafür, dass sie sich erneut mit Spence eingelassen hatte – falls sie ihnen jemals davon erzählen würde. Ganz zu schweigen davon, dass es Sonntagmorgen war. Melody besuchte regelmäßig den Gottesdienst, heute jedoch hatte sie stattdessen ihr Sündenregister vermehrt, indem sie mit dem berüchtigsten Junggesellen von Mustang Creek geschlafen hatte.

Wie dumm kann man sein?

„Wenn du Zeit hast, würde ich es gern wiedergutmachen. Mein ungehöriges Tempo, meine ich."

Es gab nichts wiedergutzumachen.

„Ich muss meine Katzen füttern. Das habe ich heute Morgen noch nicht getan."

Er lachte und blickte sie mit seinen kristallblauen Augen an. „Könnte ich bitte eine bessere Ausrede bekommen als diese?"

Als sie das zweite Mal miteinander schliefen, war es langsamer, aber ebenso intensiv, und Melody hielt ein bisschen länger durch. Doch beim dritten Orgasmus war sie sich nicht einmal sicher, ob sie sich noch an ihren eigenen Namen erinnerte.

Im Bett verdiente Spence einen Hollywood-Stern auf irgendeinem Gehsteig.

Außerhalb des Betts war sie nicht überzeugt, dass sie sich verstehen würden. Grundsätzlich. Emotional gesprochen.

Die Vorbereitungszeit bis zur Hochzeit war anstrengend gewesen, denn sie hatte Hadleigh und Tripp mit der Hingabe einer ehemaligen Cheerleaderin unterstützt, sogar in diesen qualvollen Schuhen, mit Pompoms wedelnd. Sie waren alle Cheerleader gewesen, damals auf der Highschool …

Spence sagte etwas, und sie nahm seine tiefe Stimme wahr, aber Melody war erschöpft, körperlich wie seelisch. Die Decke war weich und duftete schwach nach ihm, nun allerdings holte die Hektik der vergangenen Tage sie ein. Sie und Bex waren herumgerannt wie kopflose Hühner, während sie sich um sämtliche Details gekümmert hatten, damit Hadleigh nicht durchdrehte. Melody kuschelte sich in das Kissen wie ein Bär, der eine Höhle gefunden hatte, während draußen der Winter begann.

„He, Dornröschen, ich habe dir gerade eine Frage gestellt." Eine sanfte Hand streichelte ihre Schulter.

„Hm, was?"

„Möchtest du darüber reden?"

„Worüber?"

Leise lachte er. „Ich fahre in die Stadt. Soll ich deine Katzen füttern, da ich ohnehin in der Nähe bin? Du kannst in der Zeit schlafen."

Wovon hat er gesprochen? Schlafen? Oh, ja, was für eine wundervolle Idee. „Gern", murmelte sie.

Und dann glitt sie schon ins Reich der Träume.

Spence war sich nicht sicher, was er machen sollte.

Na schön, er musste diese Sache klären. Zum ersten Mal in der Menschheitsgeschichte – seit Kreaturen aus dem Wasser gekrochen waren oder sich einen Apfel irgendwo in einem Garten gepflückt hatten (je nachdem, welchem Glauben man anhing) – wollte ein Mann mit einer Frau über ihre Beziehung sprechen. Und sie schlief einfach ein.

Eigentlich müsste es andersherum sein.

Er betrachtete die schlafende Melody. Sie hatte sich ihm halb zugedreht, die eine Hand unter der Wange, während ihre langen Wimpern winzige Schatten auf ihre Wangenknochen warfen.

Es war nicht einmal Mittag.

Harley winselte an der Schlafzimmertür. Spence hatte ihn ausgeschlossen – er wollte kein Hundepublikum, während er und Melody miteinander schliefen –, und jetzt ging es auf die Mittagszeit zu. Also stand er auf, zog seine Jeans wieder an und schritt in die Küche. Melody rührte sich nicht.

Er schüttete das hochwertige Trockenfutter – für das er zwanzig Meilen fuhr, nur eine Strecke – in den Napf. Harley fiel mit einem Heißhunger darüber her, für den sich der Weg schon wieder gelohnt hatte. Nachdem er den Hund gefüttert hatte, entschied er, auch die Menschen im Haus mit Nahrung zu versorgen. Das Problem war, dass er nicht viel dahatte.

„Willst du mit in die Stadt?", fragte Spence.

Harley sprang aus lauter Begeisterung vor der Tür zur hinteren Veranda hoch. Großes Ja.

Spence holte seine und Melodys Schlüssel, die auf dem Küchentresen lagen, und schrieb ihr eine Nachricht. Das war eine seltsame Wendung eines ohnehin schon eigenartigen Vormittags. Dann tippte er eine Nummer in sein Telefon. Die Besitzerin des Ride'em Café meldete sich beim vierten Klingeln.

„Guten Morgen, Carly."

„Dir auch, Chief. Du klingst aufgekratzt."

Er fühlte sich tatsächlich aufgekratzt, obwohl er ziemlich sicher war, dass er ein solches Wort niemals zur Selbstcharakterisierung gebraucht hätte. Doch es stimmte, er war in sehr guter Stimmung. In seinem Bett lag eine wunderschöne nackte Frau – nackt bis auf dieses Armband. Er würde Melody fragen, ob sie es jemals abnahm. Außerdem war es ein heller sonniger Tag.

Carly Riggs stammte aus dem Süden, was ihre köstlichen knusprig panierten Hähnchen erklärte. Er bestellte zwei Portionen zum Mitnehmen mit üblicher Beilage. Dann erinnerte er sich an sein erstes Date mit Melody und bestellte noch zwei Stücke Käsekuchen. Wenn sie schon dabei waren, in Erinnerungen zu schwelgen, dann auch richtig. Falls sie sich nicht sehr geändert hatte, hielt sie nicht allzu viel von Desserts. Aber für Käsekuchen hatte sie immer etwas übriggehabt.

Bin bald mit Essen wieder zurück, schrieb er auf den Zettel.

Kurz zögerte er, doch die Nachricht erschien ihm klar genug, deshalb beließ er es dabei. Harley sprang draußen in seinen Pick-up, und sie fuhren los.

Es war ein wunderschöner Tag, die Vögel sangen, und ein kleiner Amor mit Pfeil und Bogen flog umher …

Was habe ich nur getan? Spence umklammerte das Lenkrad fester, während er vom Grundstück abbog. *Ich habe Melody verführt.*

Sie mochte ja mit schmeichelhaft großer Begeisterung mitgemacht haben, aber sie war nicht in der Erwartung zur Ranch gekommen, mit ihm zu schlafen. Also musste er die Verantwortung übernehmen. Sie lag allein bei ihm.

Er war wirklich kein Schürzenjäger, hatte aber den Ruf eines solchen. Der war hauptsächlich dadurch entstanden, dass er das Interesse an Frauen, die nicht Melody waren, schnell wieder verlor.

Wie sie wohl reagieren würde, wenn sie sähe, wie alt die Kondome aus seinem Nachtschrank waren. Das Verfallsdatum war sicher noch nicht abgelaufen, aber er schlief nicht ständig mit irgendwelchen Frauen, auch wenn alle das glaubten. Es hatte tatsächlich eine Zeit gegeben, besonders kurz nach ihrer Trennung, in der er viele Dates gehabt hatte. Nur war er nie mit dem Herzen bei der Sache gewesen, und genau darin lag das Problem.

„Ihre Katzen sind komisch, nach allem, was ich von Tripp gehört habe“, sagte er zu Harley, als sie Mustang Creek erreichten. „Du wirst draußen bleiben müssen.“

Der Blick seines Hundes deutete an, dass Harley alle Katzen für komisch hielt.

Spence’ Ansicht nach war da etwas dran. Er atmete tief ein und wieder aus. „Es war nicht meine Absicht, mich wieder mit ihr einzulassen. Zumindest habe ich das geglaubt. Bis zu diesem Wochenende …“

Harley winselte auf dem Beifahrersitz liegend, die weißen Vorderpfoten übereinandergeschlagen.

Irgendein Idiot kam ihnen mit überhöhter Geschwindigkeit in der Main Street entgegen. Spence gab das per Funk durch. Er war nie ganz außer Dienst, aber das war für ihn völlig in Ordnung.

Vor Melodys Haus parkte er den Wagen, nahm Harley bis zur vorderen Veranda mit und erklärte ihm, dass er warten müsse. Dann betrat er das Haus und schaute sich drinnen um.

Melody hatte ihr Wohnzimmer in ein Atelier verwandelt. Auf dem Arbeitstisch lagen Skizzen, und Spence widerstand dem Impuls, einen Blick darauf zu werfen. Er wollte ihre Privatsphäre nicht verletzen, auch wenn sie ihm erlaubt hatte, ihr Haus zu betreten. Es war gemütlich eingerichtet, mit einem bequem aussehenden Sofa und einem gemusterten Teppich. Die Künstlerin zeigte sich in einem ungewöhnlichen Mobile am Fenster. Kleine Quadrate aus funkelndem geschliffenem Glas hingen an Streifen in sich gedrehten Kupfers. Man musste nicht groß überlegen, um darauf zu kommen, dass Melody es gemacht hatte. Spence stand da und bewunderte einige Minuten diese Arbeit. Er wusste, dass Melody begabt war. Doch Kunst war in dem Sommer, als sie zusammen waren, nicht ihr Studienwunsch gewesen. Damals hatte sie Jura studieren wollen.

Es war klug von ihr gewesen, ihre Meinung noch zu ändern. Er wusste, dass ihr Schmuck sich gut verkaufte. In der Saison machten die Läden im Ort ein Bombengeschäft damit und verlangten ständig mehr.

Irritiert stellte Spence fest, dass es hier ein kleines Problem gab – weit und breit waren keine Katzen zu sehen.

Kein Miauen war zu hören. Niemand strich um seine Beine. Alles war still. Es war Sommer, und er hoffte inständig, dass sie kein Fenster offen gelassen hatte und die Katzen einfach weggelaufen waren. Natürlich war denkbar, dass sie sich versteckten, weil sie ihn nicht kannten – Katzen waren sehr schlaue Wesen mit ausgeprägtem Selbsterhaltungstrieb.

Vielleicht versteckten sie sich aber auch gar nicht, sondern er übersah sie nur.

Plötzlich fiel ihm auf, dass drei Katzen auf dem Kaminsims saßen, die aussahen wie Kunstwerke. Er sah genauer hin. Ihre

Schwänze waren alle auf die gleiche Weise zusammengerollt, und sie sahen überhaupt gleich aus. Andererseits kannte Spence sich besser mit Pferden und Hunden aus. Gelegentlich wohnte mal eine Katze in seiner Scheune, aber die versorgte sich dann selbst, indem sie Mäuse fing. Es war ein bisschen unheimlich, als er feststellte, dass diese Katzen ihn ganz offensichtlich taxierten. Freund oder Feind?

Tripp hatte vollkommen recht gehabt. Diese Katzen *waren* komisch.

„Ich habe ihre Erlaubnis", erklärte er dem Trio. „Außerdem bin ich hier, um euch zu füttern." Er dachte an seine Beziehung zu Harley, an das Verständnis zwischen ihnen. „Möchte mir vielleicht eine von euch zeigen, wo das Futter steht?"

Das funktionierte tatsächlich. *Sieh mal einer an.*

Eine der Katzen sprang anmutig auf den Boden und führte ihn mit zuckendem Schwanz in die Küche, wo sie vor einem Schrank stehen blieb.

Wie sich zeigte, standen die Katzenfutterdosen darin. Spence öffnete eine. *Wie viel frisst eine Katze?* Er teilte den Inhalt in drei Portionen, füllte den Wassernapf auf und verschwand wieder. Auf der Veranda erwartete ihn Harley. Spence hätte schwören können, dass ein mitfühlender Ausdruck in den Augen des Hundes lag, der sagte: *Katzen.*

„Ich könnte Punkte bekommen für meine Hilfsbereitschaft." Er öffnete die Tür seines Pick-ups und ließ den Hund hineinspringen.

Als sie das Restaurant erreichten, herrschte dort reger Betrieb, aber das war ganz typisch für einen Sonntagvormittag. Spence grüßte fast jeden auf dem Weg zum Tresen, wo er das Essen abholen wollte. Vielleicht war er schon zu lange in Mustang Creek, jedenfalls kannte er jeden im Restaurant.

Carly bediente ihn persönlich. Während sie kassierte, fragte sie mit erhobenen Brauen: „Zwei Essen?"

„Ich habe ziemlichen Hunger", erwiderte er ausweichend und reichte ihr das Geld. Diese Stadt war wirklich klein, und Klatsch breitete sich aus wie das sprichwörtliche Lauffeuer.

„Scheint so." Sie warf ihm einen schiefen Blick zu.

„Richtigen Heißhunger", bekräftigte er. Da Melody noch in seinem Bett lag, kam dieser Aussage gleich eine doppelte Bedeutung zu. Technisch gesehen handelte es sich also nicht um eine Lüge. Er nahm die Tüte mit zum Wagen und warf Harley einen strengen Blick zu, als der neugierig schnupperte. „Du hast schon gefressen."

Das Huhn duftete aber wirklich köstlich, und das quälte Spence auf dem gesamten Rückweg zur Ranch.

Kaum hatte er sein Haus betreten, kippte die Stimmung. Melody tigerte angezogen in der Küche auf und ab und fuhr ihn an: „Du hast meine Schlüssel mitgenommen, damit ich nicht wegkann?"

Mit dem idyllischen Vormittag würde es wohl nichts mehr werden. Er legte die Schlüssel klimpernd auf den Tresen. „Ich habe dich gefragt, ob ich deine Katzen füttern soll. Du hast Ja gesagt, also habe ich es getan."

„Oh." Das stimmte sie offenbar nachdenklich. „Ich habe in letzter Zeit nicht viel Schlaf bekommen. Entschuldige."

„Ist schon in Ordnung." Sie wirkte nervös, daher hielt er die Tüte mit dem Essen hoch „Wie wär's mit Mittagessen? Carlys Hühnchen mit Kartoffelbrei und Salat."

„Ich sollte besser gehen." Melody nahm ihre Schlüssel und hängte sich die Drei-Tonnen-Handtasche um die Schulter. „Du hast die Katzen gefüttert? Wie ist es gelaufen?"

Anscheinend hatte er es sich bei ihr schon wieder verscherzt, aber er war schlau genug, sie nicht zu drängen. „Ich habe die Katzen gefragt, wo das Futter ist, und eine von ihnen hat es mir gezeigt. Dann habe ich sie gefüttert. Ende der Geschichte."

„Du machst Witze", erwiderte sie verblüfft.

Zum Glück war er wirklich hungrig, vermutlich konnte er zwei Mahlzeiten essen. Außerdem musste der Zaun im Norden repariert werden, und beim Graben der Löcher für die Zaunpfähle verbrannte man reichlich Kalorien. „Nein, ich mache keine Witze. Wieso?"

„Sie *mochten* dich?"

„Ich habe keine Ahnung, ob sie mich mochten oder nicht. Jedenfalls habe ich Futter verteilt, und sie haben es gefressen."

„Tatsächlich?"

Er konnte der Unterhaltung nicht mehr ganz folgen. „Gibt es denn einen Grund, weshalb sie nicht hätten fressen sollen. Die Katzen waren hungrig. Jemand gibt ihnen Futter. Scheint mir eine simple Sache zu sein."

„So simpel ist sie nicht. Was soll's", murmelte sie und ging zur Tür hinaus.

Hoffentlich verschwindet sie nicht gleich wieder ganz aus meinem Leben, dachte er, als er ihren Wagen hörte. Gedankenverloren griff er in die Tüte.

Sie waren schon einmal auseinandergegangen, und das war seine Entscheidung gewesen. In dieser Sache hatte er seine Meinung geändert.

Das alles erklärte er Harley, während er eine doppelte Portion knusprig paniertes Hühnchen aß.

5. KAPITEL

Melody dachte daran, einen Club für Liebesbehinderte aufzumachen. Sie würde Präsidentin, Schatzmeisterin und Sekretärin in einem sein. Als Gründerin und vermutlich einziges Mitglied würde sie sich vielleicht eine schicke Plakette oder Trophäe verleihen, einfach nur so.

Wenig amüsiert von dieser Aussicht, bog sie in ihre Auffahrt und legte den Kopf für einen Moment aufs Lenkrad.

Die große aktuelle Frage lautete: War phänomenaler Sex ein Ersatz für gesunden Menschenverstand?

Daran würde die Jury eine Weile zu kauen haben. Ihre Mitglieder waren ausschließlich Männer, darum würde die Antwort Ja lauten. Andererseits war sie selbst der Beweis dafür, dass auch ein paar andere Frauen so urteilten.

Melody betrat ihr Haus und entdeckte alle drei Katzen auf der Couch in ihrer klassischen Sphinx-Pose, die Pfoten nach vorn gerichtet, den Kopf erhoben. In dieser Haltung beobachteten sie Melodys Eintreten. Sie ließ ihre Umhängetasche auf den Boden fallen – die musste wirklich mal ausgemistet werden. Es passte ihr nicht, dass Spence recht hatte, aber darin hatte sich deutlich mehr angesammelt, als ein menschliches Wesen mit sich herumschleppen sollte.

„Also, ich bin eine Idiotin", erklärte sie den Katzen. „Reitet nicht darauf herum."

Ralph, Waldo und Emerson schienen ihre Selbsteinschätzung zu teilen. Sie ging ins Badezimmer und entledigte sich unterwegs ihrer Kleidung. Vielleicht würde eine Dusche helfen, einen klaren Kopf zu bekommen. Sie hatte gerade einen extrem intensiven Morgen mit Sex verbracht. Richtig leidenschaftlicher, wilder Sex, den sie schleunigst wieder aus ihren Gedanken verbannen sollte.

Und aus ihrem Herzen.

Besonders aus meinem Herzen, dachte sie, als sie unter die heißen Wasserstrahlen trat. Spence hatte unverbindliche Affären gehabt, sie nicht. Er bewahrte Kondome in seiner Nachtschrankschublade auf, was Beweis genug war.

Sie musste unbedingt mit jemandem darüber sprechen, dem sie vertraute.

Hadleigh war in den Flitterwochen und daher nicht erreichbar. Aber sie konnte ihre Last bei Bex abladen. Allerdings erst, nachdem sie an dem Auftragsstück gearbeitet hatte. Außerdem war sie auch noch nicht sicher, ob sie ihrer Freundin alles anvertrauen würde. Aber sie konnte zugeben, dass es sie ein wenig aus der Bahn geworfen hatte, während der gesamten Hochzeit mit Spence zusammen gewesen zu sein. Zumindest war das keine Lüge.

Keineswegs.

Auf jeden Fall musste sie darüber nachdenken. Aus Erfahrung wusste sie, dass sie am besten mit einem Problem fertigwurde, indem sie mit einer Freundin darüber sprach. Bex war sehr direkt und konnte gut zuhören. Und wofür waren Freunde schließlich gut?

Ihr Handy klingelte.

Sie stellte die Dusche ab und griff nach einem Handtuch. Auf dem Display erschien Spence' Nummer, und Melody rutschte ein Wort heraus, das eine Dame niemals von sich geben würde. Nach kurzem Zögern meldete sie sich trotzdem.

„Du bist so schnell verschwunden", sagte er ohne Begrüßung. „Ist alles in Ordnung mit dir?"

Diese Frage war schwierig zu beantworten. Er hatte vielleicht Nerven, so etwas zu fragen. Mit beachtlicher Ruhe sagte sie: „Spence, ich habe neun Jahre ohne dich gelebt. Warum sollte jetzt nicht alles in Ordnung mit mir sein?"

Rückblickend betrachtet war das natürlich ein Schlag unter die Gürtellinie.

Er schwieg so lange, dass Melody schon dachte, die Verbindung sei unterbrochen worden. Aber dann sprach er doch. „Ich habe mich gefragt, ob du nicht mit mir zu Abend essen willst, wo du das Mittagessen schon hast ausfallen lassen."

Ein Abendessen? Nein, das war zu viel. Es ging auch alles viel zu schnell.

Am Ende würde sie nur wieder in seinem Bett landen. Sie konnte sich in diesem Punkt selbst nicht über den Weg trauen. Wieder zweifelte sie an ihrem Urteilsvermögen.

„Ich weiß nicht." Das war immerhin die Wahrheit, nur klang es ein wenig unhöflich, deshalb schob sie hinterher: „Ich wollte sagen, heute Abend geht es leider nicht."

„Du hast viel zu tun, schon verstanden." Der leise Spott in seinem Ton war vermutlich verdient.

Es hieß allgemein, mit Aufrichtigkeit käme man am ehesten weiter. Melody holte tief Luft. „Ich weiß dein Angebot zu schätzen, aber ich muss erst einmal in Ruhe verarbeiten, was heute Morgen passiert ist."

„Ich habe versucht, mit dir darüber zu sprechen, aber du hast angefangen zu schnarchen."

„Ich schnarche nicht!"

„Jeder schnarcht hin und wieder, außerdem war es nur ein weiterer lahmer Scherz. Ich meinte, wir sollten miteinander reden, und das wäre doch ganz nett bei einem Abendessen."

„Ich bin mir nicht sicher, was ich will und was als Nächstes passieren sollte." Auch das entsprach der Wahrheit.

„Wenn du gleich auch noch sagst, es liege nicht an mir, sondern an dir, verhafte ich dich."

Eines musste sie ihm zugutehalten: Er brachte sie immer zum Lachen. „Mit welcher Begründung?"

„Übermäßiger Gebrauch von Plattitüden."

„Mir war nicht klar, dass es ein Gesetz dagegen gibt."

„Bis dein teurer Anwalt dahintergekommen ist, dass es gar keins gibt, habe ich längst erreicht, was ich wollte. Also tu uns beiden den Gefallen und sag es nicht. Möchtest du, dass ich dich wieder anrufe?"

Das war ziemlich unverblümt. Sie biss sich auf die Unterlippe. Ein Teil wollte schreien: Ja! Der andere Teil wusste, dass es besser wäre, Nein zu sagen, denn ein Ja käme einer Fahrt auf einen Abgrund zu gleich. „Kann ich darauf noch mal irgendwann zurückkommen?"

Sein Ton war behutsam und ruhig. „Du bist jetzt am Zug. Und du bist keine zwanzig mehr."

Nach dem Telefonat starrte Melody das Display an. *Was hat das zu bedeuten?* Sie schaute zu den Sphinxen auf ihrer Couch. Die Katzen hatten nicht einen einzigen Muskel bewegt. „Dieser Mann kann nicht gut für mich sein, außer er meint es ernst. Mal abgesehen davon, dass er mir geholfen hat, einige sexuelle Verspannungen zu lösen, von denen ich vorher nicht einmal etwas wusste."

Die Katzen gaben dazu natürlich keinen Kommentar ab. Offenbar wollten sie es gar nicht so genau wissen. Eine der drei leckte ihre Pfote.

Melodys Tagesziel war es, zu arbeiten, deshalb machte sie sich daran, weitere Skizzen anzufertigen, um ihre reiche und exzentrische Auftraggeberin, die ihr ein kleines Vermögen zahlen würde, zu beeindrucken. Es wäre schön, ein paar Fortschritte zu machen.

Es war wie üblich – wenn die Inspiration erst einmal da war, dann lief es. Melody vertiefte sich ganz in das Projekt, war hoch konzentriert, und ihr Stift schien ein Eigenleben zu entwickeln.

Sie zeichnete ein Porträt von Spence.

Schon immer war sie schnell mit dem Pinsel oder dem Stift gewesen. Da ihr sein Gesicht noch frisch im Gedächtnis war, fiel es ihr leicht, den Schwung seiner Lippen, wenn er lächelte, aufs Papier zu bringen – und wie seine dunklen Haare sich wellten oder die klaren Konturen seines Kiefers …

„Hallo, Schwesterherz."

Sie blickte auf und sah Bex hereinkommen, ohne anzuklopfen, mit einem riesigen Becher Eiscreme in jeder Hand. Die Fliegentür fiel leise klappernd wieder zu. „Ich finde, nach gestern haben wir uns ein bisschen hiervon verdient. Der erste Teil des Pakts ist erfüllt. Lass uns das mit ein paar Kalorien feiern. Möchtest du Praline oder Chocolate-Fudge?"

Melody freute sich, sie zu sehen. Aber so war Bex – spontan und mit hellseherischer Sensibilität, die geradezu beunruhigend sein konnte, besonders in diesem Moment. Hastig klappte Melody ihr Skizzenbuch zu, in der Hoffnung, dass ihre Freundin nichts merkte. Wenn sie dabei ertappt wurde, wie sie eine Zeichnung von Spence Hogan anfertigte, würde sie einiges zu erklären haben. Dabei wusste sie noch gar nicht, wie sie überhaupt zu der ganzen Geschichte stand. Eine Erklärung dürfte ihr daher entsprechend schwerfallen.

„Praline", antwortete sie und sprang auf. „Ich hole Löffel."

„Wie ich sehe, ist das Triumvirat heute in ägyptischer Stimmung." Bex folgte ihr in die Küche und machte es sich an dem alten Tisch bequem, den Melody geerbt hatte und dessen abgenutzte Oberfläche das Ergebnis jahrelangen Schrubbens war. Melody war nie auf die Idee gekommen, ihn restaurieren zu lassen. Sie fand ihn schön so, wie er war, eine Erinnerung an ihre Großmutter mit Schürze, die nach dem Abendessen am Sonntag aufräumte, oder an ihren Großvater, der die Zeitung bei einer Tasse Kaffee las.

Normale Servietten waren ihr ausgegangen, aber sie fand ein paar Cocktailservietten mit dem Aufdruck: *Alle meine*

Freundinnen haben eines gemeinsam: Sie jammern gern zusammen!

Hadleigh hatte sie ihr einmal geschenkt, bevor sie und Tripp zusammenkamen, als die drei Freundinnen sich an einem Abend beim Wein selbst bemitleidet hatten. Diese Servietten schienen jetzt passend zu sein.

„Du bist wirklich früh aus dem Moose Jaw getürmt", bemerkte Bex, löste den Deckel von ihrem Eisbecher und nahm einen großen Löffel voll. „Oder du hast dich im Badezimmer oder sonst wo versteckt. Ich habe nachgesehen, konnte dich aber nirgends finden."

„Meine Füße taten weh und wollten nach Hause." Auch Melody tauchte ihren Löffel in den Eisbecher. Es schmeckte himmlisch. Eiscreme als Mittagessen ... Wie Bex gesagt hatte: Sie hatte es sich verdient. Auf keinen Fall hätte sie gemeinsam mit Spence gebratenes Hühnchen essen und höfliche Konversation betreiben können. „Ich hatte dir doch gesagt, dass ich verschwinde."

„Dein Wagen stand aber noch auf dem Parkplatz." Geradeheraus wie immer, sah Bex sie demonstrativ an und leckte dabei ihren Löffel ab. „Wie bist du nach Hause gekommen?"

Diese Frage erleichterte Melody ungemein, denn sie bedeutete, dass noch nicht ganz Mustang Creek davon wusste, dass Spence sie nach Hause gefahren hatte. Wenn jemand sie gesehen hätte, wüsste Bex es. Melody stammelte: „Mich, äh, hat jemand mitgenommen, dessen Wagen nicht zugeparkt war wie meiner. Wie war die restliche Party?"

„Wild. Hat Spaß gemacht."

„Höre ich da etwas heraus?"

„Ich freue mich für Hadleigh und Tripp, ohne Frage." Bex wirkte für einen Moment resigniert. „Das tun wir alle. Es war wirklich schön, zu sehen, wie sie den Bund fürs Leben eingegangen sind. Er liebt sie so sehr. Und ich kann einen gewissen Neid nicht leugnen. Ich war schon auf vielen Hochzeiten, aber keiner wie dieser. Die zwei haben etwas ganz Besonderes. Das will ich auch. Der gestrige Tag hat diesen Wunsch nur noch verstärkt."

Da Melody genau wusste, was ihre Freundin meinte, erwiderte sie: „Da sitzen wir im selben Boot. Dem Narrenschiff."

Das Gedankenlesen setzte anscheinend bei Bex wieder ein, denn sie meinte versonnen: „Spence sah fantastisch aus. Was ein Smoking aus einem Mann macht, besonders aus einem attraktiven. Und später kam er in Jeans in diese Bar geschlendert und sah mindestens genauso gut aus. Ich glaube, ich stand neben dir, als es dir auch auffiel."

Ohne Kleidung sah er noch besser aus. „Ist mir aufgefallen", gestand Melody und wägte ihre Worte sorgfältig ab. Ihre Freundin witterte eine Lüge wie ein Hai einen Blutstropfen im Meer. „Aber meine erste Erfahrung mit Spence Hogan war keine gute. Ich bin da vorbelastet."

Er hat mich zum Abendessen eingeladen, und ich habe abgelehnt. Wahrscheinlich wegen der Kondome in der Nachtschrankschublade. Allerdings hat er einen wirklich süßen Hund …

„Ich weiß." Bex musterte sie, den Löffel in der Hand. „Aber was ist mit dem Pakt? Könntest du dir vorstellen, ihm eine zweite Chance zu geben? Ich weiß nicht, ob ich es erwähnen sollte, aber mir ist aufgefallen, dass er dich in den vergangenen Tagen dauernd beobachtet hat. Beim Dinner vor der Hochzeit, dem Hochzeitsessen und sogar während der Trauung."

„Wir saßen beim Dinner vor der Hochzeit nebeneinander, da musste er ja wohl mit mir reden. Denn er ist zwar nicht vollkommen, aber immerhin nett."

Bex aß einen weiteren Löffel Eis und fragte mit vollem Mund: „Bist du dir sicher, dass es vorbei ist?"

Sie wusste überhaupt nichts mit Sicherheit, besonders im Augenblick. „Das ist neun Jahre her."

„Na und? Anziehung ist Anziehung. Tripp und Hadleigh hatten ihre Differenzen, und sieh dir an, was daraus geworden ist. Ich wage mal eine Vermutung, was die zwei jetzt gerade machen.“ Bex sah auf die schwarze Katzenuhr an der Wand, deren Schwanz sich in einem gleichmäßigen Rhythmus bewegte. „Und es dürfte ihnen egal sein, dass es erst Nachmittag ist.“

Da konnte Melody ihr nur zustimmen. Verdammt. Sie selbst hatte es nicht einmal bis zum Nachmittag ausgehalten. Ein Kuss, Spence' neckender Mund an ihrer Schulter, an ihrem Hals, und sie hatte nachgegeben.

Zweimal. Ach, seien wir ehrlich. Dreimal.

„Spence Hogan hat ziemlich viel Gepäck. Seine Vergangenheit, ganz zu schweigen von *unserer* Vergangenheit. Ich bin mir nicht sicher, ob ich interessiert bin, selbst wenn er es sein sollte.“

Nun driftete sie doch ins Reich der ungefähren Lügen ab. Und ob sie an Spence interessiert war, nur hatte sie das alles schon einmal durchgemacht. Man überlebte ein gebrochenes Herz, dafür war sie selbst Beweis genug. Aber könnte sie das zweimal aushalten?

Das bezweifelte sie.

Hadleigh könnte leicht die Ausnahme bei ihrem geheimen Pakt sein. Für Beziehungen gab es keine Gebrauchsanweisungen. Würde Melody ein Buch über das Thema schreiben – und sie war die letzte Person auf der Welt, die dazu qualifiziert war –, würden die Kritiker sie verreißen.

Bex hatte ihr Eis aufgegessen und schob den Becher von sich. „Nicht so voreilig.“

Ihre Freundin war beängstigend einfühlsam.

„Was?“, fragte Melody.

„Er hat nie mit Junie geschlafen. Ich glaube, sein Ruf gründet auf der Tatsache, dass er einfach wie jemand aussieht, der so viele Frauen haben kann, wie er will. Spence und Junie sind seit ihrer Kindheit befreundet. Sie arbeiten zusammen. Mehr ist da nicht."

Melodys bizarrer Tag wurde immer schräger. Sie starrte ihre Freundin an und versuchte, vernünftig auf das eben Gehörte zu reagieren. Schließlich entschied sie sich für: „Kannst du mir bitte erklären, wie du zu dieser Einschätzung gekommen bist?"

„Nein." Bex stand auf, um ihren leeren Eisbehälter in den Mülleimer zu werfen. Als sie sich umdrehte, sah sie auf vertraute Weise entschlossen aus, wie sie da am Tresen lehnte. „Mel, einer der Gründe, weshalb wir so gute Freunde sind, ist, dass du weißt, dass ich Geheimnisse wirklich für mich behalten kann. Ich gebe keine Quelle preis. Aber die Gerüchte über Spence und Junie entsprechen nicht der Wahrheit. Ich behaupte sogar, dass die meisten Gerüchte nichts weiter sind als das. Er sieht gut aus, aber dafür kann er nichts."

Na ja, bis zu einem gewissen Grad schon, dachte Melody. Ein Mann von sechsunddreißig Jahren hatte ohne Training nicht solche Bauchmuskeln. Er machte ganz offensichtlich Krafttraining – und Bex war die Besitzerin des Fitnesscenters im Ort.

Stimmt, dachte sie. *Du solltest ihn mal nackt sehen.*

Gut, das sollte sie lieber nicht laut aussprechen, sonst würde ihre hypereinfühlsame Freundin zu Recht vermuten, dass Melody erst vor Kurzem in den Genuss gekommen war.

Lahm erwiderte sie: „Er scheint sich fit zu halten."

„Das ist dir also aufgefallen. Ja, er hat dich die ganze Zeit beobachtet, und du hast mehr als einmal in seine Richtung geschaut."

Melody stand auf. „Gibt es eigentlich einen besonderen Grund für diese Unterhaltung?"

„Und ob, verdammt und zugenäht, wie deine Großmutter zu sagen pflegte." Bex' Blick folgte Melody, als sie zur Spüle ging. „Ich mochte diese Frau so gern. Die konnte sanft fluchen wie niemand sonst. Sie war eine beeindruckende Persönlichkeit."

„Ich habe sie auch sehr geliebt. Aber du schweifst vom Thema ab."

Bex wurde sofort wieder ernst. „Ich kann nicht für ihn sprechen, das muss er schon selbst machen. Doch wenn du mich fragst, ist Spence nach wie vor interessiert."

Die Frage ist nur, woran?

Der Boden war steinhart.

Spence trieb den Bohrer hinein und verzog das Gesicht, als die Vibrationen bis in seine Arme hinaufschossen. Das Land konnte mal wieder Regen vertragen.

Das war das Einzige in seinem Leben, was er momentan mit Sicherheit wusste.

Ohne Hemd und außer Atem wischte er sich mit einem Tuch den Schweiß von der Stirn und griff nach der Wasserflasche. Harley lag im Gras, den Kopf auf den Pfoten, und schaute ihm bei der Arbeit zu, während Reb graste.

Spence war froh über die schwere Arbeit, denn es war ein schöner Tag, und das alles war auch gut, nur …

Sein interessanter Morgen nagte weiter an ihm.

Melody hatte ihm einen Korb gegeben. Kein Date, kein Dinner, nichts.

Wirklich?

Den Sex hatte sie allerdings nicht abgelehnt. Dafür war sie zu haben gewesen, und ihre Reaktion auf jede seiner Berührungen, jedes Flüstern war noch besser als in seiner Erinnerung gewesen. Trotzdem war beim Telefonieren eine gewisse Distanz entstanden.

Möglicherweise hatte er das verdient, nur wusste Spence absolut nicht, wieso.

Er rammte den Bohrer in die Erde. „Sie wird wegrennen wie ein verschrecktes Reh, oder?"

Weder Harley noch Reb gaben einen Laut von sich, aber sie hoben beide gleichzeitig den Kopf. In ihren Augen lag Mitgefühl, dadurch fühlte er sich gleich etwas besser. Nur löste das keines seiner Probleme. Reb kam näher und schnaubte leise, als er sanft seine Schulter anstieß. Spence streichelte dem Pferd die Nase und murmelte: „Es wird schon alles in Ordnung kommen. Ich muss mich an die Situation gewöhnen, und sie auch. Ich habe sie früher einmal sehr enttäuscht. Aber ich stehe noch immer zu dieser Entscheidung."

Das Beste daran, mit einem Pferd oder einem Hund zu reden – solange niemand es mitbekam und einen für verrückt hielt –, war, dass sie einfach nur zuhörten.

„Sie war zu jung." Er strich sich die Haare mit der behandschuhten Hand aus dem Gesicht, was einen Streifen Dreck auf seiner Stirn hinterließ. „Also ehrlich, gebt mir 'ne Chance."

Das taten sie, und das könnte auch einer der Gründe dafür sein, dass sie so gut miteinander auskamen.

Sein Handy klingelte. Es grenzte an ein Wunder, dass er hier draußen überhaupt Empfang hatte. Er zog das Telefon aus der Tasche und einen Handschuh aus, um sich melden zu können.

„Hallo Boss", hörte er Junie.

„Du rufst mich an einem Sonntag an. Was ist los?"

„Zuerst die gute oder die schlechte Nachricht?"

„Junie, erzähl schon."

„Ich dachte, du würdest gern erfahren, dass Estes das zu schnelle Fahrzeug erwischt hat, das du uns gemeldet hast. Rücksichtsloses Fahren. Dreißig über dem Tempolimit, als er die Stadtgrenze erreichte. Der Hammer ist, dass es sich bei dem Fahrer um Richter Randolphs Sohn handelt. Deshalb hat Estes ihn nicht festgenommen, obwohl er es hätte tun können. Jetzt ist er nervös, Estes meine ich, und fragt sich, ob er das Richtige getan hat. Es ist nicht der erste Strafzettel des Jungen."

Ein weiteres Problem, das Spence nicht gebrauchen konnte. „Danke für die Information", sagte er seufzend. „Ich rechne damit, dass ich einen Anruf erhalten werde, obwohl Randolph der Erste wäre, der den Fahrer ‚die ganze Härte des Gesetzes' spüren lassen würde, wie er das gern ausdrückt. Richte Estes aus, dass ich mich darum kümmere."

„Du hast vermutlich recht, was den Anruf angeht. Hast du dich schon von der Hochzeit erholt?"

„Mir geht's gut." Er war nicht gerade begeistert von der Frage. *Hat man mir so deutlich angesehen, wie die Rolle als Trauzeuge mich aufgewühlt hat?* Er hoffte, jemand zu sein, dem man seine Gefühle nicht gleich ansah und der nach außen sehr gelassen wirkte. Andererseits kannten er und Junie sich schon sehr lange.

„Freut mich", entgegnete sie fröhlich. „Ach, übrigens habe ich morgen frei, weil ich die Wochenendschicht übernommen habe. Wir sehen uns also Dienstag."

„Ja, bis dann." Spence steckte das Telefon wieder ein. Er wünschte, sie würden noch in den alten Zeiten leben, als ein Mann Abstand von seinen Sorgen bekommen konnte und es keine Handys gegeben hatte, die einen überall und jederzeit erreichbar machten. Aber auch das war nur Illusion, denn vor Problemen konnte man nicht einfach weglaufen. Sie blieben und warteten.

Problem Nummer eins: eine sexy Blondine. Der Richter kam in weiter Ferne an zweiter Stelle.

Noch drei Zaunpfähle. Gut. Er wollte so müde nach Hause zurückkehren, dass er nur noch auf der Veranda sitzen und sich den Sonnenuntergang ansehen konnte, bevor er ins Bett fiel.

Sein einziger Trost war, dass er zwei Stücke Käsekuchen essen konnte.

6. KAPITEL

Ist es peinlich, sich hinter einen Rübenstand in der Obst- und Gemüseabteilung eines Supermarkts zu ducken?

Melody nahm an, dass die Antwort darauf ein klares Ja war.

Trotzdem kauerte sie in dieser Sekunde hinter den Rüben, weil sie einen großen dunkelhaarigen Mann entdeckt hatte, dessen Profil ihr so schmerzlich vertraut war, dass sie hätte schwören können, sein Bild sei ihr ins Gedächtnis eingebrannt. *Habe ich seit dem Morgen nach der Hochzeit überhaupt an etwas anderes gedacht?*

Nein. Und genau aus diesem Grund ging auch die Arbeit an dem bestellten Schmuckstück nur schleppend voran.

Spence begutachtete die Tomaten und griff wahllos die nach Melodys Ansicht völlig falsche heraus, ehe er weiter zum Salat ging. Auch hier bewies er wenig Urteilsvermögen, indem er einen Beutel vorgewaschenen grünen Salat in seinen Einkaufskorb warf.

Ihr aufregender Vormittag war jetzt fast eine Woche her, und sie hatte immer noch damit zu tun, die Dinge zu verarbeiten.

Ausgerechnet als sie sich erhob, um sich davonzuschleichen, drehte er sich um und entdeckte sie.

Leugne einfach alles, du Feigling, ermahnte sie sich im Stillen.

„Oh, hallo“, begrüßte sie ihn. „Du kaufst Lebensmittel ein?“

Das war brillant.

Sein Mund zuckte. „Nö, ich suche hier nach einem Gebrauchtwagen. Und du?“

„Ich brauche …“ Sie wollte nicht Rüben sagen, obwohl die direkt vor ihr lagen. Stattdessen entschied sie sich, ganz genial, für: „Ein paar Sachen.“

Wenn es einen Preis gäbe für die einfallsloseste Person auf der Welt, dann stünde zu Hause auf ihrem Kaminsims eine Trophäe, gleich neben den Katzen. Wirklich, gute Arbeit.

In seinen blauen Augen lag so viel Belustigung, dass sie spürte, wie ihr die Röte den Hals hinaufkroch und in die Wangen schoss. Im Plauderton sagte er: „Tja, was für ein Glück für dich, dass es hier lauter *Sachen* gibt."

Es wurde Zeit, wenigstens ein bisschen die Fassung zurückzugewinnen. Melody straffte die Schultern. „Ich habe nicht damit gerechnet, dich hier zu treffen."

„Wir leben in derselben Stadt."

„Das ist mir schon klar", murmelte sie. Er klang so ärgerlich vernünftig und gelassen. Sie schnappte sich einen Plastikbeutel und warf ein paar Rüben hinein. Ihre Großmutter hatte sie früher mit Butter und Pfeffer gemacht, was ein schmackhaftes Gericht ergab. Und die Ballaststoffe waren schließlich gesund, oder?

„Du siehst gut aus." In diesem Kompliment schwang ein sinnlicher Unterton mit.

Er sah auch gut aus in seiner üblichen ausgewaschenen Jeans und dem Jeanshemd. Seine Haare hingegen sahen stets aus, als bräuchten sie dringend einen Friseur. Sie schienen immer einen Friseur nötig zu haben, aber das stand ihm. Sie war froh, dass sie sich die Zeit genommen hatte, ein Sommerkleid anzuziehen und dazu Riemchensandaletten – ohne hohe Absätze –, bevor sie sich in die Öffentlichkeit gewagt hatte.

„Wir sehen uns." Er wandte sich unvermittelt ab und ging.

Melody stand da mit ihrem schlichten Gemüse und schaute ihm hinterher. Als er an einer älteren Dame vorbeikam, tippte er sich zum Gruß an den Hut. Die Frau lächelte einfältig.

Melody brauchte noch Katzenfutter – es würde kein Pardon geben, wenn sie das vergaß –, außerdem packte sie noch Hähnchenbrust und Spinat für einen Salat ein. Spontan legte sie auch noch zwei Steaks dazu. Für welchen besonderen Anlass die sein sollten, wusste sie allerdings nicht.

Will ich mir etwa alle Möglichkeiten offenhalten?

Sie konnte nicht leugnen, dass sie viel an Spence gedacht hatte, und überlegte, ihn zum Abendessen einzuladen, statt mit ihm auszugehen. Nur so ganz entschlossen war sie noch nicht. Sie stand an einem Kreuzweg und versuchte, herauszufinden, welchen Weg sie wählen sollte. Wo war ein guter Rat, wenn man ihn brauchte? Sie musste unwillkürlich an das Gedicht „The Road Not Taken" von Robert Frost denken, in dem er genau dieses Dilemma poetisch beschrieb.

Also den am wenigsten begangenen Weg.

Der Zweite-Chance-Weg. Fast kein Verkehr. Jede Menge Parkmöglichkeiten.

Sie ging zur Kasse und fuhr nach Hause. Es kam ihr nahezu unglaublich vor, als sie auf der Hauptstraße an Spence' Pick-up vorbeikam. Als hätten sich das Schicksal und alle höheren Mächte gleichzeitig gegen sie verschworen.

Zu Hause angekommen, marschierte sie ins Haus und packte unter den prüfenden Blicken des Triumvirats die Lebensmittel aus. Anschließend setzte sie sich an den Arbeitstisch.

Die Skizze von Spence war gut, wenn auch vergeudete Mühe, aber als sie sie gezeichnet hatte, hatte es eine beruhigende Wirkung auf sie gehabt. Und das war die Sache allemal wert. Entschlossen arbeitete sie an dem Auftragsstück mit Amethysten, Feueropalen, Frischwasserperlen und Türkisen. Allmählich bekam sie immerhin eine vage Idee, auf was das hinauslief, auch wenn sie mit den Details noch unzufrieden war.

Jemand klopfte an die Tür. Wie sich zeigte, war es ein Teenager aus dem Blumenladen im Ort, der ihr einen hübschen Strauß ohne Karte brachte. Sie gab ihm ein Trinkgeld und betrachtete den Strauß, während der Junge in seinem klapprigen Auto davonfuhr.

Osterglocken mit Farn dazwischen.

Spence.

Das ruinierte ihre Konzentration vollends, ohne Hoffnung, sie heute noch einmal wiederzuerlangen.

Die Blumen waren außergewöhnlich schön. Melody beschnitt die Stiele, stellte die Blumen in eine Vase, die sie von ihrer Tante zum Collegeabschluss bekommen hatte – eine reizende Vase, die sie wegen ihrer asymmetrischen Form, den anmutigen Linien und dem eingravierten Garten an der einen Seite mochte. Vorsichtig stellte sie die Vase auf den Arbeitstisch.

Wenn sie wenigstens genau wüsste, was Spence eigentlich wollte, hätte sie nicht eine geschlagene Stunde dagesessen und die Blumen gedankenverloren betrachtet.

Macht er mir den Hof, um es mal in altmodischen Worten auszudrücken?

Nein. Zwei Küsse und sie war in seinen Armen dahingeschmolzen. Und in seinem Bett gelandet. Spence Hogan machte keiner Frau den Hof; sie kamen einfach zu ihm. Selbst verheiratete Frauen flirteten mit ihm. Das hatte sie selbst erlebt, obwohl sie sich Mühe gab, sich nicht für sein Privatleben zu interessieren. Soweit sie wusste, ließ er sich keine Chance entgehen. Aber ehrlicherweise musste sie zugeben, dass sie *das* über ihn auch noch von keinem gehört hatte.

Die Blumen schienen zurückzustarren, mit ihren leicht aufgerollten Blütenblättern und den aufrechten Stielen.

„Was hat er nur im Sinn?", fragte sie die Blumen. „Ich bin für jede Theorie offen."

Natürlich antworteten sie nicht. Ebenso wenig die Katzen.

Um ihren glamourösen Abend abzurunden, aß sie Pizzareste und schaute sich im Fernsehen die Nachrichten an – in denen nichts Gutes berichtet wurde. Dann ging sie schlafen.

Allein.

Doch sie träumte … intensiv.

Von Spence – und in dem Traum war nicht alles eitel Sonnenschein. Melodys allgemeine Unruhe spiegelte sich in ihren Traumlandschaften wider, und als sie am nächsten Morgen aufstand, war sie unangemessen wütend auf Spence. Sie waren über eine Weide gegangen, er stets zwei Schritte voraus. Außerdem hatte er einen Schirm dabei, während sie im Regen ging. Der Spence in ihren Träumen war kein bisschen galant. Sie wusste nicht, wie das zu erklären war, vielleicht brauchte sie ein Psychologiestudium, um das zu begreifen.

Was hatte das nur zu bedeuten?

Verschlafen trank sie ihren Kaffee und grübelte über die verworren komplizierte Funktionsweise des menschlichen Gehirns, die in Träumen ihren Ausdruck fand.

Vielleicht wollte der Traum ihr zeigen, dass er ein schwer durchschaubarer Mann war.

Er hatte ihr Blumen geschickt. Warum? Und wie fand sie das? Die wichtigste Frage von allen aber war: *Kann ich ihm jemals wieder trauen?*

Spence schien es, als könnte er es die ganze Woche über niemandem recht machen.

Er schaltete seinen Computer an, genervt von fast allem. Die Situation mit Richter Randolph nahm einen besseren Verlauf, als er befürchtet hatte – und war zum Highlight der vergangenen Tage geworden. Es erstaunte ihn noch immer, dass der Mann um keinen einzigen Gefallen bat, was die Strafe für seinen Sohn anging. Er dankte Spence nur schroff dafür, dass er den Jungen nicht eingesperrt hatte. Gegen den Strafzettel protestierte er mit keiner Silbe.

Auf seine typische Art erklärte Richter Randolph lediglich, dass sein Sohn momentan eine echte Nervensäge sei und er ihm den teuren Wagen wegnehmen würde.

Spence konnte ihm nur zustimmen. Vollkommen richtig, dem hart arbeitenden Steuerzahler keine Kosten aufzubürden, indem man dem Jungen eine Gerichtsverhandlung und das Gefängnis ersparte und ihm stattdessen selbst eine Lektion erteilte. *Perfekt.*

Andererseits war ihm nicht danach zumute, vor Freude zu hüpfen.

Melody hatte nicht angerufen. Von ihrer Seite kam nichts als Schweigen, und er hatte das ungute Gefühl, dass sich daran auch nichts ändern würde. Junie war krank, irgendein Virus. Daher suchte er händeringend nach einer Vertretung für sie. Und zu allem Überfluss hatte seine Mutter ihm einen Brief geschrieben. Oder eine Karte. Adressiert als „Postlagernd, Mustang Creek, Wyoming".

Meine Mutter. Die Frau, die mich als Kind vor der Tür meiner Tante abgesetzt hat.

Er hatte den Umschlag noch nicht geöffnet. Er war zum Polizeirevier gebracht worden, also hatte sie wohl im Internet recherchiert und herausgefunden, wo er arbeitete und was er machte.

Er entschied sich, vorläufig gar nichts zu entscheiden. Er hatte schon genug um die Ohren.

Als Tripp anrief, war Spence schwer damit beschäftigt, liegen gebliebenen Papierkram zu erledigen. Er hätte glatt als diese griesgrämige Figur aus der Sesamstraße durchgehen können. Oscar in der Mülltonne. Entsprechend meldete er sich mit einem gereizten „Was gibt's?"

Tripp antwortete amüsiert: „Wow, das klingt aber freundlich. Ich würde dich ja fragen, wie es dir geht, aber ich bin mir nicht sicher, ob ich die Antwort hören will."

„Geht so." Spence schaltete den Computer aus. Er arbeitete ohnehin seit zwölf Stunden. „Wo bist du?"

„An einem weißen Sandstrand."
„Ich hasse dich."
Tripp lachte. „Kann ich verstehen. Wir haben es toll hier. Aber wir freuen uns auch schon wieder auf Mustang Creek. Hadleigh lässt dich übrigens grüßen."
„Freut mich, dass ihr eine gute Zeit habt." Es war idiotisch, das zu fragen, aber er tat es trotzdem. „Hat sie zufällig mal mit Melody gesprochen?"
„Das ist eine interessante Frage. Die zwei haben tatsächlich erst vor etwas über einer Stunde miteinander telefoniert. Warum?"
„Ach, ich habe mich bloß gefragt, ob mein Name dabei fiel." Jedes Mal, wenn sein Telefon klingelte, konnte er sicher sein, dass es nicht Melody war. Seine Stimmung wäre nicht so düster, wenn sie ihn wenigstens angerufen hätte. Und sei es nur, um sich für die Blumen zu bedanken. Auch wenn keine Karte dabei gewesen war, musste sie doch wissen, dass die Blumen von ihm waren.
Tripp ließ sich einen Moment Zeit mit der Antwort. „Die Sache ist die, Spence. Man muss seiner Frau alles erzählen. Das ist der Deal, den man eingeht. Wenn du mir erzählst, weshalb du nach Melody fragst, wird Hadleigh es auch erfahren. Denn wenn ich sie frage, ob Mel dich in dem Gespräch erwähnt hat, wird sie wissen wollen, warum ich danach frage. Ich warne dich nur lieber vorher."
Spence war Gentleman genug, um nicht damit herauszuplatzen, dass er mit Melody geschlafen hatte. Er entschied sich dafür, die Wahrheit zu sagen, aber nicht die ganze. Eine harmlose Unterlassungssünde. „Um es kurz zu machen: Ich habe sie zum Essen eingeladen, aber an dem Abend war sie beschäftigt und wollte sich eigentlich wieder bei mir melden. Und seitdem habe ich nichts mehr von ihr gehört."
Ein leises Pfeifen kam vom anderen Ende der Leitung. „Du und Mel also wieder, was? Vielleicht solltest du im Hinterkopf

behalten, das Bex und Hadleigh dich umbringen werden, solltest du ihr ein zweites Mal das Herz brechen."

Spence murmelte: „Kann mir mal irgendwer glauben, dass ich ihr schon beim ersten Mal nicht das Herz brechen wollte? Sie musste das College beenden. Und im Übrigen war es *ihre* Entscheidung, mir nicht zu verzeihen."

„Ich weiß. Ich erinnere mich daran, dass wir bei einem Kasten Bier darüber gesprochen haben, gleich nachdem du Schluss gemacht hattest. Falls es dir ein Trost ist, *ich* glaube dir. Pass auf, ich werde meine Frau fragen. *Meine Frau.* Ich kann nicht glauben, wie sehr ich es liebe, das zu sagen. Also, ich werde sie fragen, ob Melody dich erwähnt hat, aber wie ich schon sagte, Mel wird dann wahrscheinlich bald wissen, dass du dich erkundigt hast."

Sein Stolz hatte schon die ganze Woche gelitten, daher kümmerte ihn das nicht mehr. Vielleicht war es sogar besser, wenn sie es wusste. „Ich habe deine Warnung zur Kenntnis genommen."

„Der wahre Grund für meinen Anruf ist die Party, die wir auf der Ranch feiern werden, sobald wir wieder zurück sind. Sonntag in einer Woche. Kommst du?"

„Da musst du noch fragen?"

„Na ja, ich wollte dich auch noch um einen Gefallen bitten. Kannst du dich um das Lagerfeuer kümmern und Getränke besorgen?"

„Geht klar."

Nachdem sie sich verabschiedet hatten, saß Spence da und betrachtete eine Karte von Wyoming, die gerahmt in seinem Arbeitszimmer hing. Melody würde zweifellos auch bei der Party sein.

Schließlich konnte sie ihm nicht ewig aus dem Weg gehen.

Im Supermarkt hatte sie es jedenfalls versucht. Zu ihrem Pech jedoch hatte sie an dem Tag ein schlichtes, pinkfarbenes Kleid mit dünnen Trägern getragen. Zuerst jedoch hatte er das vertraute Schimmern ihrer Haare wahrgenommen. Möglicherweise spürte er sie auch, sobald sie nur in seiner Nähe war.

Er hatte sich beherrschen müssen, um sie nicht schon wieder zu bitten, mit ihm auszugehen. Aber er stand nun einmal zu seinen Entscheidungen und richtete sein Leben danach aus – und er hatte ihr gesagt, dass der nächste Schritt bei ihr liege.

Das war ziemlich dumm gewesen, aber so sah es nun mal aus, also würde er sich auch daran halten.

Tripps Warnung wurmte ihn zusätzlich, dabei hatte sein Freund vermutlich recht. *Wie ernst ist es mir mit Melody? Mit einer zweiten Chance?*

Die Hochzeit hatte Spence ein wenig aus der Bahn geworfen. Und mit Melody zu schlafen war in gewisser Hinsicht eine Offenbarung gewesen. Er wollte sie, das wusste er.

Nur – wann verwandelte sich die Leidenschaft in einer Beziehung in Liebe?

Das war eine verdammt knifflige Frage, und ihm fehlte einfach das Wissen, um sie zu beantworten. Noch.

7. KAPITEL

Kastrierte Männchen …“, überlegte Melody laut in Gegenwart von Ralph, Waldo und Emerson, während sie in die Position „Krieger II“ wechselte, „… sind viel umgänglicher.“

Die Katzen vollführten ihre eigene Version dieser Yoga-Position, indem sie den Schwanz aufrichteten und eine Vorderpfote hoben. Normalerweise fand Melody das witzig, nur war sie heute Morgen nicht zu Scherzen aufgelegt.

Gestern Abend hatte sie Spence wieder getroffen. Diesmal in einem Spirituosenladen, wo sie sich einen guten Chardonnay gönnen wollte, als Belohnung, weil sie endlich das Design für die Halskette fertig bekommen hatte. Das wollte sie feiern.

Spence war dort, wie er mit seiner sexy Stimme erklärte, um Tripp einen Gefallen zu tun. Er bestellte für dessen Party Getränke, da sein Freund noch in den Flitterwochen war.

„Er sah gut aus wie immer“, erklärte sie düster den Katzen und wechselte in die Position „Die Katze“, wobei sie darauf achtete, erst ein Hohlkreuz zu machen und dann den Rücken zu krümmen. „Es wäre hilfreich, wenn ihm eine dicke Warze mitten auf der Nase wüchse oder so was.“

Nachdem sie ihm das gewünscht hatte, würde es wahrscheinlich stattdessen ihr passieren.

Unnötig zu erwähnen, dass die Katzen die Körperdehnung perfekt hinbekamen.

Was für ein Haufen Angeber.

Melody redete unbeirrt weiter. „Wenn ich nicht wüsste, dass er viel zu tun hat, würde ich fast annehmen, er macht das absichtlich. Mir dauernd über den Weg laufen.“

Eine Verabredung zum Abendessen hatte er nicht mehr erwähnt, zumindest nicht gestern und auch nicht im Supermarkt zwei Tage vorher. Auch angerufen hatte er nicht mehr. Bei ihren Begegnungen war er jedoch ausgesucht höflich gewesen.

Insgeheim ärgerte sie das, was vollkommen unfair war, da er einfach nur das tat, was er angekündigt hatte.

Gestern, im Spirituosenladen, hatte sie sich bei ihm für die Blumen bedankt. Darauf hatte er erwidert, er freue sich, dass sie ihr gefielen. Das war alles.

Wenn ich doch nur nicht so durcheinander wäre!

Dagegen half nur Arbeit. Nachdem Melody ihre Yoga-Übungen beendet hatte, zog sie eine bequeme Jeans und ein T-Shirt an, band die Haare zu einem Pferdeschwanz zusammen und kochte sich eine Tasse Tee. Dann setzte sie sich an ihren Arbeitstisch und feilte an ihrem neuen Design. Das war ihre übliche Vorgehensweise, denn es gab immer noch Entscheidungen zu treffen, zum Beispiel wo die Perlen, die Opale, Türkise und Amethysten hinsollten, die ihre Kundin auf ihren Reisen gekauft hatte. Sie vertiefte sich in ihre Arbeit und vergaß die Zeit – bis sie auf der Suche nach einigen ersten Entwürfen in ihrem Skizzenblock blätterte und dabei auf das Bild stieß, das sie von Spence gezeichnet hatte.

Selbst hier zu Hause begegne ich ihm, dachte sie düster, sein Bild betrachtend.

Vielleicht sollte sie eine wohlverdiente Pause machen. Die Party von Tripp und Hadleigh sollte angeblich ganz zwanglos sein. Aber sie kannte ihre Freundin. Hadleigh würde eine richtige Feier daraus machen. Darum wollte Melody für diesen Anlass ein neues Outfit. Da sie zu Hause arbeitete, zog sie für gewöhnlich ihre „Uniform“ an, wie sie das nannte. Das bedeutete, dass sie, abgesehen von kleinen Variationen, jeden Tag das Gleiche trug. Alle ihre Jeans waren ausgewaschen, einige T-Shirts waren bereits fleckig und sahen langsam schäbig aus. Neue Schuhe wären auch keine schlechte Idee, natürlich bequeme mit flachen Absätzen. Hochhackige kamen nicht infrage.

Also war ein Einkaufsbummel angebracht. Vielleicht hatte Bex ja Zeit.

Hatte sie, wie sich herausstellte, zumindest für eine lange Mittagspause. „Ich schiele schon langsam, weil ich neue Geräte für meine Fitnessclubs brauche und deswegen recherchieren muss. Der beste Crosstrainer? Da gibt es eine Million zur Auswahl. Oh, ja, ich könnte eine Pause gebrauchen."

In Mustang Creek gab es keine Shopping Mall, aber immerhin ein paar Designerläden und die üblichen Einzelhandelsgeschäfte. Das würde genügen, um hinterher besser auszusehen als jetzt.

Zuerst gingen sie zu O'Henry's in der Main Street. Das Restaurant lag zwischen zwei anderen Gebäuden, hatte eine Holzfassade und ein großes Glasfenster. Der Besitzer war auch der Koch, er stammte aus Wyoming und hatte eine Weile in New York gelebt. Irgendwann bekam er Sehnsucht nach einem simpleren Lebensstil und kehrte in seine Heimat zurück. Sein Essen war phänomenal, so gut, dass man am liebsten den Teller abgeleckt hätte. Da der Gastraum bis auf den letzten Platz gefüllt war, suchten sie sich einen Tisch auf der Terrasse, zu dem ein heller, gestreifter Sonnenschirm gehörte. Sie beschlossen, sich ein üppiges Sandwich zu teilen, das mit Brie, Schinken und Äpfeln belegt war. Dazu bestellten sie Wasser.

„Ich hoffe, wir haben bei der Party so ein Wetter wie heute", meinte Bex und schaute zum Himmel. „Kein Wölkchen weit und breit."

„Ja, das hoffe ich auch." So beiläufig wie möglich brachte Melody ihr momentanes Dauerproblem zur Sprache. „Ich bin gestern Spence über den Weg gelaufen. Er war dabei, Getränke für die Party zu organisieren. Das wird anscheinend eine große Veranstaltung."

Bex grinste. „Ich habe uns beide auch als freiwillige Helfer angemeldet."

Melody musste lachen. „Ich auch. Und zwar für die Dekoration. Ich kümmere mich um die Laternen. Hadleigh will unbedingt Papierlaternen. Und da du gut darin bist, Dinge zu organisieren und zu beaufsichtigen, wirst du zur Küchenkönigin ernannt."

„Das kann ich machen." Nach einer Pause fügte Bex hinzu: „Spence hat dich also zum Abendessen eingeladen."

Die Ankunft des Kellners verhinderte vorerst die Antwort auf diese Frage. Das Sandwich in seiner ganzen klebrigen Pracht sah köstlich aus, und Melody war ziemlich hungrig. Trotzdem stürzte sie sich nicht gleich auf ihre Hälfte, sondern sah zunächst perplex ihre Freundin an. „Woher weißt du das?"

„Er hat es Tripp erzählt."

„Der es dann Hadleigh erzählt hat, von der du es erfahren hast." Melody trank einen Schluck Wasser und seufzte resigniert. „Gibt es in dieser Stadt denn überhaupt keine Geheimnisse?"

„Die Antwort darauf kennst du längst, Mel." Bex brachte es fertig, halbwegs ladylike von dem Sandwich abzubeißen, sodass nur ein bisschen auf den Teller tröpfelte. Sie verdrehte genießerisch die Augen. „Das könnte ich jeden Tag essen, und zwar zum Frühstück, Mittag- und Abendessen. Übrigens ist das der Punkt in unserer Unterhaltung, an dem ich sage: Das habe ich dir ja gesagt."

Melody entschied sich für die Messer-und-Gabel-Methode. Aus Erfahrung wusste sie, dass sie es anders nicht würdevoll schaffte. „Ich sagte doch schon, ich hatte zu tun an dem Abend."

Außerdem brauchte sie ihre Ruhe und Zeit für sich allein, nachdem sie einen ganzen Vormittag in Spence' Bett bei gymnastischem Sex verbracht hatte, der ihr ganz neue Erkenntnisse in puncto Orgasmus vermittelt hatte, und das, obwohl sie schon einmal eine Beziehung gehabt hatten. Sie war inzwischen älter und deutlich mehr im Einklang mit ihrer Sexualität. Sie war nicht mehr die Einundzwanzigjährige mit großen Rosinen im Kopf. Heute konnte sie es genießen, was für ein einfühlsamer Liebhaber er war, ohne viel mehr zu erwarten. Nach Spence hatte sie einige kurze Beziehungen gehabt, die alle nicht funktionierten. Immerhin hatten diese Erfahrungen sie einiges über sich selbst gelehrt und darüber, was sie wirklich wollte. Beim Hochzeitspakt ging es nämlich auch darum, sich nicht einfach zufriedenzugeben.

„Ach, hattest du?“ Bex wirkte skeptisch.

Das Sandwich war absolut köstlich. Die Unterhaltung stand eher in einem unangenehmen Kontrast dazu. „Ich habe einen neuen Auftrag, und darum lautet meine Antwort: Ja, ich hatte zu tun. Und ich habe es immer noch.“

Bex deutete auf ihren Teller. „Aber essen musst du trotzdem, oder? Also nehme ich an, dass du das Abendessen nicht ausfallen lässt.“

Werde ich gerade ernsthaft dafür getadelt, dass ich Spence einen Korb gegeben habe? Dabei hatte sie bislang immer gedacht, Hadleigh und Bex würden ihr den Kopf abreißen, wenn sie ein zweites Mal etwas mit ihm anfing. „Wenn du jetzt eine Bemerkung darüber machst, wie schwer ich bin, bezahlst du das Essen.“

„Wie bitte?“, fragte Bex verwirrt. „Du und schwer? Du hast einen Körper, für den andere trainieren müssen. Wenn jeder so aussehen würde wie du, hätte ich mein Unternehmen nicht. Wovon redest du?“

„Schon gut.“ Melody wedelte mit der Gabel. „Ich habe große Vorbehalte, was Spence Hogan angeht, auch wenn er mich nur zum Abendessen einladen will. Deine Überzeugung, sein Ruf gründe sich auf nicht haltbare Gerüchte, könnte daher stammen, dass du ihn schon immer mochtest.“

„Nicht immer“, schränkte Bex ein und wurde ernst. Sie tupfte sich den Mund mit der Serviette ab, legte sie vorsichtig wieder auf ihren Schoß und sagte leise: „Nicht in jenem Sommer vor neun Jahren. Damals wollte ich ihn erwürgen, weil er dir so wehgetan hat. Aber … hast du schon mal einen Liebesroman gelesen?“ Sie gab theatralisch vor, in sich hineinzuhorchen. „Warte, doch, du hast, wir tauschen schließlich seit Jahren Bücher. In diesen Büchern findet sich regelmäßig die Botschaft, dass bekehrte Playboys die besten Ehemänner abgeben. Vielleicht entsinnst du dich.“

„Kommt mir bekannt vor. Sehr witzig.“ Melody hob ein Stück Brie auf die Gabel. „Darf ich dich ganz behutsam darauf hinweisen, dass es sich bei diesen Werken um Fiktion handelt?“

„In diesen klassischen Geschichten steckt auch immer ein Kern Wahrheit.“ Ganz unvermittelt wechselte Bex das Thema. „Hältst du Spence wirklich für oberflächlich?“

Was für eine Frage. Spence? Wahrscheinlich drückte ihr Gesicht Ungläubigkeit aus.

„Im Gegenteil“, erklärte Melody. „Er ist ein außergewöhnlich komplizierter Mann.“ Höchste Zeit, das Thema gleich wieder zu wechseln. „Na schön, können wir jetzt unseren Einkaufstrip planen? Ich muss mich von Kopf bis Fuß neu einkleiden. Bis auf ein paar schicke Kleider sieht meine Garderobe aus, als hätte ich sie mir von Obdachlosen geliehen. Neulich bin ich abends im Kleid in den Supermarkt gegangen, weil mir meine normalen Sachen zu peinlich waren. Das ist der Nachteil, wenn man zu Hause arbeitet. Ich glaube, ich habe keine einzige Jeans mehr, bei der nicht der Saum ausgefranst ist oder die kein Loch hat.“

Entweder funktionierte die Ablenkung, oder – was wahrscheinlicher war – Bex wusste, wann sie sich zurückhalten musste. Sie beendeten die Mahlzeit in angenehmer Stimmung und fielen anschließend in die Geschäfte ein. Zwei neue Jeans und zwei Seidenblusen – eine rote und eine in einem Blaugrün, von dem Bex schwor, es passe perfekt zu Melodys Augen – später trennten sie sich. Melody war außerdem noch stolze Besitzerin eines hübschen Paars Schuhe. Über dieses Schnäppchen freute sie sich besonders, da es sich um heruntergesetzte Markenschuhe handelte.

Auf dem Weg zu ihrem Wagen dachte Melody an Spence. Natürlich. Er war wie der Refrain eines populären Songs, der ständig in ihrem Kopf lief. In letzter Zeit war sie ihm so oft über den Weg gelaufen, dass es sie fast überraschte, ihn nicht in der Damenschuhabteilung des Kaufhauses zu treffen. Was er dort hätte suchen sollen, wusste sie allerdings auch nicht. Vielleicht einen Ladendieb jagen …

Sie biss sich auf die Unterlippe. Warum hatte er Tripp von der Einladung zum Abendessen erzählt? *Normalerweise reden Männer nicht über solche Dinge, oder? Schon gar nicht, wenn sie einen Korb bekommen haben.*

Technisch gesehen hatte sie gar nicht Nein gesagt; sie hatte nur nicht ausdrücklich Ja gesagt.

Während Melody ihre Einkäufe in den Wagen lud, dachte sie über ihre Möglichkeiten nach.

Ruf ihn an.

Keine gute Idee.

Oder?

Ja.

Sie warf den Kofferraumdeckel schwungvoller als nötig zu.

Spence nahm seinen Stift in die Hand, schrieb eine Notiz und beschloss, für heute Feierabend zu machen, da seine verschiedenen persönlichen Probleme endlich gelöst schienen. Mehrere Tage hintereinander hatte er durchgearbeitet. Jetzt war es an der Zeit, die Dateien zu schließen und den Computer auszuschalten, das Büro zu verlassen und nach Hause zu fahren.

Ein Ausritt lockte. Er hatte sowohl sein Pferd als auch seinen Hund viel zu lange vernachlässigt.

Außerdem musste er einen klaren Kopf bekommen.

Eine Stunde später atmete er auf dem Pferderücken tief ein und hielt am Rand einer Weide voller blühender Castilleja. Reb schüttelte den Kopf, zerrte unruhig an den Zügeln und wollte offensichtlich galoppieren. Ein Pferd hatte eine ganze eigene Art, zu kommunizieren, die keinen Zweifel daran ließ, was es gerade dachte. Neben ihnen winselte Harley zustimmend.

Fein. Das passte zu Spence' Stimmung.

Er ließ die Zügel locker, drückte Reb die Absätze seiner Stiefel in die Seite und los ging's. Es gab nicht Vergleichbares zur Kraft und Energie des Pferdes unter einem. Der Himmel war weit und blau, und die Luft roch nach den Kiefern, die dicht auf dem Bergrücken wuchsen.

Spence verlangsamte das Tempo, damit Harley aufholen konnte, doch schon dieser kurze Galopp hatte ihm geholfen.

Es gab ein paar unwiderlegbare Fakten, denen er sich wohl oder übel stellen musste. Zu ihnen gehörte, dass er sich noch nie in eine andere Frau außer in Melody verliebt hatte. Mit der Lust war es etwas anderes. Sein flüchtiges Interesse an anderen Frauen, mit denen er zusammen gewesen war, zählte nicht.

Nicht einmal annähernd. Alle in der Gegend glaubten, er habe ihr das Herz gebrochen, doch seines war ebenfalls zerbrochen, als er ihren Antrag abgelehnt hatte – zu ihrem eigenen Besten – und sie daraufhin störrisch gegangen war. Er hatte es satt, die ganze Schuld allein zu tragen.

Er war mit anderen Frauen ausgegangen. Er hatte es versucht. Und es gab einen Grund, weshalb alle Versuche gescheitert waren.

In dem Moment, als er Melody wieder geküsst hatte, hatte eine leise Stimme in seinem Kopf ihm zugeflüstert, dass sie es war, die in seinem Leben fehlte.

Sie war klug, und sie war schön, und er wollte ihr jeden Morgen am Frühstückstisch gegenübersitzen, während sie eine Tasse von diesem schrecklichen Tee trank, den sie so liebte.

Unglücklicherweise war sie allerdings auch stur wie ein Maulesel. Niemand konnte störrischer auf seinem Standpunkt beharren und sich weigern, auch nur einen Zentimeter nachzugeben. Spence hatte zudem das Gefühl, dass sie beide auch noch entgegensetzte Richtungen eingeschlagen hatten.

Gab es denn kein Handbuch? *Wie man die Lady für sich gewinnt: Ratschläge für den vor Liebeskummer vergehenden Mann.*

Wenn ja, sollte er es sich schleunigst besorgen, es lesen und sich zusätzlich Notizen machen.

Die Vorstellung war so albern, dass er am liebsten laut gelacht hätte. Die Wahrheit war aber auch: Er brauchte dringend einen Rat. Das musste er sich hier in diesem Moment eingestehen, während hinter den Tetons die Sonne allmählich versank.

Sein Handy piepte. Die Nachricht informierte ihn darüber, dass Junie ab morgen wieder zur Arbeit kommen würde. Gut, denn er brauchte dringend eine Pause.

Der Sonnenuntergang war spektakulär. Dunkelrote, violette und saphirblaue Strahlen, während das Licht hinter den Bergen schwand. Spence saß hier an seinem Lieblingsplatz auf Erden und dachte nach, bis er zu einer Entscheidung kam. Einer Entscheidung, die er unbewusst vermutlich schon vor langer Zeit getroffen hatte, sich jedoch nicht hatte eingestehen wollen.

Er dachte an die Karte seiner Mutter, die noch ungeöffnet auf seinem Schreibtisch lag. Mit Poststempel aus Bozeman, Montana. In ungefähr drei Minuten könnte er mit seinem Computer herausfinden, was er über sie wissen wollte. *Aber soll ich das tun? Oder diesen Teil meines Lebens lieber unerkundet lassen und der Sache nicht weiter nachgehen?* Er war sich nicht sicher.

Seine Gedanken kehrten unwillkürlich zurück zu Melody. Er wollte sie heiraten. Er wollte Melody Nolan heiraten, jede Nacht neben ihr schlafen. Er sah sie auch mit seinem Kind, wie ein in der Wüste flimmerndes Bild. Momentan noch weit weg, aber durchaus möglich.

Er liebte sie.

Sie liebte ihn auch – wenn sie es nur zugeben könnte. Täte sie es nicht, hätte sie den Sonntagmorgen niemals in seinem Bett verbracht. Sie gab sich nie so schnell hin. Ein Kuss war ein Risiko gewesen. Zwei Küsse und die Welt schien in Flammen zu stehen. Was danach geschehen war, bewies, dass sie beide noch nicht über die Affäre von damals hinweg waren.

Es hatte nur fast ein Jahrzehnt gedauert, bis ihm das klar wurde.

An diesem Punkt kristallisierte sich in seinen Überlegungen ein Plan heraus, der ein bisschen hinterhältig war. Zumindest kam es ihm so vor. Für gewöhnlich war er eher der spontane Typ, doch in diesem Fall musste er gründlich nachdenken.

Möglicherweise war es eine absolut alberne Idee – oder ein brillanter Einfall.

Er bewegte sich nur ganz leicht im Sattel, doch Reb verstand sofort, dass Spence zurück auf die Ranch wollte. Also schwang das Pferd herum. Harley sprang auf und rannte ihnen hinterher.

Alle drei schienen sich einig zu sein – sie waren auf einer Mission.

8. KAPITEL

Ganz in Gedanken meldete Melody sich am Telefon, ohne vorher aufs Display zu schauen.

Eine forsche Stimme sagte: „Melody, wie geht es Ihnen heute Morgen?“

Ihre ebenso wichtige wie exzentrische Kundin.

Sie erwiderte brav: „Mir geht es gut, Mrs Arbuckle. Und wie geht es Ihnen?“

„Gut, gut. Wie geht es mit der Halskette voran?“

Der Anruf kam nicht überraschend. Melody hatte kein Datum genannt, doch wegen der Hochzeit und des Polizeichefs, der sie ablenkte, brauchte sie mehr Zeit als veranschlagt. Konzentriere dich auf das Positive, ermahnte sie sich im Stillen.

„Das Design ist fertig, bis auf ein paar Kleinigkeiten. Ich liebe es, und ich hoffe, Sie werden es auch lieben. Jetzt muss nur noch der Schritt ins nächste Stadium vollzogen werden.“

„Ausgezeichnet, aber eigentlich rufe ich wegen etwas anderem an.“

„Ach?“, fragte Melody misstrauisch.

Sie kannte Mrs Arbuckle schon seit Ewigkeiten, zumindest kam es ihr so vor, denn sie war eine Berühmtheit in Mustang Creek und somit auch in Wyoming. Die Frau wirkte mit all ihrer Energie ein wenig einschüchternd und machte kein Geheimnis daraus, wenn sie jemanden oder etwas nicht leiden konnte. Als sie die Halskette in Auftrag gab – in Wahrheit hatte Mrs Arbuckle ihr verkündet, dass sie es machen müsste –, hatte Melody mit gemischten Gefühlen angenommen. Einerseits hatte sie sich auf die Herausforderung und über die auf ihrem Arbeitstisch liegenden Edelsteine gefreut. Andererseits war da die ständige Befürchtung, ihre Kundin könnte mit dem Endergebnis nicht zufrieden sein.

„Ich brauche ein zweites Schmuckstück und will, dass Sie sehr flott arbeiten. Die Halskette kann warten."

Melody stutzte. „Flott" war nicht immer leicht zu verwirklichen bei Design und Produktion, aber sie verkniff sich eine entsprechende Bemerkung.

Lettie Arbuckle war nicht nur die Vorsitzende der Bliss County Historical Society, sondern überdies Schirmherrin von so ziemlich allem, was in diesem Bundesstaat mit Kunst zu tun hatte. Sie hatte ein Vermögen geerbt durch die Minenanteile ihrer Familie und kannte viele einflussreiche Leute. Karrieretechnisch war sie eine Goldmine.

Hinter ihrer dominanten Fassade war sie unbestreitbar großzügig und hatte erst vor Kurzem Geld für einen neuen Anbau am regionalen Krankenhaus gespendet. Außerdem unterstützte sie zahllose wohltätige Zwecke. Die neue Bibliothek der Highschool war nach ihr benannt worden.

Melody, mit dem Stift in der Hand, war bereit, Anweisungen entgegenzunehmen. „Liebend gern. Was schwebt Ihnen denn vor?"

„Ich möchte den perfekten Verlobungsring."

„Sie heiraten?" Melody war so überrascht, dass sie mit dieser persönlichen Frage einfach herausplatzte, die sie sich andernfalls sicher verkniffen hätte. Aber Mrs Arbuckle war schon mindestens siebzig. Nicht dass ältere Menschen keine dauerhafte Liebe fänden – man denke nur an Jim und Pauline Galloway –, nur fiel es ihr schwer, sich den Mann vorzustellen, der es mit Mrs Arbuckles ausgeprägter Persönlichkeit aufnehmen konnte. Die Frau war bereits einmal verheiratet gewesen, das wusste Melody – und zwar mit Mr Arbuckle. Es hieß, er sei einfach irgendwann verstorben und dass sie sein Grab öfter sah, als sie ihn zu Lebzeiten gesehen hatte.

„Nicht für mich. Halten Sie Ihre Zunge im Zaum, junge Dame! Könnte ich einen Mann finden, der mich so bedingungslos liebt und versteht wie mein Roscoe, würde ich es in Betracht ziehen. Ansonsten nicht."

Keine Erwähnung des verstorbenen und offenbar unbeweinten Mr Arbuckle. Bei Roscoe handelte es sich um den kleinen Terrier, den sie überall mit hinnahm, sogar in Restaurants, deren Angestellte stets ein Auge zudrückten, weil sie eben die war, die sie war.

„Er ist für meinen Neffen. Er ist Cowboy, und Sie wissen doch, wie romantisch die sind. Darum wollte er, dass ich das mit dem Ring arrangiere."

Melodys Erfahrung nach waren Cowboys nicht im Geringsten romantisch oder sentimental. Sicher, sie konnten verwegen und höllisch sexy sein. Aber romantisch war ein weiter Begriff für Melody, und sie hatte beinah ihr ganzes bisheriges Leben in Mustang Creek verbracht, also sollte sie es eigentlich wissen. Möglicherweise kannte sie den Neffen sogar. „Na schön, verraten Sie mir, was er sich vorstellt."

„Nein."

„Wie bitte?"

„Meine Liebe, ich möchte, dass Sie den Ring entwerfen, den *Sie* gern bekommen würden, wenn Ihre große Liebe vor Ihnen kniet und Ihnen einen Antrag macht. Das ist Ihr Gebiet, nicht meines – und ganz sicher nicht seines."

„Aber ich kenne doch seinen Geschmack gar nicht. Diamanten? Smaragde? Rubine? Was?"

„Suchen Sie etwas aus. Sie unterliegen keiner Beschränkung. Ich habe ihm gesagt, dass ich Ihnen vertraue. Sein Geschmack geht außerdem eher in Richtung eines neuen Sattels oder handgenähter Stiefel. Woher soll er wissen, was sie sich wünscht? Genau deshalb rufe ich Sie ja an."

Verzweifelt versuchte Melody, wenigstens einen Hauch an Informationen aus der Frau herauszubekommen. „Wie viel will er denn ausgeben?"

„Ich habe den Eindruck, es ist ihm egal, solange der Ring nur vollkommen wird. Außerdem schicken Sie mir die Rechnung. Es ist mein Hochzeitsgeschenk an die beiden."

Keine Vorgaben. Es musste nur vollkommen werden. Das war ja überhaupt kein hoher Anspruch.

„Wann will er den Ring haben? Gibt es ein Zeitlimit?"

„Sagte ich nicht bereits, es muss flott gehen?"

Das Telefonat endete wie immer. Sobald Mrs Arbuckle gesagt hatte, was es für sie zu sagen gab, legte sie einfach auf. Melody starrte das leere Display ihres Telefons an. Dann sagte sie zu ihren Katzen: „Ich mag sie, aber manchmal ist die Frau ein bisschen irre."

Emerson gähnte auf dem Kaminsims. Offenbar waren das für ihn keine Neuigkeiten.

Ein neuer Auftrag war immer eine gute Sache. Außerdem konnte sie das Geld ebenso gebrauchen wie die Ablenkung von Spence.

Hadleigh und Tripp müssten genau in diesem Augenblick in seinem Privatjet in Cheyenne landen. Die schöne Braut und der gut aussehende, sie anhimmelnde Bräutigam. Wenn das keine Inspiration war, was dann?

Ich habe also freie Hand, um meinen vollkommenen Ring zu kreieren? Das war aufregend – und ein wenig beängstigend. Melody leckte sich über die Unterlippe und schlug eine neue Seite in ihrem Skizzenbuch auf. Jeder Künstler wäre da fasziniert, und wenn Mrs Arbuckle zahlte … Na schön, sie konnte einen Ring entwerfen, ohne Frage. Nur bekam sie für gewöhnlich präzise Anweisungen, oft auch *zu* präzise.

Die eine Braut wollte keinen Marquise-Diamanten, sondern einen quadratisch geschliffenen, die andere mochte keine Saphire und wollte stattdessen lieber Weißgold. Wieder eine andere fand: je größer, desto besser. Die Liste ließ sich beliebig fortsetzen.

Der persönliche Geschmack war eben … ganz individuell. Lettie Arbuckle hatte Melody für eine fast unlösbare Aufgabe engagiert – sie sollte den Geschmack eines anderen Menschen erraten.

Angespannt saß sie da, den Stift in der Hand. Es kam ihr fast so vor, als heirate jeder außer ihr. Nur Bex saß noch im gleichen Boot und paddelte flussaufwärts ins Nirgendwo. Allerdings ging es beim Heiratspakt auch nicht darum, einfach nur zu heiraten, sondern den richtigen Mann zu heiraten. Melody tröstete sich damit, dass sie ein erfülltes Leben führte, das Katzentriumvirat hatte, ein hübsches kleines Haus, ihre Arbeit, viele Freunde.

Aber noch keinen Ehemann, kein Kinderlachen im Garten. Und die meisten Freunde waren verheiratet.

Du lieber Himmel, werde ich eines Tages die versponnene Jungfer sein, die komische Lady mit den Katzen? Sie hätte auf die Seidenbluse verzichten und sich stattdessen ein ausgeblichenes Hauskleid aus dem Secondhandladen kaufen sollen.

Hör um Himmels willen auf, dich selbst zu bemitleiden. Melody redete sich ein, dass sie sich für die Frau mit dem romantischen Cowboy freute.

Und das stimmte auch. Aufrichtig. Nur wollte sie so etwas plötzlich auch.

Seltsamerweise vermisste sie auf einmal ihre Mutter. Normalerweise war Melody zufrieden mit ihren gelegentlichen Besuchen und regelmäßigen Anrufen. Aber hin und wieder könnte sie doch eine mütterliche Umarmung gebrauchen.

Dies war einer dieser Momente.

Daher nahm sie ihr Telefon und rief sie an. „Hallo, ich bin's."

„Das sehe ich." Ihre Mutter lachte auf ihre sanfte Art. Sie trank gerade Tee, wie üblich. „Ich bin so froh, dass du anrufst. Diese Woche hast du Sonntag nicht angerufen, natürlich aus absolut nachvollziehbaren Gründen. Wie geht es Hadleigh und Tripp? Sind die beiden schon zurück aus den Flitterwochen?"

„Fast.“ Melody fragte sich, ob sie erwähnen sollte, warum sie auf einmal dringend eine freundliche Stimme hören musste. „Sie feiern ihre Rückkehr mit einer Party. Ich habe angeboten, diese speziellen Laternen zu basteln, die Hadleigh so mag.“

„Es ist einfach deine Art, so etwas anzubieten, und ich wette, sie werden fantastisch.“

Sie wusste nicht recht, was sie als Nächstes sagen sollte. Ihrer Mutter zu erzählen, dass sie permanent daran dachte, sich erneut mit Spencer Hogan einzulassen, wäre keine gute Idee. Als sie das letzte Mal so blöd gewesen war, hatte sie an der Schulter ihrer Mutter einen halben Ozean an Tränen vergossen. Sie bezweifelte, dass ihr einziges noch verbliebenes Elternteil Spence verziehen hatte.

Genauso wenig würde ihre Mutter es gutheißen, dass Melody mit ihm im Bett gewesen war.

Es war sicher besser, seinen Namen gar nicht erst zu erwähnen.

Also entschied sie sich für die aktuellste Nachricht. „Ich habe noch einen Auftrag von Mrs Arbuckle erhalten. Ich habe gerade mit ihr telefoniert.“

„Oh, demnach verkehrst du mit der Elite. Herzlichen Glückwunsch. Ich vermute, Lettie hat einfach aufgelegt, so wie das ihre Art ist?“

Melody lachte. „Stimmt absolut. Wie sieht es bei dir aus?“

Nachdem sie sich auf den neuesten Stand gebracht hatte und der üblichen Bitte, sie bald zu besuchen, ausgewichen war, beendete Melody das Gespräch. Sie straffte die Schultern, konzentrierte sich auf den Ring und ließ die Ideen aufs Papier fließen.

Schließlich lautete die Losung: Es muss flott gehen.

Mrs Arbuckle hatte sie aufgefordert, den Ring so zu gestalten wie den, den sie sich selbst wünschen würde. Wie würde der aussehen?

Tief im Innern war Melody altmodisch, also würde sie wahrscheinlich einen Diamanten wählen. Allzu protzig sollte es nicht sein. Sie hatte schmale Finger, was bedeutete, dass ein bescheidener Stein genügte, aber in einer ungewöhnlichen Fassung. Ein paar Edelsteine, die den Diamanten einfassten? Keine Rubine oder Smaragde, sondern vielleicht Aquamarine als Blickfang.

Sie probierte ein bisschen mit dieser Idee herum, fertigte verschiedene Skizzen an und wünschte, sie hätte nach der Telefonnummer des Neffen gefragt. Aber wie sie Mrs Arbuckle kannte, hätte sie ihr die Nummer ohnehin nicht gegeben. Diese Frau wich in etwa so wenig von ihren Prinzipien ab wie ein schwerer Felsbrocken, den ein Gletscher vor langer Zeit in den Fluss geschoben hatte. Sie tat nur das, was ihr gefiel.

Schön, wenn man sich das leisten konnte.

Melody widmete sich der Arbeit. Der Ring ihrer Träume lenkte sie wenigstens von Spence ab, und das brauchte sie jetzt dringend.

Bad Billy's war ziemlich voll. Eine Art Bikerkarawane war auf der Durchreise zum Yellowstone, und jeder Biker schien gleichzeitig beschlossen zu haben, dass er jetzt einen Cheeseburger wollte. Der Parkplatz quoll über von Motorrädern jeglicher Art und Größe.

Es war Spence' Pech, dass zwei Kerle sich angerempelt hatten. Beleidigungen folgten, die zu einer Schlägerei ausarteten.

Er würde den Friedensstifter spielen müssen, doch als er die Bar betrat, war drinnen alles wie immer.

Er mochte Biker, normalerweise waren das gute bodenständige Leute. Nur hin und wieder gab es einige unberechenbare Exemplare unter ihnen, die ungemütlich werden konnten.

Spence lehnte sich auf den Tresen, der zerschrammt war von tausend Mahlzeiten, die schon darübergeschoben worden waren, und fragte den Besitzer: „Ist schon wieder alles vorbei?"

„Jetzt essen sie am gleichen Tisch und unterhalten sich wie alte Freunde. Nicht zu fassen", meinte Billy genervt. „Es stellte sich heraus, dass die beiden Typen aus Indiana stammen. Das macht sie wohl zu Blutsbrüdern oder so was. Obwohl ich mich frage, wie sie diese Informationen ausgetauscht haben, während sie mit Fäusten aufeinander losgegangen sind. Tut mir leid, dass ich dich umsonst hergerufen habe."

„Macht nichts. Mir ist eine einvernehmliche Lösung immer lieber." Spence grinste und ließ den Blick über die besetzten Tische wandern. Es roch nach verbranntem Fleisch und Pommes frites mit einem Hauch Ketchup. „Ich würde ja etwas bestellen, aber du scheinst viel zu tun zu haben."

„Ich kann dir das Tagesgericht, Hackbraten, in zwei Minuten zum Mitnehmen fertig machen."

Bad Billy's Hackbraten war köstlich. „Mach zwei Portionen, ich nehme eine für Junie mit. Sie war krank und sieht immer noch ein bisschen blass aus."

„Habe ich gehört." Billy nahm seine Arbeit hinter dem Tresen wieder auf, schnappte sich einen Bestellzettel und klemmte ihn mit dem Geschick von jemandem, der das schon das eine oder andere Mal gemacht hatte, an den sich drehenden Metallring für die Küche. „Armes Ding."

Jeder in Mustang Creek wusste, dass Billy in Junie verliebt war. „Es geht ihr schon viel besser", versicherte Spence ihm.

„Freut mich zu hören." Billy warf ihm einen kurzen schlauen Blick zu und wischte sich die Hände an seiner Schürze ab. „Wie geht es denn eigentlich Melody Nolan?"

Spence wollte gerade Eistee zum Hackbraten bestellen, stutzte jedoch angesichts dieser Frage. „Was?"

„Ich war auf der Hochzeitsfeier im Moose Jaw."

„Oh." Verdammt, er hatte geglaubt, dass es keine Zeugen gab. Bisher hatte niemand eine Bemerkung gemacht. Wahrscheinlich sah er aus wie ein Stier, der gerade eins zwischen die Hörner bekommen hatte.

„Ich hab gesehen, wie du sie hochgehoben und zu deinem Pick-up getragen hast“, bemerkte Billy belustigt. „Als wär sie dein Weib.“

Als wär sie dein Weib. Das klang nicht schlecht.

„Ihre Füße taten weh.“ Das war eine unbestreitbare Tatsache, die Melody sogar bestätigen würde.

Billys Augen funkelten, während er mit einem Lappen den Tresen wischte. „Mann, Spence, versuch bloß nicht, einen alten Narren zum Narren zu halten. Ich könnte schwören, du wirst gerade ein bisschen rot. Sie ist ein hübsches Mädchen, und ihr zwei wart schließlich mal ein Paar. Falls du sie aus anderen Gründen weggeschleppt hast, als, na ja, dich um ihre wunden Füße zu kümmern, werde ich nichts sagen. Aber du weißt ja, dass ich die Dinge gern beim Namen nenne. Du sahst jedenfalls ziemlich entschlossen aus, mein Junge. Hab ich schon mal gesehen. Auf Hadleigh Stevens' erster Hochzeit, wenn mich nicht alles täuscht – die Hochzeit, die nicht stattfand, weil Tripp Galloway sie weggeschleppt hat. Ich konnte diesen Smyth sowieso nicht leiden. Dass Tripp die Hochzeit gestoppt hat, war das Beste, was er tun konnte.“

Es stimmte, dass Hadleigh drauf und dran gewesen war, einen Riesenfehler zu begehen, und Tripp sich klugerweise eingemischt hatte. Spence sagte gelassen: „Das ist nicht ganz das Gleiche. Kann ich Mais zum Hackbraten haben? Ich wette, Junie möchte grüne Bohnen.“

„Geht klar.“ Billy verschwand, Spence zog einen Zwanziger aus der Tasche, legte ihn auf den Tresen und nahm einige Minuten später die Tüte mit dem Essen entgegen. Er ließ das Restgeld als Trinkgeld zurück und machte sich auf den Weg.

Als er aufs Revier zurückkam, betrachtete Junie, die durch die Magen-Darm-Grippe ziemlich abgemagert war, das Essen mit trauriger Dankbarkeit. „Mir war nicht nach kochen“, erklärte sie. „Ich hatte auf nichts Appetit. Hat Billy das geschickt?“

„Mit Liebe“, antwortete Spence trocken und ging in sein Büro. „Er würde dich morgen heiraten. Ich musste für mein Essen bezahlen, aber deins ging aufs Haus. Er wusste, dass ich dir das erzählen würde. Das muss seine Art sein, dir den Hof zu machen. Er hofft, dein Herz mit Hackbraten zu gewinnen. Zuerst habe ich gar nicht gemerkt, dass ich es nicht bezahlen musste, darum hat er ein ordentliches Trinkgeld bekommen.“

„Er ist so süß.“

„Was soll ich sagen? Er hat halt eine Schwäche für eine Frau, die Line-Dancing liebt und samstagabends einen kurzen Jeansrock trägt.“

„Du verstehst es wirklich, das Selbstbewusstsein einer Frau zu stärken, Chief“, erwiderte sie sarkastisch.

„Ich gebe mir Mühe.“ Er schloss die Tür zu seinem Büro, ließ sich in den Sessel fallen und schlang sein Mittagessen herunter, während er gleichzeitig etwas in seinen Computer tippte. Tripp hatte ihm eine E-Mail geschickt:

Sind zurück in Mustang Creek. Schön, wieder zu Hause zu sein.

Spence schrieb zurück:

Schön, dass ihr wieder da seid.

Das stimmte.

Kommst du vorbei, damit wir über die Party reden können?

Spence antwortete:

Du bist gerade erst zurück und schon in der Stimmung dafür?

Tripp schrieb:

Melody kommt übrigens auch.

Das war Bestechung. Ein Gesetzesvertreter sollte durch etwas so Offensichtliches nicht in Versuchung geraten, sondern über den Dingen stehen.

Stand er aber nicht.

Wenn es um Verbrechen ging, war er unbestechlich, aber bei Melody sah die Sache anders aus. Er schrieb:

Ich habe nichts weiter vor. Hört sich gut an.

Tripp antwortete:

Hadleigh hat die Nase voll davon, dauernd auswärts zu essen. Sie will, dass ich ein paar Steaks grille, um ihr zu beweisen, dass sie wieder zurück in Wyoming ist. Bring Harley mit.

Muggles, Harley und Tripps Hund Ridley. Die drei beim Spielen zu beobachten machte genauso viel Spaß, wie einem Feuerwerk zuzusehen.

Was soll ich sonst noch mitbringen?

Vielleicht noch eine Flasche Wein, den die Frauen gern trinken.

Spence hatte keine Ahnung, welcher Wein das sein könnte.

Als würde Tripp seine Gedanken lesen, schrieb er:

Frag Mel oder Bex, ich habe auch keine Ahnung.

Offenbar waren sie schon zu lange Freunde.

Mach ich.

Es war zwar störrisch von ihm, aber er würde Melody nicht anrufen. Schließlich hatte er ihr klar und deutlich zu verstehen gegeben, dass sie an der Reihe war, ihn anzurufen. Also schickte er stattdessen Bex eine SMS. Während er auf die Antwort wartete, beantwortete er mehrere Nachrichten vom Bliss County-Gericht und sah seine Post durch.

Bex meldete sich erst eine Stunde später mit dem Namen des Weins und fügte verschmitzt hinzu:

Wir schenken Mel ein extragroßes Glas ein, damit sie auftaut.

Schön, ein paar Verbündete zu haben. Grinsend, was sie natürlich nicht sehen konnte, schrieb er zurück:

Ich werde zwei Flaschen kaufen.

9. KAPITEL

Die Ranch sah aus, als liefe sie gut. Aber das sollte sie auch, denn seit seiner Rückkehr nach Wyoming hatte Tripp einen beachtlichen Betrag in die Ranch seines Stiefvaters investiert. Und typisch Tripp, hatte er es richtig gemacht.

Melody fuhr in ihrem gelben BMW vorbei an Weideland mit grasenden Kühen und dachte schmerzlich an den Staub, der sich unweigerlich auf ihrem geliebten Auto ablagern würde.

Mit einem Blick in den Rückspiegel vergewisserte sie sich, dass ihr heller, sehr dezent aufgetragener pinkfarbener Lippenstift in Ordnung war. Sie sah außerdem, dass Spence' Pick-up hinter ihr die Auffahrt entlangfuhr.

Sie war nicht sonderlich überrascht, denn sie wusste, dass er Tripp und Hadleigh bei der bevorstehenden Party half. Trotzdem tadelte sie sich im Stillen dafür, dass ihr Puls sich beschleunigte.

Er hielt neben ihr und stieg in einer einzigen anmutigen Bewegung aus dem Wagen. Harley sprang heraus und rannte begeistert zu ihr. Melody klemmte ihren Rock in der Wagentür ein und hätte den Kartoffelauflauf fallen lassen, wenn Spence ihr nicht schnell zu Hilfe geeilt wäre. Er fing den Auflauf auf und sagte ein Wort zu dem Hund, der sich gehorsam setzte.

„Er ist verliebt. Was soll ich tun, außer dich darum zu bitten, ihm seine schlechten Manieren zu verzeihen? Er hat eben Gefallen an dir gefunden."

Mit glühenden Wangen murmelte sie irgendetwas wie Danke, bekam die Wagentür wieder auf und befreite sich. Harley assistierte ihr, indem er ihr die Knöchel leckte. Sie sah den amüsierten Ausdruck in Spence' Augen. „Ich bin wirklich ungeschickt manchmal."

„Na ja, es wäre auch allen anderen Frauen auf diesem Planeten gegenüber unfair, wenn du schön, klug und auch noch geschickt wärst", entgegnete er galant, allerdings lachend. „Ich trage das hier für dich hinein und halte meinen Hund unter Kontrolle."

Er trug den Auflauf mit einer Hand, und zwar mühelos, weshalb Melody sich doppelt über ihre Ungeschicklichkeit ärgerte. Am liebsten hätte sie ihn gewürgt.

„Danke."

„Kein Problem."

In dem roten Jeanshemd, der Jeans und den Stiefeln sah er sexy wie eh und je aus. Die Farbe seines Hemds passte genau zu der seiner Augen, das musste sie ihm lassen. Allerdings bezweifelte sie, dass er das geplant hatte. Spence konnte morgens aufstehen, irgendwelche alten Sachen anziehen und trotzdem umwerfend aussehen.

Dieser verdammte Kerl.

Suchte sie vielleicht nach Gründen, um wütend auf ihn zu sein?

Na, sein gutes Aussehen ist Grund genug, oder? Das nahm sie ihm jedenfalls übel.

„Ich hoffe, das hier ist dieses Kartoffeldings, das du immer machst." Er wartete, bis sie vor ihm die Stufen hinaufging. „Das mit dem vielen Käse drauf. Ich muss zugeben, dass ich dafür eine echte Schwäche habe."

Sie erinnerte sich genau daran, während sie über die große Veranda ging. „Schon möglich."

„Ich glaube, wegen dieses Gerichts habe ich mich überhaupt erst in dich verliebt."

Melody warf ihm einen scharfen Blick zu, als sie die Hand auf den Türgriff der Fliegentür legte. Seine Miene war völlig ausdruckslos, aber das war nur gespielte Unschuld. Musste es sein.

Sie war nicht in der Stimmung für irgendwelche Spielchen, und das sollte er ruhig begreifen. „Spence, lass uns mal eines klarstellen. Der Morgen nach der Hochzeit ist passiert. Das akzeptiere ich, und ich trage meinen Teil der Verantwortung. Aber das musst du auch. Und ich sage dir noch einmal klipp und klar, dass ich an einer dieser Affären, für die du berühmt-berüchtigt bist, nicht interessiert bin. Wie du freundlicherweise bereits erwähnt hast, bin ich keine zwanzig mehr."

Er stand da, noch immer den Auflauf mit einer Hand balancierend, und wirkte völlig unbeeindruckt. „Nein, du bist nicht mehr das Mädchen, das es vor Jahren für eine wunderbare Idee hielt, einfach durchzubrennen. Du bist jetzt eine Frau. Können wir uns mal ganz vernünftig darüber unterhalten?"

„Worüber unterhalten?"

„Über uns."

In diesem Schlüsselmoment erschien Hadleigh auf der Bildfläche, öffnete schwungvoll die Fliegentür und umarmte Melody herzlich. Sie war braun gebrannt, und ihre topasblauen Augen leuchteten. „Du hast mir gefehlt."

Melody drückte sie. „Du mir auch. Und du siehst fantastisch aus."

„He, was ist mit mir?", beschwerte sich Spence und bekam auch eine Umarmung, bei der er ärgerlicherweise nach wie vor imstande war, die Auflaufform zu balancieren, noch dazu mühelos.

Niemals, unter gar keinen Umständen, würde Melody zugeben, dass sie den Auflauf nur gemacht hatte, weil sie wusste, dass Spence hier sein würde. Der Mann hatte eine Schwäche für Kartoffeln, und Melody hatte das schamlos ausgenutzt. Außerdem hatte sie extra viel Käse dazugetan.

Aber … *uns*?

Ist das sein Ernst? Und wenn ja, wie ernst meint er es?

„Ich bringe das schnell in die Küche und gehe noch mal kurz zum Wagen zurück." Er stellte den Auflauf auf den Herd und verschwand wieder.

Melody schaute sich um. Das Haus hatte eine echte Ranchküche, die Tripp jedoch hatte umbauen lassen. Die Fichtenholzschränke, die Kochinsel und weißen Marmorarbeitsflächen passten zum Haus. Auch Spülmaschine, Kühlschrank und Tiefkühler waren mit maßgefertigten Holzabdeckungen versehen, sodass der ländliche Stil nirgends beeinträchtigt wurde. Hadleigh hatte einen ihrer wundervollen, beeindruckenden Quilts an eine Wand gehängt, in der zur Küche gehörenden Essecke.

„Es sieht toll aus", sagte Melody anerkennend.

Hadleigh grinste ironisch. „Der Mann hat sich mehr um die heruntergekommene Scheune als um den wichtigsten Teil des Hauses gekümmert. Darum hat er mir die Küchenrenovierung zur Hochzeit geschenkt."

„Gute Entscheidung."

„Ich glaube, er will nur, dass ich für ihn koche."

„Ach wirklich? Ich erinnere mich, dass du eine ganz gute Tiefkühlpizza hinbekommen hast, als wir auf dem College waren."

„Ich mochte deine Fertigmakkaroni mit Käse auch." Hadleigh war nie um eine schlagfertige Erwiderung verlegen. „Bex ist unterwegs. Sie hat gerade angerufen."

Die Tür ging auf, und Spence kam zurück. Mit leiser Zufriedenheit beobachtete Melody, wie er beinah das Gleichgewicht verlor, als drei nicht gerade kleine Hunde gleichzeitig mit ihm hereinzukommen versuchten.

Er trug einen Sack, den er um ein Haar fallen gelassen hätte, bei dem Versuch, durch das Chaos zu gelangen und ihn auf die Arbeitsfläche zu stellen.

Wie auch immer der weitere Verlauf des Abends aussah, dies war ein Höhepunkt, fand Melody. Es war entzückend, Muggles, Ridley und Harley einander begrüßen zu sehen. Aber sie waren ein bisschen zu wild. Die Hundeliebe geriet dermaßen außer Kontrolle, dass Tripp, der in diesem Moment zur Hintertür hereinkam, die dunkelblonden Haare zerzaust vom Wind, die drei Richtung Veranda schob, bevor sie etwas kaputt machen konnten. Er roch nach Grillfeuer und frischer Luft und gab Melody einen Kuss auf die Wange. „Bex ist gerade vorgefahren." Er deutete auf die Hunde. „Ihr drei Randalierer bleibt draußen. Wir sind hier nicht im Zirkus. Ihr könnt draußen spielen."

Die männlich autoritäre Stimme wirkte Wunder, und die drei trotteten im Gänsemarsch über die Veranda.

Melody und Hadleigh lachten, als Bex hereinkam. Spence hielt ihr die Tür auf.

„Was ist denn so lustig?", wollte sie wissen.

Hadleigh schüttelte den Kopf und lehnte sich an die Arbeitsfläche. „Ach, nur die Hunde. Oh, bitte sag mir, dass du da deinen Obstsalat mitgebracht hast."

Bex stellte die Schale geräuschvoll auf den Tisch. „Selbstverständlich. Ich freue mich schon auf die Herausforderung, wenn jemand mich auffordert, mal etwas anderes mitzubringen. Ich schwöre, ich kann wirklich kochen."

Melody und Hadleigh sahen einander an und erwiderten im Chor: „Das wird nicht passieren."

An diesem Punkt stellte Spence zwei Flaschen ihres Lieblingsweins auf die Arbeitsfläche. „Genießt ihn, Ladies. Der ist für euch. Ich geh mal raus und helfe Tripp."

„Bei was denn? Beim Biertrinken?", rief Melody.

„Beim Grillen. Auf die Hunde aufpassen. Keine Ahnung." Dazu zeigte er sein charmantes Lächeln, das nicht ohne Wirkung blieb.

Der Schuft handhabte dieses verdammte Lächeln wie eine geladene Waffe.

Melody wandte sich an ihre Freundinnen. „Macht bitte den Wein auf. Ich brauche einen Schluck."

Sie lachten alle, aber Hadleigh beeilte sich wenigstens, die Flasche zu öffnen. Sie nahm mehrere antike Gläser aus dem Regal und setzte den Korkenzieher mit beachtlichem Geschick ein.

Melody wusste, dass die Gläser Tripps Mutter gehört hatten, die sie wiederum von ihrer Großmutter geerbt hatte. „Bitte, kann ich nicht einen Plastikbecher haben?", flehte sie. „Diese Gläser schüchtern mich ein. Ich habe Angst, ich könnte eines zerbrechen."

„Dies ist aber ein besonderer Anlass", gab Hadleigh zurück. „Da brauchen wir besondere Gläser. Und mein Mann versichert mir immer wieder, dass seine Mutter wollte, dass ihr kostbares Geschirr benutzt wird. Also, es ist Zeit, auf uns drei anzustoßen. Tun wir so, als wäre sie hier."

Sie schenkte sogar ein viertes Glas ein, dann sahen die Freundinnen einander ernst an. „Auf Tripps Mom – und den Hochzeitspakt."

Die Gläser erklangen.

Schweigend trank jede einen großen Schluck.

„Was die Hochzeit betrifft – wir waren da wegen des festlichen Ereignisses." Bex lächelte halb spöttisch. „Weißt du noch? Wir in diesen Kleidern? Übrigens werden wir uns dafür rächen."

„Es ist Sommer, und die Kleider sahen … sommerlich aus. Zahlt es mir ruhig heim. Ich fand die Kleider hübsch, aber ich gebe zu, die Farbe hätte besser sein können."

„Das hast du doch absichtlich gemacht!", riefen Bex und Melody gleichzeitig. Sie saßen inzwischen auf den Hockern am Tresen in der renovierten Küche.

„So könnte man es wohl sehen, das gestehe ich. Aber ich schwöre, ich dachte, ihr würdet beide Nein zu Gelb sagen, darum habe ich sie vermutlich ausgesucht. Aber als ihr diese Farbe tapfer akzeptiert habt, ohne ein Wort der Klage, fand ich es einfach lustig. Ich konnte nicht widerstehen und habe sie euch tragen lassen."

Alle drei prusteten los vor Lachen.

Tripp und Spence wählten diesen Moment, um wieder hereinzukommen, gefolgt von den herumtobenden Hunden, sodass erneut ein Stau an der Tür entstand. Der ratlose Gesichtsausdruck der beiden Männer löste einen weiteren Lachanfall aus.

„Was ist denn so lustig?", wollte Tripp misstrauisch wissen. „Ich hoffe, dass es nichts mit mir zu tun hat." Er sah zu Spence. „Mit uns."

Melody war zu sehr damit beschäftigt, sich die Tränen aus den Augen zu wischen, um antworten zu können. Mit Schluckauf sagte Bex: „Nicht mit euch, sondern mit uns. Also beruhigt euch. War ein privater Scherz. Wann sollen die Kartoffeln in den Ofen?"

„Die Kohle ist bald so weit. Also wann ihr wollt."

Melody stand auf und stellte die Auflaufform auf den Ofenrost. „Er muss nur noch einmal aufgewärmt werden."

Tripp wandte sich an Spence. „Sag mir, dass das dieses Kartoffeldings mit Käse ist."

Spence nahm den Teller mit den Steaks aus dem Kühlschrank, mit einer Selbstverständlichkeit, die verriet, wie oft er schon Gast in diesem Haus gewesen war. „Das habe ich zumindest so gehört."

„Klasse!"

Spence drehte sich um. „Ja, und wie."

Melody errötete, da er sie bei diesen Worten direkt ansah. Die Wärme kroch ihren Hals hinauf und breitete sich auf ihren Wangen aus, obwohl sie wie verrückt dagegen ankämpfte. Sowohl Bex als auch Hadleigh beobachteten sie genau. Sie hätte darauf wetten können, dass selbst die Hunde in ihre Richtung schauten.

„Wir drei nehmen unseren Wein mit nach draußen auf die Veranda, und ihr beide kocht", verkündete Hadleigh schließlich. „Es ist so ein schöner Abend."

„Gute Idee, wir müssen diese Tollpatsche wieder nach draußen befördern." Spence zeigte mit streng erhobenem Finger auf Harley. „Ihr bleibt sitzen, bis die Ladies draußen sind. Wehe, wenn sie euretwegen auch nur einen Tropfen Wein verschütten, dann ist der Abend für euch gelaufen."

Alle drei Hunde saßen da und wedelten mit dem Schwanz. Dank des autoritären Befehls gelang es Mel, Bex und Hadleigh, die Küche sicher zu verlassen. Neben dem Grill stand ein hübscher Tisch mit Kupferplatte und mehreren Stühlen. Das Highlight war jedoch die Aussicht. Zerklüftete Berggipfel und weites Weideland mit Pferden und grasenden Kühen, das grüne Gras, das sich sanft im Wind bog, der hier zur Landschaft gehörte wie die Berge und die Flüsse.

Kaum saßen sie, fuhr ein weiterer Wagen vor, unter dessen Reifen die Kiesel knirschten. Hadleigh trank einen Schluck Wein und stützte die Ellbogen auf den Tisch. „Das müsste Tate Calder sein. Seine Jungs haben erfahren, dass alle Hunde hier sein würden. Wir haben sie auch eingeladen, denn es sind genug Steaks da. Sie sind erst vor Kurzem aus Kirkland, Washington, hierhergezogen. Die Kinder lieben die Tiere. Ich hoffe, es macht euch nichts aus. Tates Frau ist vor ein paar Jahren gestorben und … na ja, er ist wirklich sehr nett."

Außerdem, dachte Melody, während sie an ihrem Glas nippte, sieht er fantastisch aus. Gewelltes braunes Haar, dunkle Augen und ein charmantes, jungenhaftes Lächeln. Er war vielleicht Anfang dreißig, ziemlich jung für einen alleinerziehenden Vater, und erfolgreich. Ein Expilot wie Tripp, der – nach allem, was Hadleigh ihnen erklärt hatte – den Job aufgegeben hatte, weil er nicht tagelang unterwegs sein und gleichzeitig ein sechsjähriges und ein achtjähriges Kind erziehen konnte. Er überlegte, ein Unternehmen zu gründen und hatte bereits Land gekauft. Momentan wohnte er in der Stadt zur Miete, bis er wusste, was genau er tun wollte. Tripp hatte ihm Mustang Creek als typische Kleinstadt und einen großartigen Ort für Kinder verkauft. Also hatte Tate Seattle verlassen und war an einen Ort gezogen, der bezahlbar war und an dem er wenigstens ein freundliches Gesicht kannte.

Möglicherweise würden es bald zwei sein, denn es wurde gerade munter verkuppelt.

Zum Glück war sie nicht die Auserwählte. Mit Spence fertigzuwerden, war für Melody schon schwierig genug, da brauchte sie nicht noch einen Konkurrenten. Und da inzwischen alle Welt von seiner Einladung zum Abendessen zu wissen schien, würde Hadleigh auf keinen Fall versuchen, sie mit einem anderen Mann zusammenzubringen.

Aber Bex sollte lieber auf der Hut sein.

Sie steckte mitten im Fadenkreuz einer Verschwörung.

Zwei lärmende Jungen, drei tobende Hunde, ein traumhaft schöner Sonnenuntergang – Spence war ziemlich sicher, dass die drei Frauen auf der Veranda etwas gegen die Männer im Schilde führten.

Er hatte da so eine Ahnung, besser gesagt eine durchaus wohlbegründete Vermutung.

Tate Calder war noch ganz unschuldig, was die Frauen in Mustang Creek anging, aber hey, jeder Mann musste auf sich selbst aufpassen.

Das Abendessen war köstlich gewesen. Tripp verstand es wirklich, ein Steak zu grillen, ganz zu schweigen von den Zwiebel-, Pilz- und Zucchinispießen. Melody hatte sich mit ihrem Kartoffelauflauf selbst übertroffen, und Bex' Obstsalat war legendär. Sie hatte Spence erklärt, sie würde das Rezept für das Dressing nicht herausrücken. Doch er nahm an, dass Melody und Hadleigh es ihr eines Tages entlocken konnten.

Jetzt saßen alle auf der hinteren Veranda, genossen das Licht der Abenddämmerung und taten, was Männer und Frauen immer zu tun schienen – sie teilten sich auf in eine Männer- und eine Frauengruppe. Keiner der Männer verstand etwas von der Herstellung eines Quilts, von Fitnessstudios oder Schmuckdesign. Aber von Viehhaltung und der Bewirtschaftung einer Ranch verstanden sie etwas.

„Wie geht es dem neuen Fohlen?", erkundigte Spence sich bei Tripp und trank einen Schluck Eistee. Die anderen beiden Männer tranken Bier, aber der Polizeichef würde unter gar keinen Umständen selbst die kurze Distanz mit dem Auto fahren, wenn er Alkohol getrunken hatte. Wenn er mal etwas trank, was selten vorkam, dann zu Hause.

„Es ist eine Schönheit." Tripp fuhr sich durch die Haare. „Ich war die halbe Nacht wach und bei Starburst, als sie das Fohlen zur Welt gebracht hat. Aber es hat sich gelohnt. Der kleine Hengst steht jetzt im nördlichen Stall. Du solltest ihn dir ansehen."

„Liebend gern", antwortete Spence. „Vielleicht kann ich Melody überreden, mit mir hinzugehen. Es ist ein schöner Abend."

Tripp sah skeptisch aus.

Tate sagte: „Die Jungs wären sicher auch begeistert, falls es mir gelingt, sie zusammenzutrommeln. Hatten wir früher eigentlich auch so viel Energie?"

Spence lachte, doch es mischte sich ein Anflug von Schmerz hinein, da er an Will denken musste. „Hadleighs Großmutter nannte ihren Bruder und mich immer die zwei Wirbelwinde. Also lautet die Antwort wohl: Ja. Jedenfalls werden sie heute

Nacht gut schlafen. Harley bestimmt auch. Schaut ihn euch nur an, der ist völlig erledigt. Ich prophezeie euch, dass er bei einem der nächsten Würfe seinen Trick anwendet und den Ball versteckt, damit er eine Pause machen kann."

Wie aufs Stichwort folgte sein geliebter Hund dem Protokoll, schnappte den Ball aus der Luft und verschwand damit hinterm Haus.

Muggles hatte das Spiel längst aufgegeben und schlummerte zu Hadleighs Füßen, doch Ridley und die Jungen wirkten enttäuscht. Allerdings nicht lange, da Ridley einen Stock im Gras fand.

Damit war das Problem gelöst.

Spence, Tate und Tripp brachen in Gelächter aus.

„Lasst mich raten. Schmutziger Witz?" Melody ging mit einem leeren Weinglas in der Hand vorbei. „Braucht jemand noch etwas? Ich bin auf dem Weg ins Haus, um das hier wegzubringen."

Spence sah seine Chance und nutzte sie, indem er aufsprang. „Ich helfe dir."

„Ich glaube, ich kann ein Glas auch allein in den Geschirrspüler stellen."

„Hättest du vielleicht Lust, einen Spaziergang zum Stall zu machen, um das Fohlen zu sehen, das letzte Nacht zur Welt gekommen ist?"

Sie sah ihn mit der gleichen misstrauischen Miene an wie an dem Morgen nach der Hochzeit, bevor er sie geküsst hatte.

Bevor er sie zum Bett getragen hatte.

Wenn der Laut, den er gerade hörte, ein unterdrücktes Lachen von Tripp Galloway war, würde er seinem besten Freund später eins auf die Nase geben. Er lächelte Melody, wie er hoffte, unschuldig an und schob beiläufig die Hände in die Taschen seiner Jeans.

Unschuldig war er allerdings keineswegs.

Vielleicht lag es am Wein, vielleicht an dem wundervollen Abend, jedenfalls willigte sie ein. „Ein Spaziergang wäre schön. Allein die Kartoffeln enthielten vermutlich meine Tagesration an Kalorien."

Ohne das aufmerksame Publikum hätte er ihr erklärt, dass er an ihrem Körper kein Gramm ändern würde. Aber leider lauschten alle, bis auf die Hunde und die Kinder.

Bex ging vorbei und griff nach dem Glas, das Melody in der Hand hielt. „Das nehme ich. Ich muss sowieso mal für kleine Mädchen. Geht und macht euren Spaziergang."

Danke, Bex!

Spence deutete zum Stall. „Wollen wir?"

Er machte nicht den Fehler, ihr seinen Arm anzubieten, denn ihre kühle Haltung signalisierte ihm, dass sie das Angebot ausschlagen würde. Trotzdem war er versucht, es zu tun. Er hatte zu viele alte Western geschaut, möglicherweise sollte er das in Zukunft sein lassen.

Während sie die Verandastufen hinunterstiegen, sagte er: „Ich liebe diese Tageszeit, wenn der Himmel sich dunkelblau färbt und die Sterne anfangen zu leuchten. Es gibt nichts Vergleichbares."

Melody blickte zum Himmel. „Ich weiß."

Die Luft duftete lieblich wie im Sommer. Melodys Haar wehte sanft im Wind, und Spence wusste, dass es sich wie Seide anfühlen würde. Er musste sich beherrschen, damit er nicht die Hand danach ausstreckte.

Der Stall war ein verwittertes, aber stabiles Gebäude. Der vertraute Geruch, zu dem auch der nach Mist gehörte, stimmte ihn sentimental, denn er erinnerte ihn an all das, was er am Landleben in Wyoming liebte.

Erinnerte ihn daran, dass er genau hier eine Familie gründen wollte, in Bliss County – mit der wundervollen Frau an seiner Seite.

Kies knirschte unter seinen Stiefeln. Wenigstens trug sie heute Abend vernünftige Schuhe.

Vernünftig – die Vernunft oder ihr Mangel waren ein Teil des Problems gewesen. Als Melody ihm vor neun Jahren einen Heiratsantrag gemacht hatte, war sie alles andere als vernünftig gewesen. Süß und klug und verdammt sexy, das ja, aber so weltfremd, dass er einschreiten musste. Er musste kein Orakel sein, um zu wissen, dass es eine sehr schlechte Idee war, so völlig übereilt zu heiraten. Das hatte auch für Tripp nicht funktioniert, der von seiner ersten Frau geschieden war.

Das neugeborene Fohlen stand staksig auf langen Beinen in der zweiten Box, zusammen mit Tripps preisgekrönter Stute, einer bis auf die weiße Blesse pechschwarzen Schönheit namens Starburst. Sie wieherte leise, als Spence und Melody sich ihnen näherten. Spence streichelte ihr die Nase und bewunderte den kleinen Kerl, der aussah wie sein Vater, ein Hengst, der Freunden gehörte und ebenfalls mehrfach preisgekrönt war.

Mit sanfter Stimme sprach er zu dem Pferd. „Das hast du gut gemacht, Starburst."

„Ja, das hat sie. Er ist süß", stimmte Melody ihm zu.

Insgeheim bezweifelte Spence, dass ein männlicher Vertreter, egal welcher Spezies, sich gern als süß bezeichnen ließ. Er hütete sich jedoch davor, das laut auszusprechen, um jeden neuen Streit zwischen ihnen zu vermeiden.

Leider hielt die Waffenruhe nicht lange.

Es gelang ihm, mit seiner nächsten Frage ins Fettnäpfchen zu treten: „Wie waren eigentlich die Rüben?"

Sie kniff die Augen zusammen. „Zufällig mag ich Rüben. Sie waren köstlich."

Und damit begann das, was er später den „Großen Rübenkampf" nannte.

„Ach komm schon, du hast versucht, dich zu verstecken. Hast du befürchtet, meinem berüchtigten Charme nicht widerstehen zu können?“

Er sagte das in neckendem Ton, aber als Spaß fasste sie es nicht auf. Dabei fand er den Vorfall wirklich lustig, aber auch ein wenig kränkend, weil sie anscheinend so darauf bedacht war, ihm aus dem Weg zu gehen, dass sie sich sogar hinter einem Gemüsestand duckte.

Melody stemmte die Hände in die Hüften und hob das Kinn. „Du bist vielleicht von dir selbst eingenommen, Spencer Hogan. Darum hattest du vermutlich auch Kondome in deiner Nachtschrankschublade. Für alle Fälle.“

Moment, dachte er, war das etwa das Problem?

Sehr ruhig erwiderte er – zumindest nach seinem Empfinden: „Die waren da. Das heißt nicht, dass ich für gewöhnlich welche in der Schublade aufbewahre. Allerdings war es in der Situation doch ganz nützlich, oder?“

Ihrer zornigen Miene nach zu urteilen hätte er glatt einen Kurs geben können mit dem Titel: *Wie man einer Frau nicht den Hof macht – das Falsche sagen zur falschen Zeit.*

„Und wie oft sind sie dir nützlich?“

Die Frage war gefährlich wie eine Klapperschlange. „Ich führe nicht Buch darüber.“

Okay, er stand plötzlich mit dem Rücken zur Wand. Und es wurde nicht besser bei dem Versuch, sich irgendwie aus dieser Sache herauszuwinden. „Ich wollte damit nur sagen, dass ich dir zum Beispiel keine konkrete Zahl nennen könnte.“

Verdammter Idiot, schalt er sich im Stillen.

„Wahrscheinlich, weil du nicht so weit zählen kannst.“ Die Wut in ihrer Stimme war klar und deutlich herauszuhören.

„Sechsunddreißig.“

10. KAPITEL

Habe ich das wirklich gerade gesagt?

Melody wirbelte herum, entschied, dass die Mistforke an der Wand ein wenig zu drastisch wäre, und griff stattdessen eine Handvoll Stroh, die sie Spence entgegenschleuderte. Das war ein befriedigender Moment. Er hatte zum Essen den Hut abgenommen, sodass sich jetzt einige der fliegenden Halme in seinen dunklen Haaren verfingen und auf seinem roten Hemd landeten.

„Na schön, das war unglücklich formuliert", räumte er ein, wischte sich das Stroh von der Kleidung und schüttelte es aus den Haaren. „Ich schwöre bei Gott, dass ich nicht versuche, dich wütend zu machen."

Eine leise vernünftige Stimme in ihrem Kopf sagte ihr, dass sie diejenige gewesen war, die ihm nur allzu bereitwillig in die Arme gesunken war. Leider wurde diese Stimme übertönt von der viel lauteren Stimme, die sie daran erinnerte, dass der aufregendste Junggeselle von Mustang Creek sie nicht einmal überreden musste, ihm in sein Schlafzimmer zu folgen. Sie war einfach zu blöd, wenn sie glaubte, er habe mehr als Sex im Sinn.

Zugegeben, der Sex war fantastisch gewesen, aber trotzdem …

Sie bückte sich, um weitere Munition aufzusammeln, und stieß zwischen zusammengebissenen Zähnen hervor: „Es kam dir aber ganz leicht über die Lippen. Du hast mit sechsunddreißig Frauen geschlafen?"

Er duckte sich, doch wieder zielte sie ziemlich präzise. Und dass er lachte, machte die Sache nicht besser. „Mel, sieh mich an. Ich wollte damit nicht andeuten, dass ich es ganz praktisch finde, Kondome neben meinem Bett aufzubewahren. Ich meinte damit, dass ich verantwortungsbewusst genug bin – weil ich sechsunddreißig Jahre alt bin! Ich wollte dir nur begreiflich machen, dass ich keinen ungeschützten Sex haben würde, weder mit dir noch mit irgendeiner anderen Frau. Es sei denn, wir haben uns vorher darauf geeinigt."

Mit irgendeiner anderen Frau? Nein, das machte die Sache ganz sicher nicht besser. Er verdiente es, dass sie ihm eine weitere Handvoll Stroh ins Gesicht schleuderte. Am besten eine ganze Truckladung. So viel konnte sie nicht aufsammeln, zwei Hände voll mit entsprechender Wut mussten genügen.

Melody musste sich eingestehen, dass sie eifersüchtig war auf all die Frauen, die durch sein Leben gerauscht waren, eifersüchtig auch auf Junie, egal, wie Bex über dieses Gerücht dachte. Hinzu kam, dass sie höllische Angst davor hatte, sich wieder ernsthaft mit ihm einzulassen.

Oder dass das schon passiert sein könnte.

„Verdammt!", rief er, einen weiteren Angriff abwehrend. „Ich habe schon verstanden, dass du wütend auf mich bist. Ich weiß nur nicht, warum." Er bewegte sich plötzlich so schnell, dass Melody nicht mehr ausweichen konnte, griff sie bei den Armen und warf Melody in den duftenden Strohhaufen. Spence lag auf ihr, und sein Mund war nur wenige Zentimeter von ihrem entfernt.

„Jetzt reden wir", erklärte er mit rauer Stimme. „So ist es schon viel besser."

„Geh von mir runter." Sie schob, drückte gegen seine Schultern, aber er hätte ebenso gut einer der Berge sein können, deren Anblick sie täglich bewunderte. Vollkommen unverrückbar. Noch schlimmer wurde es dadurch, dass ein Lächeln sein viel zu attraktives Gesicht erhellte.

Dann küsste er sie.

Sie sah es kommen, dafür sorgte er, in dem er sich langsam herunterbeugte und sie zunächst seinen Atem auf ihren Lippen spüren ließ, bevor er es wirklich tat. Überzeugend und warm trafen seine Lippen auf ihre, und Melody glaubte, dahinzuschmelzen, sowie er mit der Zunge in ihren Mund eindrang und sie erotisch kreisen ließ.

Ihre Hände, die sie in vergeblichem Protest gegen seine breiten Schultern gestemmt hatte, gaben nach, und im nächsten Moment schlang sie ihm die Arme um den Nacken. Alles, was auf seiner Ranch geschehen war, wiederholte sich hier.

Er ist nicht unwiderstehlich, rief sie sich ins Gedächtnis, sondern eher wie ein hartnäckiges Virus.

Das Armband an ihrem Handgelenk, das mit den Talismanen, hob sich glänzend von Spence' dunklen Haaren ab, als sie die Augen wieder öffnete. Das Gewicht seines schlanken Körpers war angenehm. Mehrere Pferde steckten die Köpfe aus ihren Boxen, um das eigenartige Benehmen der Menschen amüsiert zu beobachten – zumindest nahm Melody das an.

Spence schaute ihr in die Augen, dann küsste er sie erneut, diesmal weniger zärtlicher, sondern leidenschaftlicher. Der Kuss war so heiß, dass das Stroh glatt hätte Feuer fangen können.

„Wo ist es, Dad? Wo denn?"

Die aufgeregte Kinderstimme drang kaum zu Melody durch. Doch Spence unterbrach den Kuss und murmelte etwas, das sie nicht verstand. Plötzlich stürmten drei temperamentvolle Hunde und zwei Jungen in den Stall, beinah übereinanderstolpernd, gefolgt von Tate Calder. Melody registrierte, wie seine Miene sich veränderte, sowie er sie und Spence im Stroh entdeckte. Zum Glück waren sie vollständig bekleidet und taten nichts. Hastig erklärte er: „Hoppla, tut mir leid. Ich beaufsichtige die Meute, doch wir verschwinden gleich wieder. Ich, äh, wollte nicht stören. Die Jungs können sich das Fohlen auch ein andermal ansehen."

Spence fing sich sofort. Er half Melody auf die Beine und schüttelte den Kopf, um das Stroh aus den Haaren zu bekommen. Insgesamt verhielt er sich, als wäre überhaupt nichts passiert. „Kein Problem. Kommt, Jungs, ihr wollt das Fohlen sehen? Hier drüben!"

Melody blieb nichts anderes übrig, als sich das Stroh aus den Haaren zu zupfen, während die Hunde um sie herumliefen. Sie hüstelte verlegen, und ihr Gesicht glühte, da sie Tates amüsierten Blick bemerkte. Sie versuchte nicht einmal, sich herauszureden. „Tja, ähm, Spence und ich kennen uns schon sehr lange, in gewisser Hinsicht."

„Falls Sie denken, ich hätte das nicht schon vorher durchschaut, unterschätzen Sie mich gewaltig." Er hatte tatsächlich eine nette, angenehme Art. „Meine Lippen sind versiegelt."

An dem Punkt hatte sie keine Ahnung, ob sie Hadleighs Bemühungen, Bex mit diesem Mann zu verkuppeln, infrage stellen oder verfluchen sollte. Bex war der ausgeglichene Typ, der auf alle eine beruhigende Wirkung hatte. Tate schien genauso diplomatisch zu sein. Möglicherweise würde er gut zu ihr passen. Andererseits, vielleicht waren Bex und er sich auch zu ähnlich.

Bex war in Will verliebt gewesen, der bei einem Einsatz in Übersee ums Leben gekommen war. Danach war es ihr schlecht gegangen, und sie hatte ihren Kummer kompensiert, indem sie sich ganz dem Aufbau ihres Unternehmens widmete.

Was Spence und Melody betraf, so waren sie sich definitiv zu ähnlich. Starrköpfig, wie ihre Großmutter rundheraus erklärt hätte.

Melody hörte Spence und den Jungen zu und beobachtete, wie er einen nach dem anderen hochhob, damit sie einen Blick auf das Fohlen werfen konnten. Er war sehr freundlich zu den Kindern, und auch die Stute hatte Zutrauen zu ihm. Das war deutlich zu erkennen, denn sie ließ sich von den Jungen streicheln und sogar an der Mähne ziehen.

Den besten Hinweis auf den Charakter eines Menschen erhielt man, wenn man beobachtete, wie ein Tier auf diese Person reagierte. Dieser Ansicht war Melody schon immer gewesen.

Auch die Leute in Mustang Creek begegneten Spence mit diesem Vertrauen.

Das Katzen-Triumvirat hatte ihn toleriert, und es war sehr anspruchsvoll und – daran bestand kein Zweifel – sehr gut im Beurteilen eines Charakters.

„Tripp meinte, er sei ein guter Mann, und jetzt verstehe ich auch, warum die beiden beste Freunde sind", bemerkte Tate neben ihr. „Anscheinend vertraue ich seinem Urteil, denn andernfalls würde Hogan meine Kinder nicht hochheben."

„Na ja, er ist eben auch der Polizeichef", erwiderte sie, wobei sich ihr Hals ein wenig zuschnürte. „Das macht ihn vertrauenswürdig. Ihre Kinder sind in guten Händen, buchstäblich." Lächelnd deutete sie zu dem jüngeren der beiden Brüder. Spence hielt ihn an der Hüfte, und der Junge beugte sich in die Box, um das Fohlen ganz genau zu betrachten.

Tate wandte sich zum Gehen. „Habt ihr etwas dagegen, die Meute zurückzubringen? Ich will mich bei Hadleigh und Tripp bedanken und den Wagen beladen. Die Jungs helfen mir zwar gern dabei, aber dann dauert es jedes Mal doppelt so lange."

„Kein Problem."

Bex ist verloren, dachte Melody und schaute ihm hinterher. Einen knackigen Cowboyhintern hatte er auch noch. Er war fraglos genau Bex' Typ. Der Hut stand ihm ebenfalls gut.

Gleichzeitig wusste Melody, dass auch sie verloren war.

Spence zusammen mit den Jungen zu sehen löste tief in ihr etwas aus. Direkt in ihrem Herzen.

Würde er ihre Kinder eines Tages auf die gleiche Weise halten?

Sie war ein hoffnungsloser Fall.

Oder, noch schlimmer, voller Hoffnung.

Sie gingen zurück zum Haus, die Jungen zwischen ihr und Spence. Jeder hielt ein Kind an der Hand. Die Hunde tollten hinter ihnen herum, und die Abendluft duftete sommerlich.

Hadleigh, Bex und Tripp saßen nach wie vor auf der Veranda und besprachen vermutlich die letzten Details der bevorstehenden Party. Tripp fragte die Jungen, als sie die Verandastufen hinaufstiegen: „Na, wie findet ihr das neueste Fohlen auf der Ranch?"

„Echt cool", antwortete der Ältere und verkündete gleich darauf: „Die haben sich geküsst!"

Zum zweiten Mal an diesem Abend errötete Melody, als wäre sie sechzehn. Am liebsten wäre sie im Erdboden versunken. Am schlimmsten war, dass keiner der anwesenden Erwachsenen eine Erklärung zu brauchen schien, obwohl es doch ein ziemlicher Sprung vom coolen Fohlen zum Küssen war. Hadleigh war es, die entspannt erklärte: „Na ja, Spence und Melody mögen sich eben."

Bex sah demonstrativ zu Melody und fügte hinzu: „Manchmal vergessen sie das zwar, aber doch, sie mögen sich."

Tripp stand diplomatisch auf. „Spence, wollen wir uns den Platz für das Lagerfeuer ansehen?"

Die zwei wollen mich der Gnade meiner Freundinnen Bex und Hadleigh überlassen? Da würde Melody nicht mitspielen. Hastig sagte sie: „Ich muss noch die Laternen basteln. Außerdem habe ich einen neuen Auftrag, darum ist meine Zeit knapp. Tate ist gleich wieder bei seinen Jungs. Das Abendessen war wundervoll. Bis morgen Abend."

Während sie sich eilig auf den Weg machte, hörte sie ihre Gastgeberin rufen: „Feigling. Darüber werden wir noch reden!"

Spence schwang die Axt mit einer solchen Wut, die durchaus sexuelle Frustration als Ursache haben konnte. Wer weiß, was geschehen wäre, wenn die Kinder und die Hunde nicht aufgetaucht wären? Na ja, die Antwort lag auf der Hand. Der Holzklotz wurde mit einem befriedigenden Geräusch gespalten.

Tripp hob das Holz auf und betrachtete es abschätzend. „Und, hast du einen Plan?“

Der Abend war warm. Spence knöpfte das Hemd auf und zog es aus. Er schwitzte, nicht nur wegen der Temperatur.

„Einen Plan wofür?“

„Wie du Mel davon überzeugen kannst, dass du der Richtige bist.“

„Wie kommst du eigentlich darauf …“, fing er an, schüttelte dann aber den Kopf. „Streich das, ich weiß ja längst, was du denkst, und so falsch liegst du nicht. Ich habe ihr schon einmal wehgetan. Sie vertraut mir nicht. Und der Klatsch in dieser Stadt spricht auch nicht gerade für mich. Man hält mich für einen Playboy, dabei habe ich diesen Ruf zu Unrecht.“ Er musterte seinen besten Freund. „Du kennst mich, Tripp. Ich bin kein Heiliger oder so was. Ich habe mit einigen reizenden Ladies geschlafen, aber das bedeutete alles nichts. Mit Melody war das schon immer etwas anderes. Etwas Besonderes. Wir hatten einen Streit, wenn du das fassen kannst, über die Anzahl der Frauen, mit denen ich geschlafen habe, weil ich mich nicht erinnern konnte. Also habe ich einfach eine Zahl gesagt, sechsunddreißig, und ihr hinterher erklärt, ich habe mein Alter gemeint. Das stimmt auch. Im Prinzip meinte ich damit, dass ich alt und reif genug bin, um verantwortungsbewusst zu handeln, wenn ich mit einer Frau zusammen bin. So lang ist die Liste gar nicht, und ich mache auch keine Kerben in meinen Bettpfosten.“

Tripp hob ein weiteres Holzstück auf und stellte es zum Spalten auf. „Ich kenne dich. Darum geht es bei unserem Gespräch ja. Lass uns auf meine anfängliche Frage zurückkommen. Wie geht die Sache weiter? Ich will dir mal offen sagen, wie meine Frau die Angelegenheit sieht. Vor neun Jahren hattest du eine Affäre mit Mel, die einige Monate dauerte. Dann hast du Schluss gemacht, und jetzt willst du es noch einmal versuchen. Aber warum sollte sie dir eine zweite Chance geben?“

Spence nahm die Axt und verteidigte seinen Standpunkt. „Es war keine Affäre", erwiderte er knapp, bevor er die Axt niedersausen ließ, dass die Holzstücke flogen.

„Ist mir auch klar." An einem Sommerabend Holz zu hacken und zu stapeln war harte Arbeit. Tripp war offenbar der Ansicht, dass Spence die richtige Idee gehabt hatte, denn er zog ebenfalls sein Hemd aus und warf es beiseite. „Nur hast du fast ein Jahrzehnt gebraucht, um dir das einzugestehen."

„Das ist nicht wahr." Er schwang die Axt und spaltete den nächsten Klotz. „Ich habe es nie bestritten. Hör mal, wir hatten diese Diskussion doch schon öfter."

„Wirst du sie fragen, ob sie dich heiraten will?"

Das war ziemlich direkt, selbst für Tripp. Spence stutzte. „Darauf würde ich dir gern eine Antwort geben. Aber kannst du schwören, dass du es nicht Hadleigh erzählen wirst?"

„Nein."

„Dann ist diese Unterhaltung beendet."

Tripp sah verärgert aus, aber sie waren lange genug befreundet, dass er sich damit abfand. „Na schön", brummte er. „Aber ein Mann kann nicht an dem einen Tag eine Frau im Stall küssen und am nächsten einfach verschwinden."

„Soll ich eigentlich noch ein paar zusätzliche Campingstühle aus meiner Scheune mitbringen?", fragte Spence, demonstrativ das Thema wechselnd.

„Das ist eine gute Idee."

„Moe Radner hilft vielleicht auch mit. Er wandert viel und campiert, darum hat er jede Menge Ausrüstung." Der Deputy würde bereitwillig seine Campingmöbel für die Party verleihen. „Übrigens möchte er, dass wir einen Ausritt für ein paar Jungs aus der Gegend organisieren. Eine Aktion der hiesigen Polizei und der Ranger. Er hat viele Freunde, die in verschiedenen Nationalparks arbeiten. Moe hat mir erzählt, er sei als Jugendlicher fast auf die schiefe Bahn geraten, bis er merkte, dass ihm Camping und Reiten gefielen. Er will das für Kinder organisieren, die vielleicht in derselben Situation sind, wie er es früher war. Ich finde die Idee gut."

„Ich werde Geld dafür spenden und dir sogar ein paar Pferde leihen." Tripp wischte sich die Stirn ab.

„Na, das muss mein Glückstag sein." Hadleighs amüsierte Stimme ließ die zwei Männer in ihrem Gespräch innehalten. Ihr langes brünettes Haar glänzte im Abendlicht, als sie näher kam. „Nichts macht einer Frau mehr Herzklopfen als zwei Cowboys mit nacktem Oberkörper."

„*Mein* nackter Oberkörper sollte dir Herzklopfen verursachen", erwiderte Tripp mit gespielt finsterer Miene. „Ich nehme an, die anderen sind alle weg?"

Ihre goldenen Augen leuchteten. „Ja. Melody hat angeblich mehr zu tun, als ein Mensch bewältigen kann. Tate muss zwei müde Jungs ins Bett bringen, und Bex hat gleich morgen früh ein Meeting in der Firma."

Spence erriet an der Art, wie die zwei sich ansahen, dass es auch für ihn an der Zeit war, zu gehen. Er räusperte sich und legte die Axt aus der Hand. „Ich sollte mir Harley schnappen und mich ebenfalls auf den Weg machen. Wir sehen uns morgen Abend. Danke für das Abendessen. Ich bringe die Stühle mit."

Er zog sein Hemd wieder an, pfiff nach seinem Hund und saß wenige Minuten später in seinem Pick-up.

Für einen winzig kurzen Moment überlegte er, Melody anzurufen, entschied sich jedoch dagegen. Wenn er sie zu sehr bedrängte, würde der Schuss nach hinten losgehen. Also fuhr er einfach nach Hause. Harley hatte sich auf dem Beifahrersitz zusammengerollt. Der Hund war völlig erschöpft und würde vermutlich gut schlafen.

Spence bezweifelte, dass ihm das ebenfalls gelingen würde …

11. KAPITEL

Manchmal fügte sich alles wunderbar zusammen. Melody fand den Preis für den Diamanten etwas zu hoch, aber andererseits …

Er war perfekt. Und nichts weniger als Perfektion hatte Mrs Arbuckle verlangt.

Sie sagte zu Ronald Keith: „Verrate mir mal, was du über diesen Stein weißt."

Alt und sparsam, war er der schlauste Antiquitätenhändler von Bliss County, und er kannte jeden. Darum konnte er ihr auch etwas über die Herkunft des Steins erzählen. In seinem üblichen gemusterten Flanellhemd, selbst im Hochsommer, beugte er sich mit verschwörerischer Miene vor und stützte die knochigen Ellbogen auf den Glastresen. Außer ihnen war niemand sonst im Laden, trotzdem hielt er die Stimme gesenkt. Melody hätte das lustig gefunden, doch momentan war sie viel zu fasziniert von dem Diamanten. Sein Schliff und seine Brillanz waren einfach zu beeindruckend.

„Nun, es heißt, dass es der Diamant ist, den Rochester Pierce seiner Frau schenkte, als er um ihre Hand anhielt."

Es gelang ihr, den Blick für einen Moment von dem Stein loszureißen. Der Stein war wirklich faszinierend, und die Fassung altmodisch genug, um Ronalds Behauptung zu stützen. „Der Senator?"

„Genau der." Ronald richtete sich wieder auf. „Der Stein hat auch ein gutes Karma, denn die zwei waren über ein halbes Jahrhundert glücklich verheiratet. Der Verkauf des Anwesens war ziemlich brutal. Nicht alle ihre Kinder leben noch, und die Enkel stritten so heftig, dass das meiste versteigert wurde."

Melody war verzaubert. Dieser Diamant war von seltener Qualität und hatte mindestens anderthalb Karat. Das war ein bisschen protziger, als sie es geplant hatte, aber die Fassung konnte sie erneuern oder sogar für ein anderes Schmuckstück verwenden.

Sie hoffte nur, dass Mrs Arbuckle es ernst gemeint hatte, als sie sagte, der Preis spiele keine Rolle.

Auf der anderen Seite hätte Melody diesen Stein ohnehin gekauft, weil sie ihn, in einem neuen Schmuckstück verarbeitet, für ein kleines Vermögen wieder verkaufen konnte.

Sie hatte schon oft mit Ronald Geschäfte gemacht und wusste daher, dass er ein ehrlicher Mann war. Sie bezweifelte, dass er genug für den Ring verlangte, obwohl er seinen Wert natürlich ganz genau kannte. „Ich nehme ihn."

„Gut." Ronald lächelte. „Deshalb habe ich dich angerufen. Ich war überzeugt, niemand außer dir könnte ihn ausreichend würdigen und in neuem Glanz erstrahlen lassen."

„Schmeichler."

Sie flirteten jedes Mal ein bisschen, es war Teil ihrer Verkaufsverhandlungen.

„Was soll ich sagen? Ich mag hübsche Mädchen."

Sie erwiderte sein Lächeln. Ronald war auf seine ganz eigene Weise charmant, obwohl er alt genug war, um ihr Vater zu sein. „Ich bin Lichtjahre davon entfernt, ein Mädchen zu sein, trotzdem danke, dass du an mich gedacht hast. Der übliche Deal?"

Er nickte. Melody zahlte ihm oft einen prozentualen Anteil von ihrem Honorar, wenn er ihr außergewöhnliche Stücke beschaffte.

Vorsichtig legte sie den Ring neben die Registrierkasse. „Na schön. Gibt es noch andere verborgene Schätze, die ich gebrauchen kann?"

Nach einigem Feilschen – sie hasste diesen Teil, aber Ronald liebte ihn, deshalb durfte sie ihn nicht enttäuschen – erstand sie außerdem eine Halskette, die sie leicht auseinandernehmen und in mehrere Stücke verwandeln konnte, und ein paar Silberarmbänder, denen zwar die Einfassungen fehlten, die jedoch solide und eine Umarbeitung wert waren.

Ronalds Assistentin kannte sie noch von der Highschool. Cassandra Downing war beliebt gewesen und hatte, wie es hieß, eine gute Partie gemacht. Seit einigen Jahren war sie von ihrem Mann geschieden, der zufällig der Anwalt in der Kleinstadt war.

Während sie behutsam die Käufe verstaute, bemerkte Cassandra freundlich: „Gute Wahl."

„Wenn ich hier arbeiten würde, gäbe ich mein Geld so schnell aus, wie ich es verdiente."

Cassandra überreichte ihr die Tüte. „Ja, es ist verlockend."

Zufrieden verließ Melody den Laden, trat auf den Gehsteig und rief Mrs Arbuckle an, der sie eine Nachricht hinterließ. „Ich habe einen einzigartigen Stein für den Ring gefunden. Er ist wirklich … atemberaubend und hat sogar historische Bedeutung. Ich bin sicher, Sie werden begeistert sein."

Melody jedenfalls war es, aber sie hatte Hadleigh für heute Abend diese Laternen versprochen und musste noch letzte Hand anlegen. Allerdings sah sie der Party nach dem gestrigen Abend mit gemischten Gefühlen entgegen.

Ralph, Waldo und Emerson schlummerten auf der Couch. Die drei Katzen ignorierten sowohl Melody als auch ihren tollen Kauf, den sie auspackte, um ihn erneut zu bewundern. Wieder einmal lagen sie alle in der gleichen Haltung da – wie Synchronschwimmer.

„Schaut mal, Leute." Sie hielt eines der Armbänder triumphierend hoch. „Das war ein erfolgreicher Einkaufstag."

Die Katzen hoben nicht einmal ein Augenlid. Melody wusste nicht, was sie tun musste, um die drei zu beeindrucken.

Doch ob den Katzen der Diamant nun gefiel oder nicht, sie liebte ihn. Sie hielt ihn ins Licht und bewunderte das brillante Funkeln, während der Verlobungsring des Cowboys in ihren

Gedanken bereits Gestalt annahm. Die alte Fassung war auch noch zu retten und würde mit einem anderen Edelstein versehen werden.

Sie setzte sich und widmete sich zuerst der Halskette, indem sie versuchte, herauszufinden, wie die Edelsteine zu verteilen waren, damit sie angenehm zu tragen wäre und gleichzeitig dekorativ wirken würde. Beim Schmuckdesign ging es nicht allein um die ästhetische Wirkung. Sie war vollkommen vertieft in ihre Ideen. Erst das Knurren ihres Magens erinnerte sie daran, dass sie nichts zu Mittag gegessen hatte. Die Uhr an der Wand zeigte Viertel vor zwei, und ihre drei Mitbewohner fixierten sie bereits mit Blicken, als wären sie von Melody vernachlässigt worden. Draußen fuhr ein Wagen in die Auffahrt. Das holte sie endgültig aus ihrer tranceartigen Konzentration auf das Zeichenbrett.

Es war Bex, die eine Papiertüte trug, und zwar freundlich, aber berechnend grinste. Da sie mehrmals in der Woche gemeinsam zu Mittag aßen, stellte ihr Erscheinen keine große Überraschung dar. „Ich nehme an …“, verkündete sie beim Eintreten, „… dass wir heute Abend zu viel zu tun haben werden, um Zeit fürs Essen zu haben. Wie geht es mit den Laternen voran?“

„So gut wie fertig.“ Melody hatte sie noch gestern Nacht gemacht und bis weit nach Mitternacht daran gearbeitet. Sie lagen überall im Atelier herum, bereit für den Transport zu Hadleighs Party.

„Ich bin froh, dass ich nicht die Künstlerin bin“, meinte Bex und betrachtete die Kreationen ihrer Freundin, die fast das ganze Zimmer beanspruchten. „Das sieht nach viel Arbeit aus. Kein Wunder, dass du dich gestern Abend so schnell verabschiedet hast.“

Melody musterte sie misstrauisch und wartete auf einen Kommentar zu Spence, der jedoch zum Glück nicht kam. Ihr

Magen gab ein weiteres peinliches Geräusch von sich. „He, es ist fast zwei. Gehen wir in die Küche. Ich muss sowieso die Katzen füttern."

Ralph, Waldo und Emerson sprangen auf. Ihr Gehör funktionierte ausgezeichnet. Melody holte ihr Futter, während Bex Sandwiches mit gegrilltem Hühnchen, Salat, Tomaten und der himmlischen Sauce auspackte, die die Besitzerin der örtlichen Bäckerei kreierte. Sie weigerte sich, zu Lebzeiten das Rezept zu verraten, zumindest behauptete sie das. Melody hatte schon öfter versucht, die Sauce zu Hause nachzumachen, musste jedoch irgendwann einsehen, dass es eine geheimnisvolle Zutat darin gab, hinter die sie nie kommen würde. Daher stillte sie ihr Verlangen einfach, indem sie die Sandwiches von Myra's Hometown Bakery kaufte.

Schon der köstliche Duft ließ ihr das Wasser im Mund zusammenlaufen. Sie goss Limonade in zwei hohe Gläser, und dann setzten sie und Bex sich an den Tisch, um die Sandwiches auszuwickeln. „Wie war das Meeting?"

„Extrem betriebswirtschaftlich." Bex verzog das Gesicht. „Genug davon. Ich verstehe, dass die Grafiken und Diagramme ein notwendiges Übel sind, aber mir wäre es lieber, die Buchhaltung würde mir einfach berichten, dass alles gut läuft und es dabei belassen." Sie seufzte dramatisch und streckte die Arme über den Kopf. „Das Unternehmen in einen Franchisebetrieb umzuwandeln ändert alles."

„Fehlt es dir, die allein verantwortliche Führungsperson zu sein?" Melody interessierte das wirklich, da sie schon das ein oder andere Mal überlegt hatte, einen Laden aufzumachen. Nur würde das bedeuten, dass sie sich den Kopf darüber zerbrechen musste, Mitarbeiter einzustellen und anzuleiten sowie geeignete Räume anzumieten. Bis jetzt war die Auftragsarbeit lukrativ genug und bot ihr viel Freiheit. Die Läden im Ort verkauften ihre Stücke, und im Frühling, Sommer und Winter kamen etliche Touristen nach Mustang Creek wegen der malerischen Landschaft. Im Herbst wurde es ruhiger, aber Melody empfand es als angenehm, gelegentlich kürzerzutreten. Außerdem liebte sie es, wenn die Blätter der Espen sich golden verfärbten und die Luft kühler wurde.

Bex hatte einen großen Bissen von ihrem Sandwich im Mund, darum dachte sie eine Weile kauend über ihre Antwort nach. „Ich bin noch dabei, mich daran zu gewöhnen. Da die Firma in ein börsennotiertes Unternehmen umgewandelt wird, habe ich nicht mehr das alleinige Sagen. Allerdings besitze ich einundfünfzig Prozent der Anteile und kann daher noch großen Einfluss nehmen. Aber mal zu einem anderen Thema … wollen wir darauf wetten, dass Hadleigh schon schwanger ist? Sie hat höchstens einmal an ihrem Wein genippt, obwohl es ihr Lieblingswein war."

Melody wischte sich den Mund mit einer Papierserviette ab – immerhin hatte sie daran gedacht, welche zu kaufen – und legte ihr Sandwich aus der Hand. Dann sagte sie langsam: „Ja, jetzt, wo du es erwähnst, es ist mir auch aufgefallen. Ich dachte nur, sie sei zu sehr damit beschäftigt, die Gastgeberin zu spielen. Du meine Güte, das ging aber schnell! Das muss ja in den Flitterwochen passiert sein."

„Na ja, du hast sie und Tripp doch zusammen erlebt, oder? Außerdem wussten wir doch, dass sie es gleich versuchen wollen."

Die Inspiration meldete sich. „Ich muss ihr einen weiteren Anhänger machen. Was meinst du? Einen Storch? Nein, das ist zu klischeehaft. Wie wäre es mit einer Stute mit Fohlen? Seite an Seite?"

„Das klingt toll, aber sei nicht so voreilig." Bex war sichtlich amüsiert. „Wir wissen doch noch gar nichts."

Das stimmte. Außerdem waren da noch die Halskette und der Ring, die vorher fertig werden mussten. Sie aß ihren letzten

Bissen vom Sandwich und leckte sich die Finger ab. „Könntest du mir helfen, die Laternen zum Auto zu tragen und sie nachher auf der Ranch mit mir zusammen aufzuhängen?“

Mit ernster Miene antwortete Bex: „Wozu sind Freundinnen denn da?“

Die Einbruchserie setzte sich fort.

Das wurde allmählich zu einem echten Problem, besonders in einem Ort wie Mustang Creek. Spence las mit finsterer Miene den jüngsten Bericht und fragte sich, ob er die State Detectives um Unterstützung bitten sollte.

Sechs Einbrüche in sechs Wochen. Seiner Meinung nach war das viel. Kein Ort war frei von Kriminalität, aber in Bliss County passierte so etwas nur äußerst selten.

Die Diebe schienen stets gleich vorzugehen, daher war er sicher, dass allen Taten eine sorgfältige Planung vorausging. Bis jetzt war niemand verletzt worden, doch als Officer mit langjähriger Erfahrung wusste er, dass sich das schnell ändern konnte. Gestohlen worden waren vor allem kleinere tragbare Dinge, besonders Elektrogeräte, ausschließlich aus Privathäusern, niemals aus Geschäften. Aber auch persönliche Dinge, wie zum Beispiel Lederjacken, waren entwendet worden.

Zuletzt war Ross Hayden der Elektromotor für sein kleines Fischerboot aus der Garage gestohlen worden, außerdem eine Sammlung antiker Tischlerwerkzeuge.

Bei genauerer Betrachtung dieser Diebstähle tendierte Spence zu der Überzeugung, dass die Einbrecher die Bestohlenen gekannt hatten. Aber das war nur ein Gefühl ohne jeglichen Beweis.

Die Vorstellung, dass jemand diese Taten begangen hatte, den er auf der Straße freundlich grüßte, machte ihn wütend. Nicht nur weil es direkt vor seiner Nase passierte, sondern weil diese Person das Vertrauen in die Sicherheit des Ortes erschütterte. *Mustang Banner* erschien jeden Mittwoch und hatte das Thema längst aufgegriffen. Jede Woche erschien ein neuer Bericht über einen Einbruch. Spence hatte es satt, Thema der Titelseite zu sein.

Mit diesen Dingen im Kopf war er vermutlich nicht so freundlich, wie er es hätte sein sollen, als Moe Radner in sein Büro kam. „Was ist?", blaffte er.

Der junge Mann trat verlegen von einem Bein aufs andere. „Stimmt was nicht, Boss?"

„Nein. Na ja, doch. Diese Einbrüche machen mir zu schaffen. Was willst du?"

„Ich wollte nur berichten, dass die Liste für den Ausritt voll ist."

„Jetzt schon? Das ging aber schnell." Das Angebot war erst seit gestern raus. Diese Neuigkeit besserte seine Laune augenblicklich. Die Idee wurde offenbar begeistert aufgenommen.

„Ja, fand ich auch. Nur gibt es da noch ein, äh, kleines Problem."

„Wie klein?" Spence lehnte sich zurück. Wenn jemand ein Problem klein nannte, stimmte das selten.

Sein Deputy fuhr sich durch das kurz geschnittene Haar. „Ich habe vorher nicht daran gedacht, aber es gibt ein paar verärgerte Eltern, weil wir den Ausflug nur für Jungs angeboten haben. Einige Mädchen haben sich trotzdem angemeldet, und ich musste deren Eltern anrufen und ihnen sagen, dass das nicht geht. Ich habe mein Bestes versucht, um ihnen zu erklären, dass erwachsene Männer keine kleinen Mädchen mit auf einen Campingausflug nehmen dürfen, jedenfalls nicht, wenn keine weiblichen Betreuer dabei sind – und schon gar nicht, wenn diese Männer eine Horde Jungen beaufsichtigen müssen. Tja, das hat uns ganz schön Ärger eingebrockt. Wie dem auch sei, wir haben gar nicht genug Pferde. Ich wollte dich auch bloß darüber informieren, dass einige Leute nicht glücklich mit der Sache sind."

Auch Spence hatte nicht damit gerechnet, obwohl heutzutage alles zum Problem wurde, was auch nur ansatzweise nach Geschlechterdiskriminierung roch. Er drehte den Kugelschreiber zwischen den Fingern und dachte darüber nach. „Wir könnten einen weiteren Ausflug nur für Mädchen machen. Wir müssten bloß eine Frau finden, die das organisiert und leitet. Und einer von uns müsste zur Sicherheit mit.“ Er schüttelte den Kopf. „Ich habe die Mädchen schon als Teenager nicht verstanden, und daran hat sich bestimmt nichts geändert.“

„Der einzige weibliche Ranger, den ich kenne und der mitmachen würde, ist gerade in Mutterschutz. Also kann ich sie schlecht fragen“, erwiderte Moe. „Die anderen beiden, die mir einfallen, wären vielleicht interessiert, nur vertreten sie die, die in Mutterschutz ist.“

Spence dachte, dass Hadleigh helfen könnte. Sie hatte ein eigenes Pferd, eine hübsche kleine Stute, die Tripp ihr im letzten Herbst gekauft hatte. Möglicherweise könnte sie auch Bex und Melody für die Sache gewinnen. Allerdings hatte Spence keine Ahnung, wie es um die Reiterfahrung der beiden stand. Aber es ging schließlich nur um einen Wanderritt, nicht um das Kentucky Derby.

Er konnte die Idee auf der Party heute Abend besprechen, natürlich nicht, ohne vorher mit Tripp darüber zu reden, damit er die nötige Unterstützung bekam. Es würde nämlich nur funktionieren, wenn ein frisch verheirateter Mann bereit war, seine Braut für ein paar Tage herzugeben. Hadleigh war eine abenteuerlustige Frau, also hätte sie vielleicht Lust dazu.

„Ich könnte da vielleicht etwas arrangieren“, sagte er. „Und? Hast du die Fakten schon mit der landesweiten Datenbank abgeglichen?“ Spence suchte nach ähnlichen Einbruchsfällen wie ihren. „Ich hatte gehofft, du würdest uns ein paar Übereinstimmungen präsentieren.“

Moe schüttelte den Kopf. „Wenn du meine Meinung dazu hören willst – die müssen aus der Gegend sein, Chief. Die wohnen in Mustang Creek, und die klauen in Mustang Creek. In anderen Kleinstädten scheinen sie jedenfalls nicht aktiv zu sein."

Das hatte Spence sich auch schon überlegt. „Für eine Bande von Kindern gehen sie zu geschickt vor. Ich glaube, wir müssen uns die Opfer mal genauer ansehen. Gibt es da Gemeinsamkeiten? Sind sie irgendwie miteinander verbunden? Besuchen sie die gleiche Kirche? Wo arbeiten sie? Wer sind ihre Nachbarn? Wir brauchen alles, was sie gemeinsam haben, damit wir verstehen, warum sie zu Einbruchsopfern geworden sind."

„Bin schon dran." Moe schien diese dunkle Wolke am Horizont ernst zu nehmen. Er hatte Junie anvertraut – die es Spence erzählt hatte –, dass er schon immer daran gedacht hatte, sich beim FBI zu bewerben. Dann aber hatte er herausgefunden, dass FBI-Agenten sich nicht aussuchen konnten, wo sie eingesetzt werden. Und Moe liebte Wyoming viel zu sehr, um die Berge zu verlassen.

Spence verstand das gut.

Es gab vieles, was er an diesem Ort liebte, und dazu gehörte auch eine störrische Blondine, ohne die er – da war er sich inzwischen ziemlich sicher – nicht leben konnte.

Er richtete den Blick auf den Computerbildschirm und sah, wie spät es war. „Ich muss los", informierte er Moe.

12. KAPITEL

Die Laternen sehen wundervoll aus, dachte Melody mit berechtigtem Stolz. Zufrieden genoss sie das Staunen der ankommenden Gäste. Der goldene und rote Schein spiegelte das Farbspiel des Sonnenuntergangs über den Berggipfeln wider.

Wie vorhergesagt, hatte Hadleigh die Party perfekt organisiert, und Mutter Natur spielte mit.

Eine Liveband war dabei, ihre Instrumente zu stimmen. Es gab eine Tanzfläche, die eine Firma aus dem Ort hinter dem Haus aufgebaut hatte, und in einem großen Zelt standen Tische und Stühle. Das Buffet bot Fleisch vom Grill auf die gute herkömmliche Art, Bohnen in Tomatensoße, Salat und verschiedene Desserts, zu denen auch ein Käsekuchen und Bad Billy's Brownies gehörten. Das war der einzige Nachtisch, den er anbot, und die Leute nahmen bis zu einer Stunde Fahrt dafür in Kauf. Wie es Hadleigh gelungen war, ihn dazu zu bringen, Brownies für die Party zu machen, blieb ihr Geheimnis. Er wollte mit Partyservice nichts zu tun haben, aber er mochte Hadleigh und Tripp. Inzwischen musste er Mitte fünfzig sein, und alle kannten ihn aus der Zeit, als er Basketballtrainer der Jugendmannschaft gewesen war.

Nur waren sie heute nicht mehr die Mädchen von damals, die zusammen aufgewachsen waren. Das Leben war keine einzige Abfolge aus Übernachtungspartys, Klatsch und Gekicher. Und Melody, Bex und Hadleigh waren erwachsene Frauen, fast dreißig, und nicht nur die biologische, sondern auch die Glücksuhr tickte.

Melody brauchte zwar keinen Mann, der sie glücklich machte, aber sie wollte das haben, was Hadleigh mit Tripp gefunden hatte.

Die Party war ein Ereignis. Melody freute sich, nicht nur mit den Laternen helfen zu können. Da alles wie am Schnürchen lief, gönnte sie sich ein Bier und genoss die aus den Bergen wehende Brise.

„Darf ich um den ersten Tanz bitten?“

Spence sah wie immer unfassbar gut aus in seiner ausgewaschenen Jeans und dem weißen Hemd, zu dem er eine locker gebundene, dunkelblaue Krawatte und auf Hochglanz polierte Stiefel trug. Sie musterte ihn und hoffte, dabei gleichgültig zu wirken.

In Wahrheit beschleunigte sich ihr Puls. Und das ärgerte sie.

„Die Band hat noch nicht angefangen zu spielen.“

„Ich wollte mich lieber beeilen, für den Fall, dass du nachher ausgebucht bist, womit ich rechne. Schließlich bist du die schönste Frau hier weit und breit.“

Sein entspanntes Lächeln war vermutlich Absicht, und sie erinnerte sich noch allzu gut an den heißen Kuss von gestern Abend. Die Atmosphäre des Abends trug das ihrige bei. Und Spence schien wirklich interessiert zu sein.

Die Frage war nur, an was.

„Ich weiß deinen Flirtversuch zu schätzen, aber wir wissen doch beide, dass du es gar nicht nötig hast, bei mir Süßholz zu raspeln.“ Das Bier musste eine besänftigende Wirkung haben, denn sie atmete nur genervt aus.

Immerhin war er schlau genug, das Thema nicht weiter zu verfolgen. „Ich sage nur die Wahrheit.“ Er musterte unverhohlen die Wölbung ihrer Brüste unter der pinkfarbenen Bluse, und als er ihr wieder in die Augen schaute, lag ein dreistes Funkeln in seinen. „Die Farbe steht dir.“

„Hmph.“

Sie sahen einander schweigend an, bis er sie an seine anfängliche Frage erinnerte. „Also, bekomme ich den ersten Tanz?“

Vielleicht hatte er jemanden bestochen, jedenfalls fing die Band in genau diesem Augenblick an zu spielen. Als Melody um die Hausecke spähte, sah sie Hadleigh und Tripp bereits auf der improvisierten Tanzfläche. Sie nickte, da man ihr Erscheinen als Brautjungfer und Trauzeuge ohnehin erwartete.

„Na los, tun wir es."

„He, das ist Musik in meinen Ohren." Spence nahm ihr das Glas ab, stellte es auf einen der Stehtische und führte sie dorthin, wo sich die Leute versammelt hatten. „Ich würde es liebend gern tun."

„So habe ich das wohl kaum gemeint."

„Wie schade." Er zog sie an sich, sobald sie die Tanzfläche betreten hatten. „Na ja, dann tanz einfach mit mir."

Es wäre ihr lieber gewesen, wenn er sie nicht so nah an sich gezogen hätte, besonders vor Publikum.

Und es wäre ihr außerdem lieber gewesen, wenn er nicht so gut geduftet hätte. Sie hoffte, dass man ihr die Reaktion darauf nicht gleich anmerkte, aber verlassen konnte sie sich darauf nicht. Sie fühlte seine muskulöse Schulter unter der einen Hand, während er die Finger ihrer anderen Hand mit seinen verschränkte.

Natürlich spielte die Band ein Liebeslied, deshalb durfte Melody es nicht riskieren, ihm in die Augen zu sehen. Sie tanzten einfach, ohne miteinander zu reden, und das schien Spence völlig zu genügen. Sein Körper streifte ihren, eine Erinnerung an einen anderen sinnlichen Tanz mit ihm. Wie gut, dass sie gestern von den beiden Jungen gestört worden waren.

Melody spürte förmlich, wie alle um sie herum die richtigen – oder waren es doch die falschen? – Schlüsse über sie und Spence Hogan zogen.

Sie wünschte, sie wüsste, was als Nächstes passieren würde.

Wenn sie hätte wetten sollen, hätte sie darauf getippt, dass er sie gleich auf irgendeine Weise wütend machen würde. Die Geschichte hatte die Gewohnheit, sich zu wiederholen. Zumindest *ihre* Geschichte. Warum es so schwierig war mit ihm, verstand sie nach wie vor nicht.

Vielleicht machte das einen Teil der Anziehung zwischen ihnen aus. In gewisser Hinsicht war er absolut vorhersehbar – er war intelligent, mit einem ausgeprägten Sinn für das, was richtig und falsch war, knallhart, wenn es sein musste, und gleichzeitig hatte er einen lockeren Sinn für Humor. Aber er war auch unerschütterlich in seinen moralischen Überzeugungen und Ansichten, was für diejenigen auf der anderen Seite des Gesetzes nichts Gutes verhieß.

Diese Kompromisslosigkeit war für einen Police Officer eine gute Eigenschaft. Aber bei einem Ehemann? Möglicherweise – falls er sich je für die Ehe entschließen sollte. Bis jetzt hatte Spence aber nicht einmal angedeutet, dass er bereit dafür war. Stattdessen steuerte er lieber das nächste Schlafzimmer an. Aber den nächsten Altar? Eher nicht. Nein, das hatte er Melody wahrhaftig noch nicht signalisiert.

Genau darin lag das größte Problem zwischen ihnen.

„Ich liebe es, wie dein Haar duftet", murmelte er. „Nach Blumen."

„Das nennt man Shampoo, und bitte riech nicht vor all diesen Leuten an meinen Haaren."

Er lachte, und sie musste zugeben, dass es albern war, so etwas zu sagen, daher lachte sie ebenfalls, wenn auch widerstrebend. Um ihre Bemerkung abzuschwächen, sagte sie: „Alle beobachten uns."

„Lass sie doch. Hat dir schon mal jemand gesagt, dass du kratzbürstig wie ein Kaktus sein kannst?"

„Ja, du hast mir das schon das ein oder andere Mal gesagt. Ich finde nur, wir tanzen ein bisschen zu eng für diese Party."

Er grinste. „Und wieder sind wir verschiedener Meinung. Denn ich finde, wir tanzen noch lange nicht nah genug."

Er schlang den Arm fester um ihre Taille und streifte mit seinen Lippen zärtlich ihre Schläfe.

Der Mann hätte ebenso gut eine Werbetafel hochhalten können, auf der stand: *Hoffentlich werde ich später noch Sex mit Melody Nolan haben.*

Der erste Song endete, und sie löste sich dankbar von Spence. Eine ihrer Lieblingslieferantinnen, eine ältere Frau, die einen Laden führte, der Melody mit Edelsteinen versorgte, hielt sie kurz an und wedelte mit der Hand, ein wissendes Leuchten in den Augen. „Puh, es scheint heute ganz schön warm hier zu sein, was, Schätzchen? Sie sehen erhitzt aus."

Melody verspürte den Wunsch, einen gewissen Polizeichef zu würgen. Sie kannte Mustang Creek. Klatsch verbreitete sich hier wie ein Lauffeuer in der trockenen Steppe. „Ja, es ist schon ein bisschen warm. Aber es ist ein wundervoller Abend, Mrs Perkins. All die vielen Sterne", entgegnete sie freundlich, ehe sie ins Haus eilte.

Bex füllte eine Wärmeplatte mit gegrilltem Hähnchen auf. Melody hielt sie am Arm fest und zog sie in eine Ecke. „Kannst du mir bitte einen Gefallen tun?"

Ihre Freundin musterte sie prüfend. Ihre Haare wellten sich ein wenig von der Hitze in der Küche. „Normalerweise würde meine Antwort ‚selbstverständlich' lauten, aber vielleicht bist du so nett und erklärst mir erst mal, was du willst."

„Du musst mir Spence heute Abend irgendwie vom Leib halten."

„Ich soll ihn dir vom Leib halten? Das hört sich an wie bei einem Footballspiel …"

Melody zupfte an ihrer Schürze, damit sie still war. „Das ist kein Scherz, Bex. Ich brauche ein wenig Abstand."

Bex nickte. „Ja, ich habe von eurem Tanz gehört."

„Jetzt schon?" Das überraschte sogar Melody. „Der ist doch gerade erst zu Ende gegangen, und ich bin direkt hierhergekommen."

„Du weißt schon, wie schnell sich Neuigkeiten hier verbreiten, oder? Zwei Leute kamen herein, um Billy's Brownies zu naschen – auch über die zwei kursieren übrigens Gerüchte –, sie haben von dir und Spence erzählt."

Melody fragte nicht einmal, was die zwei erzählt hatten. Sie wollte es nicht wissen. „Also, hilfst du mir?"

„Wie ich schon sagte – selbstverständlich."

Er wurde ganz offensichtlich manipuliert.

Spence wusste nicht, ob er amüsiert oder verärgert sein sollte. Melody suchte sich einen Platz so weit wie möglich von ihm entfernt, während Bex und Hadleigh ihn seit einer Stunde vollquatschten. Die Party war in vollem Gange, die Gäste amüsierten sich prächtig, aber die Band wurde ruhiger, und es war an der Zeit, das Lagerfeuer anzufachen. Endlich gelang es ihm, zu Tripp vorzudringen.

„Ich könnte schwören, dass Bex und deine Frau mich wirklich mögen, oder habe ich mir da jahrelang etwas vorgemacht?", sagte er mit mildem Spott.

Tripp sah aus, als amüsiere er sich prächtig. Er war bester Laune. „Manchmal bist du ein echter Dummkopf, Hogan, keine Frage. Aber worüber reden wir hier eigentlich genau?"

Spence setzte sich rittlings auf einen Stuhl und legte die Unterarme auf die Rückenlehne. „Die lassen mich nicht in Melodys Nähe."

„Mir ist auch schon aufgefallen, dass die zwei sich wie ausgebildete Hütehunde benehmen, die ein Kalb von der Herde trennen. Könnte sein, dass du es beim ersten Tanz etwas übertrieben hast."

Es war unmöglich, bei diesem Vergleich nicht zu grinsen. „Hm, du solltest deine Frau und ihre beste Freundin lieber nicht mit Hunden vergleichen. Lass dir das von mir gesagt sein."

Tripp machte ein Gesicht, als würde er sich entsprechend schämen, das Bier auf halbem Weg zum Mund. „Stimmt, das war wohl nicht so glücklich. Aber wenn du mich verrätst, trete ich dir in den Hintern. Ich meinte auch eher, sie sind wie Wölfe, die einen Hirsch verfolgen – um mal ein anderes Tierbild zu bemühen. Wobei ich mir nicht sicher bin, ob dieser Vergleich so viel besser ist. Zumindest behalten sie dich tatsächlich im Auge. Melody tanzt mit allen anderen, und ich würde wetten, dass sie ihre Hilfstruppen darum gebeten hat, ihr zu helfen."

„Um sie vor mir zu schützen?"

„Ich werde dieser Frage ausweichen. Genug zu diesem Thema. Hadleigh erwähnte den Wanderritt und das Camping mit den Mädchen. Ich kann keine drei Tage von hier weg, aber vielleicht kann ich Jim für die Sache gewinnen, damit du nicht völlig in der Minderheit bist."

Das war ein guter Vorschlag. Tripps Stiefvater Jim Galloway hatte vor Kurzem wieder geheiratet und war in die Stadt gezogen. Aber er war sein Leben lang ein Rancher und Reiter gewesen, der sich in der Natur auskannte. Außerdem hatte er eine grenzenlose Geduld und die geeignete großväterliche Haltung.

„Frag ihn." Spence hätte noch mehr gesagt, doch da vibrierte sein Handy. Als er es aus der Tasche zog, sah er auf dem Display, dass der Anruf vom Revier kam. Natürlich wusste Junie, wo er war, darum stutzte er. Wenn sie ihn anrief, musste es etwas Wichtiges sein.

„Hallo Junie."

„Du wirst es nicht glauben, aber es gab schon wieder einen Einbruch. Ich dachte, du willst darüber informiert werden, auch wenn du nicht im Dienst bist."

Spence schaute zu den hellen Laternen, hörte das fröhliche Lachen und fluchte im Stillen. „Na schön, schieß los."

Sie zögerte kurz, ehe sie anfing: „Ein Mann ging mit seinem Hund Gassi und hörte Glas splittern, zwei Häuser weiter. Er hat einen Deutschen Schäferhund, du kennst Curtis, also ging er rüber, um nachzusehen. Der Hund bellte wie verrückt und zog ihn fast über den Rasen. Curtis sah, dass das Küchenfenster eingeschlagen war. Da er sein Handy aber nicht dabeihatte, musste er erst zurück nach Hause, um den Einbruch zu melden. Als er wieder zurückkam, waren die Einbrecher längst fort." Sie machte eine Pause. „Du kennst die Adresse."

Eine böse Vorahnung befiel ihn. „Lass mich raten. Melodys Haus?"

„Volltreffer, Boss."

Ihr Haus stellte tatsächlich das perfekte Ziel dar. Es war klein, und sie bewahrte Wertgegenstände darin auf. Er holte tief Luft. „Ich werde es ihr gleich sagen, und dann machen wir uns auf den Weg."

„Nach dem, was die Jungs berichtet haben, haben die Einbrecher die Einrichtung nicht verschont. Sie ist zwar nicht zerstört, aber verwüstet."

„Geht es den Katzen gut?" Das würde Melodys erster Gedanke sein. Wenn jemand in sein Haus einbräche, würde er sich auch sofort Sorgen um Harley machen. Der Hund würde dem Dieb wahrscheinlich kräftig in den Hintern beißen, doch wenn dieser bewaffnet war, hatte kein Hund eine Chance.

„Katzen hat niemand erwähnt."

„Gib bitte per Funk durch, dass drei Katzen im Haus sein müssten. Und sie sollen das Fenster vernageln. Sag ihnen außerdem, dass sie nichts anrühren sollen. Wir wollen Fingerabdrücke."

„Verstanden, Boss." Junie war sehr gut am Funk und blieb stets ruhig.

Spence wollte auf keinen Fall die Party ruinieren. Er beendete das Telefonat und versuchte, sich zu sammeln.

Wenn er es Melody gleich sagte, würde sie ausflippen – denn er konnte ihr nicht bestätigen, dass mit den Katzen alles in

Ordnung war. Sie würde sofort loswollen, um sie zu suchen. Spence brauchte sie, damit sie den Schaden einschätzte und eventuell gestohlene Gegenstände benannte. Also musste er einen Weg finden, sie von der Party wegzulotsen, ohne irgendwen über den wahren Grund des plötzlichen Aufbruchs zu informieren.

Manchmal funktionierte die bewährte Methode am besten.

Er ging zur Tanzfläche, wo Melody einen ziemlich beeindruckenden Line-Dance vollführte, und blieb direkt vor ihr stehen. Er fing ihren erschrockenen Blick auf und warf sie sich kurzerhand über die Schulter. „Wir verschwinden, Leute", verkündete er und winkte in die Runde. „Das war vielleicht eine Party."

Die zuschauenden Gäste lachten.

Vielleicht war ihr Tanz doch kein Fehler gewesen.

Melody gab einen unartikulierten Laut von sich, da seine Schulter zweifellos gegen ihr Zwerchfell drückte, und versuchte, ihn zu treten. Glücklicherweise hatte sie keinen Erfolg damit.

Es ging doch nichts über einen gelungenen Überraschungsangriff. Er verließ die Tanzfläche, den Arm um Melodys Kniekehlen gelegt, die andere Hand auf ihrem Po, und pfiff nach Harley.

„Bist du verrückt?", brachte sie schließlich hervor und schlug ihn auf den Rücken, während er sie zu seinem Pick-up trug. „Spence, was ist denn los mit dir?"

Er antwortete lakonisch: „Bei Tripp hat es funktioniert." Er erinnerte sich an die Hochzeit, als er Melody wegen ihrer wunden Füße zu seinem Wagen getragen hatte. Das hatte auch gut funktioniert, schließlich war sie am nächsten Morgen in seinem Bett gelandet …

„Es wird unwahrscheinlicher denn je, dass ich dich heirate!", schrie sie.

„Schön zu wissen, dass du überhaupt daran gedacht hast. Bleib locker, ja? Ich habe meine Gründe, und die werde ich dir auf dem Weg in die Stadt erklären. Ich wollte die Feier nur nicht mit schlechten Nachrichten ruinieren."

Sie kochte vor Wut, das spürte er, doch seine Worte ließen sie sofort leiser werden. „Was für schlechte Nachrichten?"

„Gib mir noch eine Minute." Er ließ den Hund zuerst in den Wagen, da Harley in diesem Moment der deutlich umgänglichere Mitfahrer war. Dann setzte er Melody auf den Beifahrersitz und schnallte sie an, obwohl er dabei eine Faust im Gesicht riskierte. Streng ermahnte er Harley, brav hinten sitzen zu bleiben, bevor er selbst in den Wagen stieg.

Die Sterne am Himmel in Wyoming leuchteten hell und klar, was keineswegs zu seiner Stimmung passte. Es kam ihm grausam vor, bei einem Problem wie diesem nicht ehrlich ihr gegenüber zu sein. Darum erklärte er ohne weitere Einleitung: „Ich habe eben einen Anruf erhalten. In dein Haus wurde eingebrochen. Das Küchenfenster wurde eingeschlagen. Du musst jetzt vor allem ruhig bleiben und dich auf Einzelheiten konzentrieren, die dir vielleicht auffallen. Ein Deputy ist vor Ort, aber ich habe ihm gesagt, er soll nichts anrühren. Dass du die Party auf diese Weise verlassen musstest, tut mir leid. Ich dachte mir nur, die Leute finden es amüsant, wenn ich dich so dramatisch entführe. Dann waren die Mühen der Vorbereitung und die ganze Arbeit wenigstens nicht umsonst. Es kann im Augenblick sowieso niemand helfen, also können sie ebenso gut weiterfeiern."

Melody war sprachlos, und das hatte Spence bei ihr noch nicht erlebt. Zumindest nicht sehr oft. Im Profil wirkte ihr Gesicht ganz ruhig, während sie nach vorn durch die Frontscheibe schaute. Schließlich sagte sie: „Jemand ist in mein Haus eingebrochen?"

„Ich fürchte, ja."

Es folgte die zu erwartende Panik. „Die Katzen! Sie hassen Fremde. Fahr schneller."

„Ich werde nicht das Gesetz brechen, indem ich die Geschwindigkeitsbegrenzung übertrete. Wir fahren vernünftig und kommen sicher dort an. Ich nehme an, diese Katzen haben den Einbrecher überwältigt und gefesselt in einen Schrank gesperrt."

„Ja, schon möglich." Ihre Stimme brach, als sie zu lachen versuchte. „Bitte, Spence, ich mache mir solche Sorgen um sie."

Als er die Tränen in ihren Augen schimmern sah, gab er nach und trat ein wenig aufs Gaspedal. Er blieb immer noch im Rahmen der erlaubten Geschwindigkeit, zumal er gewissermaßen im Einsatz war.

Spence sah den Polizeiwagen vor ihrem Haus, mit noch eingeschaltetem Blaulicht, was wirkungsvoll, aber nicht mehr notwendig war. Andererseits war es nach dem siebten Einbruch ein Signal an die Bevölkerung, dass die Polizei an der Sache dran war.

Bevor Melody aus dem Pick-up springen konnte, hielt Spence sie am Arm fest. „Tu mir einen Gefallen und versuche, nichts anzufassen. Ein Einbruch fühlt sich an wie eine Gewalttat, aber lass uns erst mal unsere Arbeit machen, auch wenn es drinnen wüst aussehen sollte. Schnapp dir die Katzen, und dann bringen wir dich, wohin du willst. Einverstanden? Wenn dir auffällt, was fehlt, sag es. Ansonsten tu bitte gar nichts."

„Ich bin keine Idiotin", fuhr sie ihn an und stieg aus dem Wagen. Aber natürlich drehte sie sich noch einmal um und rief: „Außer wenn es um dich geht!"

Dann rannte sie den Weg zum Haus entlang.

Die nächste Stunde verlief nicht sehr angenehm.

Spence musste Melody zugutehalten, dass sie angesichts der herausgerissenen Schubladen, der verstreuten Kissen oder ihres verwüsteten Ateliers nicht hysterisch reagierte. Allerdings weinte sie wegen ihrer verschwundenen Katzen.

Tränen rannen ihr über die Wangen, und das ertrug Spence nicht.

Während die Deputys Fotos machten und Fingerabdrücke nahmen, half Spence Melody bei der Suche nach den Katzen – unter jedem Bett, unter der Couch sowie in allen Ecken und Winkeln des gesamten Hauses, bis sie einsehen mussten, dass die Tiere nicht da waren. Spence wandte sich an Moe und den älteren Kollegen. „Bleibt im Haus bei ihr und nehmt eine Aussage auf, wie ihr es bei jedem anderen auch machen würdet. Ich sehe mich in der Zwischenzeit draußen um. Behaltet Harley im Haus, er ist mir sonst nur im Weg."

Moe nickte. „Wird gemacht."

Mit Hunden kannte Spence sich aus, aber Katzen waren unbekanntes Terrain für ihn. Trotzdem versuchte er, wie eine Katze zu denken, musste es aber gleich wieder aufgeben. Stattdessen suchte er einfach den Garten mit einer Taschenlampe an all den Stellen ab, die sich für ein kleines Tier als Versteck eigneten.

Im hintersten Winkel des Gartens, unter einem riesigen Fliederbusch, entdeckte er plötzlich drei Paar funkelnder Augen.

Alle in einer Reihe.

Das waren sie, keine Frage. Spence war maßlos erleichtert. Er hätte Melody vor einem Feuer oder einer tödlichen Lawine retten können – für das Auffinden ihrer Katzen würde sie dankbarer sein.

Die Herausforderung bestand jetzt darin, sie alle drei für die Idee zu gewinnen, wieder ins Haus zurückzukehren. Wie trug ein Mann drei dicke Katzen – vorausgesetzt, es gelang ihm vorher, sie unter dem Busch hervorzulocken? In der Hocke vor den Tieren verharrend dachte er über dieses Problem nach.

Dann tat er, was ein heroischer Polizist tun würde, und rief per Textnachricht um Hilfe. *Habe sie gefunden. Brauche dich.*

Binnen Sekunden kam Melody aus dem Haus gestürmt. Spence war erstaunt, dass die Katzen nicht die Flucht ergriffen, aber anscheinend waren sie an ihre ungestüme Art gewöhnt. Jedenfalls rührten sie sich nicht, als Melody angerannt kam und neben Spence auf die Knie sank.

„Dem Himmel sei Dank." Sie küsste ihn aus lauter Dankbarkeit auf die Wange. Doch ein Kuss war für Spence ein Kuss, wenn es um Melody ging. Dann versuchte sie, ihre drei geliebten Mitbewohner davon zu überzeugen, ihr sicheres Versteck zu verlassen.

Aber die wollten davon nichts wissen.

Spence wurde ins Haus zurückgeschickt, um eine Tüte Katzenleckerlis zu holen, und er glaubte, ein unterdrücktes Grinsen auf dem Gesicht des Deputys zu bemerken, während er mit der bunten Tüte an ihm vorbeilief.

Moe dagegen, der mit Harley an seiner Seite dastand, grinste ganz offen. „Was man nicht alles für eine hübsche Lady tut, was, Boss?"

Darauf erntete Moe einen tödlichen Blick – und hielt den Mund.

Spence musste zugeben, dass Melody die Katzen sehr gut kannte. Die Leckerlis bewirkten Wunder.

Er musste nur mit der Tüte rascheln, und schon kamen die drei unter dem Busch hervor. Sie folgten ihm mit zuckenden Schwänzen ins Haus, als wäre er eine Art Katzenflüsterer.

Melody verteilte die Belohnungen, und nachdem die Katzen sie anmutig verschlungen hatten, sprangen sie auf den Kaminsims, von wo sie das Chaos im Atelier in Augenschein nahmen. Allerdings nicht, ohne zuvor einen verächtlichen Blick auf Harley zu werfen. Nachdem die Katzen sicher und wohlbehalten zurück waren, informierte Melody ihn darüber, dass alle Schmuckstücke, an denen sie gearbeitet hatte, verschwunden waren, ebenso einige Werkzeuge.

Sie sah niedergeschmettert aus.

Er würde das verdammt noch mal wieder in Ordnung bringen.

„Ich habe einen Safe, aber den benutze ich nicht oft", gestand sie, und ein paar Tränen liefen ihr über die Wangen. „Wir sind hier doch in Mustang Creek. Zum Glück habe ich einige der Steine, die Mrs Arbuckle für ihre Halskette wollte, hineingetan. Nur habe ich gerade einen außergewöhnlichen Diamanten gekauft, für einen Verlobungsring, den sie in Auftrag gegeben hat. Der lag auf meinem Arbeitstisch, damit ich ihn ansehen kann, während ich den Entwurf zeichne. Selbstverständlich bin ich versichert, aber dieser Stein ist unersetzlich."

„Wir brauchen eine vollständige Liste mit Fotos. Es gibt eine Sondereinheit, die im Internet nach Hehlerware sucht. Es ist sicher hilfreich, dass deine Stücke einzigartig sind. Mit den entsprechenden Informationen können sie aufgespürt werden."

„Mein Computer fehlt auch", stellte sie bitter fest. „Aber ich habe Fotos mit meinem Handy gemacht, und das hatte ich heute Abend wenigstens bei mir."

„Das sind gute Neuigkeiten. Das könnte uns wirklich weiterhelfen. Ich will nicht sagen, dass mich dieser Einbruch freut, aber das könnte unser Durchbruch in dem Fall sein. Wenn ein Elektromotor gestohlen wird, denkt niemand weiter darüber nach. Aber bei einem Schmuckstück von Melody Nolan sieht die Sache schon ganz anders aus."

Obwohl der Wert der gestohlenen Gegenstände mit diesem Diebstahl sprunghaft gestiegen war, handelte es sich dennoch um eine ähnliche Vorgehensweise wie bei den vorangegangenen Fällen. Der oder die Einbrecher verschafften sich Zugang durch ein eingeschlagenes Fenster und hinterließen ein verwüstetes

Haus. Das bestärkte Spence in der Überzeugung, dass die Fälle zusammenhingen.

„Freut mich, euch behilflich sein zu können", erwiderte sie düster.

Spence wandte sich an die Deputys. „Ich mache hier weiter, ihr könnt gehen."

Ein weiteres Grinsen von den Kollegen. Anscheinend war es kein Geheimnis, dass er mehr als nur ein kleines bisschen an Miss Nolan interessiert war. Sobald sich herumgesprochen hatte, wie er sie bei der Galloway-Party entführt hatte, würde er sich so manchen Spruch anhören müssen.

Das war es wert.

Spence sah zu dem Katzen-Trio. „Ich würde ja vorschlagen, wir fahren zu mir. Allerdings tippe ich mal darauf, dass nicht alle Bewohner deines Hauses von der Idee begeistert sein werden, darum werden Harley und ich unser Lager hier aufschlagen. Morgen früh rufe ich Gary vom Eisenwarenladen an, damit er dein Fenster repariert."

„Oh, das ist wirklich raffiniert", erwiderte sie sarkastisch.

„Ich werde auf der Couch schlafen. Oder willst du wirklich allein hierbleiben?"

Das war ein Argument.

Allein? Nein danke! Außerdem machte es dem Triumvirat nichts aus, trotz der Anwesenheit des Hundes, der in ihren Augen vermutlich eine niedrigere Lebensform darstellte.

Melody musste Spence recht geben, dieser Einbruch fühlte sich wie eine Gewalttat an – das Wissen, dass jemand in ihr Haus eingedrungen war, sie bestohlen und ihren geliebten Katzen Angst eingejagt hatte. Dabei war jedes Gefühl von Sicherheit zerstört worden, und deshalb war es ein großzügiges Angebot von Spence, über Nacht zu bleiben. So ungern sie das zugab, aber mit einem Mann und seinem Hund im Haus würde sie vielleicht ein wenig schlafen können. Ganz abgesehen davon war schon an einem guten Tag enorm viel Überzeugungsarbeit nötig, um die Katzen dazu zu bewegen, in ein Auto zu steigen. Und dies war ganz und gar kein guter Tag. Und nach dem, was passiert war, konnte Melody die Tiere auch schlecht allein im Haus lassen.

Wenigstens war die Party ein Erfolg gewesen.

Melody hob ein Kissen auf, legte es zurück auf die Couch und begutachtete hilflos das Chaos. Bücher lagen verstreut herum, Zeichnungen, sogar ihre DVD-Sammlung. „Ich weiß gar nicht, wo ich mit dem Aufräumen anfangen soll."

Spence trat hinter sie, legte ihr die Hände auf die Schultern und massierte sie sanft. „Die Mistkerle haben nur die Küche verschont, von dem zerbrochenen Fenster einmal abgesehen. Eine Tasse Tee wäre jetzt nicht schlecht. Dabei können wir durchatmen. Aufräumen können wir auch morgen früh noch."

Der Mann verstand es wirklich, mit seinen Händen umzugehen. Melody wurde tatsächlich ein wenig lockerer, während er ihre verspannten Muskeln mit den Daumen bearbeitete. „Keine schlechte Idee."

„Gelegentlich habe ich eine, ob du es glaubst oder nicht."

Sie drehte sich um, und ein milder Ausdruck trat in ihre Augen. „An deiner Intelligenz oder Integrität habe ich nie gezweifelt. Nur an deiner Motivation. Aber ich bin emotional nicht in der Lage, diese Diskussion heute Abend zu führen."

Er schien das zu verstehen und streichelte kurz ihre Wange. „Das alles tut mir schrecklich leid."

Natürlich war er nicht verantwortlich für das, was passiert war, doch irgendwie hatte sie den Eindruck, dass er sich so fühlte. „Ich glaube, ich verzichte auf den Tee. Ich werde nur noch schnell Zähne putzen und dann ins Bett gehen."

Harley war absolut dafür und folgte ihr prompt ins Schlafzimmer, wo er aufs Bett sprang, als schliefe er jede Nacht dort am Fußende. Er wedelte kurz mit dem Schwanz auf den Hochzeits-Quilt mit den zwei Ringen, den Hadleigh für sie gemacht hatte, legte den Kopf auf die Pfoten und schloss die Augen.

„Schöner Wachhund", bemerkte Melody, unterdrückte ein Lächeln und kickte ihre Schuhe fort.

Harley wedelte erneut mit dem Schwanz, doch die Augen blieben geschlossen. Das Signal war klar: Er war bereit für die Nacht.

Melody ging in ihr Hauptbadezimmer, dankbar, dass die Diebe diesen Raum ebenfalls verschont hatten. Dort machte sie sich bettfertig und zog eine Shorts und ein altes T-Shirt an.

Sexy Nachtzeug.

Barfuß ging sie zurück ins Wohnzimmer/Atelier. Spencer hatte seine Stiefel ausgezogen und sich auf der Couch ausgestreckt, die Arme hinter dem Kopf verschränkt.

„Komm und schlaf bei mir im Bett", forderte sie ihn auf. „Ich bin ohnehin nicht in der Stimmung zu etwas anderem als schlafen. Aber es wäre angenehmer, dich bei mir zu haben", gestand sie zögernd.

„Im Ernst?"

Spence sah groß und stark und verlässlich aus, deshalb war sie in Anbetracht der jüngsten Ereignisse sehr sicher, was ihren Entschluss anging. „Ja. Außerdem hat es sich dein Hund schon bequem gemacht. Also würde ich sagen, je mehr, je lustiger."

Er stand auf. „Ich werde noch einmal ums Haus gehen und nachsehen, ob wirklich alles in Ordnung ist."

„Danke."

Melody kroch ins Bett, nach wie vor angespannt, bis Spence ins Schlafzimmer kam und sich leise bis auf die Boxershorts auszog. Als er sich zu ihr legte, schmiegte sie sich sofort an ihn. Sie spürte seine Körperwärme, lauschte Harleys sanftem Schnarchen und fühlte, wie die Anspannung allmählich wich.

Spence legte den Arm um ihre Taille. „Ich bin hier."

Wäre sie nicht so verletzlich und aufgewühlt gewesen, hätte sie wohl nicht diese Worte ins Kissen geflüstert: „Ich habe nicht das Bedürfnis, mich wieder in dich zu verlieben."

„Es ist okay, wenn du es tust", versicherte er ihr und drückte sie. „Das verspreche ich."

Zumindest glaubte sie, das zu hören, während sie erschöpft in tiefen Schlaf sank.

13. KAPITEL

Der nächste Tag fühlte sich an, als hätte ein Tsunami die Küste Wyomings verwüstet – allerdings hatte der Bundesstaat keine Küste.

Moe hatte nicht übertrieben, was die verärgerten Eltern und ihre Klagen über den Wanderritt anging. Spence' Ablage war voller Beschwerden. Er musste dringend mit Hadleigh sprechen, aber der gestrige Abend war zweifellos für sie beide kompliziert gewesen.

Der jüngste Einbruch traf ihn persönlich, obwohl er zugeben musste, dass es ein äußerst angenehmer Nebeneffekt gewesen war, am nächsten Morgen neben Melody aufzuwachen und ihren sexy Po an seinem Unterleib zu spüren.

Nur wurde er einfach diese Erektion nicht los, derentwegen er schon die halbe Nacht wach gelegen hatte, und dieser unbefriedigte Zustand verbesserte seine Stimmung nicht gerade. Bei Tageslicht sah die Verwüstung ihres Hauses noch schlimmer aus, doch abgesehen von dem Fenster war nichts kaputt. Spence half Melody so gut es ging beim Aufräumen und fuhr anschließend zur Arbeit. Sie bedankte sich sehr nett, indem sie ihm unter den wachsamen Blicken des Katzentrios einen Kuss auf die Wange gab. Als er ging, fühlte er sich wie ein Deserteur. Das Haus war immer noch ein einziges Durcheinander.

Nachdem er Harley zu Hause abgesetzt, rasch geduscht und sich frische Sachen angezogen hatte, sorgte er dafür, dass Melodys Fenster so schnell wie möglich repariert wurde.

Sein Vormittag wurde immer schlimmer.

Auf der Main Street gab es einen Verkehrsunfall, in den der Bürgermeister verwickelt war. Spence fuhr selbst hin.

Irgendwie hatte eine Ladung Rinder, die auf dem Weg zur Viehauktion war, die Ladeluke des Trucks aufbekommen, als der Fahrer zum Tanken hielt. Daraufhin liefen die Tiere durch die Stadt und verursachten diesen Verkehrsunfall. Der Lastwagenfahrer konnte zwar einen Truck fahren, hatte aber keine Ahnung von Rindern, und irgendwer musste sich um die Massenflucht der Tiere kümmern. Zum Glück konnte Spence Kühe auch ohne ein gutes Pferd treiben, und es waren genügend Cowboys anwesend, um ihm zu helfen. Mithilfe der freundlichen Bewohner Mustang Creeks wurden sämtliche Rinder zurück in den Lastwagen getrieben, aber es dauerte eine Weile. Eine störrische Kuh entdeckte, wie köstlich das Blumenbeet vor einem der Häuser schmeckte, und weigerte sich, weiterzugehen. Sehr zur Belustigung der Zuschauer musste Spence ihr eine Lassoschlinge um den Hals legen und sie mit seinem Pick-up von dem Beet wegzerren. Die Besitzer waren nicht zu Hause, daher hinterließ er ihnen eine Nachricht, in der er erklärte, was passiert war. Sie würden nicht gerade begeistert über ihren verwüsteten Vorgarten sein.

Dann kam es noch zu einer Schlägerei zwischen zwei Jungen zu Beginn des Footballtrainings auf der Highschool. Der schon etwas ältere Trainer, der Spence in seiner Jugend betreut hatte, wurde mit der Situation nicht fertig, weil die zwei ernsthaft aufeinander einprügelten. Ein besorgter Vater, der beim Training zusah, rief die Polizei.

Eigentlich war dagegen nichts einzuwenden. Nur erwies es sich als Überreaktion; beim Eintreffen der Cops war der Streit bereits vorüber, und die Gegner hatten sich längst die Hand gegeben. Spence redete dem Rektor sogar aus, die beiden zu suspendieren, da niemand verletzt worden war.

Inzwischen konnte er es nicht mehr erwarten, bis der Tag endlich vorbei war. Es gab weder Mord noch Totschlag, dem Himmel sei Dank, doch all die vielen Kleinigkeiten summierten sich.

Nach Feierabend fuhr Spence sofort nach Hause. Er musste sich entspannen, und da war ein langer Ausritt genau das Richtige.

Er sattelte Reb und ritt mit ihm über das Weideland zum Fluss. In vollem Galopp preschte er am Ufer entlang und ließ die Zügel locker. Das Pferd verstand, dass es rennen konnte, so schnell es wollte, und irgendwann flogen sie nur noch dahin. Spence musste das Tempo schließlich drosseln. Lachend tätschelte er den schweißnassen Hals seines Pferdes. „Halt an, Partner. Du scheinst das ja genauso gebraucht zu haben wie ich. Aber den Rückweg gehen wir ein wenig langsamer an. Wir sollten beide unsere erhitzten Gemüter ein wenig abkühlen."

Danach ... Spence wollte eine weitere Nacht in Melodys Bett verbringen, nur ohne erneut den Gentleman zu spielen.

Reb war vermutlich so ausgelassen, weil Spence ihn vernachlässigt hatte. Wegen der Hochzeit, den Einbrüchen, der Party und Melody hatte er keine Zeit mehr für die Ausritte nach Feierabend gehabt.

Sie ritten durch den Fluss, sodass links und rechts das Wasser aufspritzte und die Kiesel am Grund das schwindende Tageslicht reflektierten. Dabei dachte Spence über den Einbruch nach. Melody schwor, dass sie niemandem von dem Diamanten erzählt hatte. Das bedeutete, die Spur führte zunächst einmal zurück zum Antiquitätenladen, mit dem sie oft Geschäfte machte. Aber Spence hielt den Besitzer für einen ehrlichen und vertrauenswürdigen Mann, daher handelte es sich aller Wahrscheinlichkeit nach nicht um eine vielversprechende Spur. Der Einbruch konnte ebenso gut Zufall gewesen sein. Es war möglich, dass die Diebe eingebrochen waren, den herumliegenden Diamanten entdeckt und mitgenommen hatten. Spence hatte den Eindruck, dass Melody einen solchen Fehler kein zweites Mal begehen würde, doch der Verlust des Diamanten tat ihm sehr leid für sie.

„Es ist eine unvollkommene Welt“, dachte er laut. „Voller unvollkommener Menschen, die sich manchmal schlecht benehmen. Ich muss dafür sorgen, dass sie sich zusammenreißen und an die Gesetze halten. Sag mal, wenn du an meiner Stelle wärst, wie würdest du an diesen Fall herangehen?“

Statt zu antworten, senkte Reb den Kopf und trank aus dem Fluss, geräuschvoll und mit pferdehafter Begeisterung. Spence lachte. „Eine schöne Hilfe bist du mir.“

Während er im Sattel saß, wo er für gewöhnlich am besten nachdenken konnte, kam er zu dem Schluss, dass dieser kurze Stopp, den Reb zum Trinken nutzte, tatsächlich hilfreich war. Pferde – und Menschen – gingen stets dorthin, wo sie bekamen, was sie wollten. Melodys Haus war kein zufälliges Einbruchsziel gewesen, und je mehr er darüber nachdachte, desto überzeugter wurde er.

Von Punkt A zu Punkt B, das war der übliche Weg bei der Polizeiarbeit. Doch es gab auch den Instinkt, der einen auf die richtige Fährte bringen konnte. Als Reb genug Wasser geschlürft hatte, schüttelte das Tier den Kopf. Spence hielt gedankenverloren die Zügel, während Reb aus dem Flussbett und die Uferböschung hinaufstieg.

Die Einbrüche waren gut geplant. Jedes Mal waren die Bewohner nicht zu Hause, und obwohl Melodys Haus verwüstet worden war, war wie in den anderen Fällen nichts zerstört worden. Das war ein gemeinsames Muster.

Es mussten dieselben Täter sein.

Die Pappeln rauschten im Wind und schienen ihm beizupflichten.

Als er zum Haus zurückritt, wartete Tripp dort auf ihn. Er saß mit Ridley und Harley auf der vorderen Veranda, die Stiefel auf das Geländer gelegt, eine Flasche Bier in der Hand. Er wartete, bis Spence vom Pferd gestiegen war, ehe er träge sagte: „Das war ja vielleicht ein Abgang gestern Abend, mein Freund.

Und jetzt weiß ich auch, warum. Ich habe von dem Einbruch gehört. Nachdem ich dir dafür gedankt habe, dass du meine Partygäste nicht aufgescheucht und die Party ruiniert hast, könntest du mir Einzelheiten verraten. Was ist zum Beispiel mit Melody?"

„Die ist eindeutig zu schön." Ein Mann durfte ein verschwitztes Pferd nie warten lassen, darum fügte er hinzu: „Ich kümmere mich nur schnell um Reb. Übrigens hoffe ich, du hast noch mehr davon mitgebracht. Ich nehme auch eins." Er deutete auf das Bier. „Mustang Creek hat mich heute genug in Anspruch genommen."

„Geh und kümmere dich um Reb. Hadleigh ist bei Mel, also habe ich sozusagen frei. Die Hunde können hier bei mir bleiben."

Die beiden Hunde schienen es viel gemütlicher zu finden, Seite an Seite auf der Veranda zu schlummern, statt zum Stall zu trotten. Spence grinste, während er sein Pferd absattelte und striegelte. Dann gab er ihm Hafer als Entschuldigung dafür, es in letzter Zeit vernachlässigt zu haben, und öffnete das Gatter zur umzäunten Weide. Im Haus holte Tripp eine Flasche Bier aus der Kühlbox, die er mitgebracht hatte, und reichte sie Spence mit den Worten: „Ich dachte, ich hätte die beste Aussicht, aber deine ist verdammt großartig. Ich habe zwar schon öfter in genau diesem Sessel gesessen, aber dies ist ein außergewöhnlich schöner Abend. Also, was ist passiert?"

Spence trank einen großen Schluck von dem Lightbier und ließ sich in seinen Sessel fallen. „Jemand ist bei Melody eingebrochen, hat sie bestohlen und ihre Katzen verschreckt – was schon eine ziemlich beachtliche Leistung ist, denn die machen sogar mir Angst. Und dann sind die Diebe auch noch ungesehen davongekommen."

„Was vermutest du?"

Darüber hatte er schon den ganzen Tag nachgedacht – und den Großteil der Nacht, während er wach gelegen hatte.

„Das habe ich Reb vorhin auch gefragt." Er lachte und fühlte sich gleich ein wenig besser. „Der Täter kennt sich nicht so gut aus, aber er geht doch einigermaßen zielstrebig vor. Es ist kein Dieb, der hier zufällig aufgetaucht ist, davon bin ich überzeugt. Der oder die Täter gehen bewusst in bestimmte Häuser, denn sie wissen, was es dort zu holen gibt. Hast du eine Idee?"

„Na, das freut mich aber, dass meine Meinung gleich nach der deines Pferdes kommt."

„Es war sonst keiner da, das ist alles. Manchmal hilft es mir, einfach laut zu denken. Jetzt kannst du mit mir zusammen bei einem kalten Bier über die Sache grübeln."

„Da musst du mich nicht zweimal bitten. Als ich davon erfuhr, war ich echt wütend. Frag bloß nicht, wie Hadleigh sich dabei fühlt. Wenn ihren Freundinnen etwas zustößt, nimmt sie das unglaublich mit – und sie will sofort mit gezückten Revolvern losstürmen. Wenn ich der Einbrecher wäre, würde ich mich vor ihr in Acht nehmen."

Spence sah zu den Tetons und musste zugeben, dass die Aussicht von hier wirklich etwas Besonderes war. Er trank einen Schluck Bier und sagte, seine Worte sorgfältig wählend: „Ich stimme Moe zu. Es ist ein lokales Problem. Die Diebe wissen ganz offensichtlich bestens über die Gewohnheiten ihrer Opfer Bescheid. Die Vorstellung, dass jemand Melody ausspioniert hat, macht mir echt Sorgen."

„Bitte sie doch einfach, bei dir einzuziehen."

Spence sah seinen Freund lange an. „Ich warte immer noch auf die Antwort auf eine andere Frage. Aber …", sagte er seufzend, „… ich muss erst mal den richtigen Zeitpunkt abwarten, um sie zu stellen."

Tripp lachte. „Das dachte ich mir. Ich werde die Wette mit

meiner Frau gewinnen. Aber im Ernst. In Melodys Haus wurde eingebrochen. Ist sie dort sicher?"

Das fragte Spence sich auch.

„Es ärgert mich, wenn Leute Wetten auf mein Privatleben abschließen. Und ich tue mein Bestes, um in dieser Stadt für Ruhe und Ordnung zu sorgen. Mustang Creek ist im Allgemeinen ein angenehmer Wohnort. Ich bin in mehrerer Hinsicht wütend."

„Ich bestreite nicht, dass es eine friedliche Stadt ist. Sie ist sicher, es sei denn, jemand bricht ein und bestiehlt die Leute. Wenn Melody die Einbrecher nun auf frischer Tat ertappt hätte? Sie lebt allein. Da hätte alles Mögliche passieren können."

Spence wünschte, sein Freund hätte das nicht zur Sprache gebracht. Und er wünschte, dass Tripp damit nicht auch noch recht hätte. Er starrte auf ihre Stiefel, die auf dem Verandageländer ruhten. Seit Tripp seine Schuhe von Hand anfertigen ließ, waren sie viel eleganter. Aber er konnte es sich auch leisten, und Spence mochte es ohnehin lieber etwas schlichter. Er stieß hörbar Luft aus. „Ich werde dich noch einmal fragen, da du ja so ein Schlauberger bist. Wir haben keinen einzigen Zeugen, und die Diebe scheinen die Gewohnheiten ihrer Opfer genau zu kennen. Wo würdest du anfangen zu suchen?"

Einen Moment dachte Tripp angestrengt nach. „Ich bin kein Detektiv, aber ich stimme dir darin zu, dass es jemand aus der Gegend sein muss. Das ergibt Sinn. So ziemlich jeder hier wusste von der Party. Hadleigh und Melody sind enge Freunde, unser Dieb wusste also auch, dass Melody auf der Ranch sein würde."

„Bis jetzt würdest du eher einen mittelmäßigen Gesetzeshüter abgeben."

„He, wenn du ein Flugzeug fliegen willst, nur zu, versuch es. Ich denke nur laut nach, und das war's ja wohl, worum du mich gebeten hast."

„Das mit dem Flugzeug lasse ich lieber. Wenn's geht, bleibe ich lieber mit beiden Beinen auf festem Boden." Spence betrachtete das Etikett seiner Bierflasche, ohne es wirklich zu sehen. „Ich bekomme das alles noch nicht zusammen, und das ist frustrierend. Ich weiß, dass diese Verbrechen alle zusammenhängen, aber ich sehe die Verbindung einfach noch nicht. Ich werde es noch herausfinden, aber …"

„Vielleicht solltest du mal mit Jim reden", unterbrach Tripp ihn.

„Mit deinem Vater? Warum?"

„Er hat sich zur Ruhe gesetzt, er lebt in der Stadt, und er kennt so gut wie jeden. Möglicherweise fällt ihm etwas zu der Sache ein. Er macht nicht viele Worte, aber wenn er spricht, ist jedes Wort Gold wert. Und er hatte schon immer eine unschlagbare Menschenkenntnis. Jim wusste es immer sofort, wenn ich als Kind Blödsinn angestellt habe, egal, wie sehr ich es zu verbergen versuchte. Oh, und warum fragst *du* ihn dann nicht auch gleich, ob er einen Wanderritt mit einem Haufen kichernder Mädchen unternehmen will? Ich bin bisher noch nicht dazu gekommen."

Keine schlechte Idee, fand Spence. „Ja, vielleicht mache ich das sogar."

„Weißt du, was du außerdem tun solltest?"

„Was? Eigentlich will ich nicht fragen, aber da du es mir ohnehin erzählen wirst, können wir es auch gleich hinter uns bringen."

„Kauf Melody ein Pferd. Das hat bei mir gut funktioniert. Hadleigh und ich reiten bei diesem Wetter jeden Abend aus. Entspannt euch, redet, genießt die Landschaft, in der ihr lebt. Du hast genügend Platz hier, und Reb würde es sicher gefallen, Gesellschaft zu bekommen. Es scheint mir auch ein sehr gutes Hochzeitsgeschenk zu sein."

So ungern Spence es zugab – denn Tripp würde sich hämisch freuen –, aber das war eine ausgezeichnete Idee.

Er trank sein Bier aus. „Na schön, danke für den Vorschlag. Ich werde mich mal umhören."

Tripp leerte ebenfalls sein Bier, stellte die Flasche geräuschvoll ab und erklärte zufrieden: „Wie gesagt, ich rate dir, dich an Jim zu wenden."

Hadleigh hatte Melody eine Tasse Tee gekocht. Wie sie ihr in der Vergangenheit schon oft erklärt hatte, hatte ihre Großmutter ihr gezeigt, wie man einen Tee „richtig" zubereitete, nämlich in einer Porzellantasse mit Untertasse. Darum hatte sie eine reichliche Auswahl an beidem.

Melody nahm den Tee mit beiden Händen entgegen und trank dankbar einen Schluck. „Danke, dass du mir beim Aufräumen geholfen hast."

„Soll das ein Witz sein? Natürlich helfe ich dir!" Ihre Freundin setzte sich neben sie auf die Couch. „Jetzt, wo alles wieder an seinem Platz ist, sieht es fast normal aus. Ich kann nur ahnen, wie du dich fühlst."

„Ich bin vor allem stinkwütend", erklärte Melody. „Spence hat mich gewarnt, es würde ein Gefühl sein, als hätte man mir Gewalt angetan, und ja, das stimmt. Aber ich bin auch wütend. Außer dem Diamanten und den Schmuckstücken, an denen ich gerade arbeite, haben sie auch die meisten meiner Werkzeuge gestohlen. Ich kann also nicht einmal etwas Neues anfangen. Die Verwüstung war einfach nur gemein. Meine CDs haben sie nicht gestohlen, aber überall verstreut. Vielleicht gefiel ihnen mein Musikgeschmack nicht."

Hadleigh berührte sie sanft an der Schulter. „Es tut mir so leid. Und ich fühle mich irgendwie mitverantwortlich. Wenn du nicht auf der Ranch gewesen wärst …"

„Willst du, dass ich dir den Tee über den Kopf gieße?", warnte Melody ihre Freundin. „Du sollst mitverantwortlich sein? Ich bitte dich. Wenn ich nicht bei dir gewesen wäre, dann wäre ich zu Hause geblieben. Das hätte schlimmer ausgehen können. Es reichte mir schon, *nach* dem Einbruch hier zu sein."

„Da war Spence wenigstens bei dir." Hadleighs Miene verriet nichts. „Es heißt, er sei die ganze Nacht hier gewesen. Die Leute reden, das weißt du ja, und sein Pick-up stand heute Morgen noch in deiner Auffahrt."

Die Katzen hatten sich den ganzen Tag noch nicht vom Kaminsims herunterbewegt, außer zum Fressen und um das Katzenklo zu benutzen. Der Einbruch hatte sie anscheinend ebenfalls verunsichert. Melody sandte eine stille Bitte um Verzeihung zu ihnen, obwohl sie genau wie Hadleigh nichts für den Einbruch konnte. Aber sie war nun einmal ihre Halterin und damit verantwortlich für die Tiere …

Die Botschaft kam an, denn die drei blinzelten synchron. Sollte das Vergebung signalisieren? Melody entschied sich für diese positive Deutung.

„Natürlich werden wir darüber reden, dass Spence hier war", sagte Melody resigniert. „Soll ich eine Zeitungsannonce aufgeben, dass nichts zwischen uns passiert ist? Ich war müde und aufgewühlt und hatte kein Küchenfenster mehr. Er wollte nur nett sein."

„Er liebt dich."

Dass jemand es unverblümt aussprach, noch dazu jemand, der ihr nahestand, trieb ihr Tränen in die Augen. „Angeblich hat er mich früher auch schon geliebt."

„Mensch, du kannst vielleicht störrisch sein." Hadleigh stellte ihre Tasse so heftig ab, dass sie auf der Untertasse klirrte. „Ja, er hat dich damals geliebt, und er liebt dich noch heute. Wenn alle Welt es sieht, wieso siehst du es dann nicht? Warum bist du so blind?"

„Er liebt es, mit mir zu schlafen." Das kam ein wenig freimütiger heraus, als sie es beabsichtigt hatte, doch Melody stand zu ihren Worten. „Das ist das Einzige, was feststeht."

„Du meinst, *fest steht* wie ein gewisser Teil seines Körpers?"

Melody musste einfach lachen, und diese Aufheiterung war ihr willkommen. „Du bist wirklich verdorben."

Auch Hadleigh lachte. „Ich weiß. Und Tripp wäre der Erste, der dir in dem Punkt zustimmt."

Sie machten es sich wieder bequem, und Melody legte die Füße auf den Couchtisch. Besondere Umstände erforderten besondere schlechte Angewohnheiten, doch die Katzen sahen verblüfft aus. Keine Pfoten auf dem Couchtisch, das war die Hausregel. „Ich versuche selbst, mir über alles klar zu werden", gestand Melody.

„Ja, das kenne ich gut – die quälende Selbstprüfung."

Melody nickte. „Spence ist nicht so leicht zu durchschauen. Nimm den Märchenprinzen und kombiniere ihn mit Billy the Kid, dann bist du vermutlich nah dran."

„Da kann ich nicht widersprechen." Hadleigh grinste. „Wenigstens warst du diesmal diejenige, die wie ein Sack Kartoffeln weggeschleppt wurde."

„Du weißt ja, wie das ist." Melody verschwieg, dass Spence das schon einmal gemacht hatte, nämlich nach Hadleighs Hochzeit. Davon wusste nur niemand – oder? –, und so sollte es auch bleiben, wenn es nach ihr ging.

„Wie sollte ich das auch vergessen?" Wieder lachten beide, dann sahen sie sich an. Mit leiser Stimme sagte Hadleigh: „Dass Tripp das getan hat, war das Beste, was mir je in meinem Leben widerfahren ist. Mit Ausnahme des Tages, an dem ich ihn statt Oakley geheiratet habe. Das solltest du lieber im Gedächtnis behalten."

Das Problem war nur, dass Melody sich nicht an einen Heiratsantrag von Spence erinnern konnte. „Wenn es ihm ernst ist, sollten wir uns besser kennenlernen."

Hadleigh starrte sie entgeistert an. „Du kennst ihn seit deinem sechsten Lebensjahr. Überleg doch mal, das ist nicht erst seit gestern."

„Vielen Dank“, erwiderte Melody trocken. „Der Sommer damals endete übel für mich, und daran muss ich ständig denken. Erinnerst du dich an unseren Pakt? Ich will jedenfalls nur einmal heiraten. Damals habe ich völlig falsch eingeschätzt, wie er unsere Beziehung sieht. Diesen Fehler will ich kein zweites Mal begehen. Wie heißt das Sprichwort? Wer zweimal auf den gleichen Trick hereinfällt, ist selbst schuld!“

Darüber schien Hadleigh nachzudenken. „Na schön, ich verstehe dich. Wie sieht dein Plan aus?“

Es gab keinen Plan, und genau darin lag das Problem.

„Ich habe beschlossen, anzunehmen, falls er mich zum Essen einlädt“, erklärte sie schließlich. „Das wäre ein guter Anfang. Ich finde, zuerst müssen wir die sexuelle Anziehung von der Freundschaft trennen, damit wir einander besser verstehen. Siehst du das auch so?“ Melody fuhr sich durch die Haare und schloss für einen Moment die Augen. „Ich will keine Frau sein, die sich auf Sex einlässt, damit sie bekommt, was sie will. Es ist ja schmeichelhaft, dass er so an mir interessiert ist, doch ich brauche mehr. Spence hat mir nie verraten, wie er zur Ehe steht. Genau genommen hat er mir überhaupt noch nie erzählt, wie er über irgendetwas denkt oder wie er sich fühlt.“

„Er hatte nicht gerade eine unbeschwerte Kindheit“, sagte Hadleigh und zog die Beine an.

„Das weiß ich, aber die hattest du auch nicht. Für mich gilt das übrigens auch. Ich erinnere mich noch genau an den Tag, als ich von der Krankheit meines Vaters erfuhr.“

„Aber er hat dich nicht zurückgewiesen. Er kämpfte gegen den Krebs, um so lange wie möglich für dich da zu sein. Außerdem sind wir Frauen. Wir neigen dazu, unsere Probleme zu lösen, indem wir über sie sprechen. Männer ignorieren ihre emotionalen Angelegenheiten gern.“

Wie wahr, dachte Melody, blieb jedoch weiter bereit, zu widersprechen. „Ich kann eine Beziehung, die nur auf ge-

genseitiger körperlicher Anziehung basiert, nicht akzeptieren."

„Vielleicht solltest du ihm das mal sagen."

„Und ihn damit zu einer Entscheidung zwingen?" Melody stand rastlos auf, sie konnte einfach nicht länger still sitzen. „Ich weiß, dass ich ihm etwas bedeute. Mag sein, dass es sentimental und romantischer Quatsch ist, aber ich muss einfach wissen, dass er mich liebt. Wenn er mich morgen fragen würde, ob ich ihn heiraten will, und ich wäre nicht zu hundert Prozent überzeugt, dass er mich wirklich liebt, würde ich Nein sagen."

„Dann geh doch endlich mit ihm essen, um Himmels willen. Tu etwas!" Hadleighs Miene hellte sich auf. „Warte! Der Wanderritt! Das ist perfekt!"

„Was für ein Wanderritt?"

„Spence will, dass wir Mädchen im Teenageralter auf einen Reitausflug mit Campingübernachtungen begleiten. Da werdet ihr zusammen sein und nicht einmal die Chance haben, den Schlafsack miteinander zu teilen. Drei Tage. Ich wollte dich und Bex ohnehin fragen, ob ihr mitkommt."

Drei Tage im Sattel? Melody war zwar keine absolute Reitanfängerin, aber …

„Ich habe schon länger nicht mehr auf einem Pferd gesessen." Sie musste ehrlich sein.

„Das dürfte für die meisten Mädchen gelten. Als Spence mich fragte, ob ich mitmachen will, versprach er ein langsames Tempo. Es geht darum, die Landschaft zu genießen und draußen zu sein. Über einem Lagerfeuer zu kochen. Spence hat mir außerdem versprochen, dass die Männer alles aufräumen, die Zelte aufbauen, die Pferde satteln und sich um alle Einzelheiten kümmern. Tripp kann nicht mit, aber er will Jim fragen."

Melody mochte Jim Galloway, das klang also schon mal gut. Allerdings war sie nicht sicher, dass Spence und sie dort draußen in der Wildnis viel Zeit füreinander haben würden. Trotzdem schien es eine verlockende Chance zu sein.

„Na ja, es würde seine Liebe sicherlich auf die Probe stellen, wenn er es mit einer sattelwunden Frau zu tun bekommt“, erwiderte sie, nicht ganz im Scherz. „Und da ich ohnehin nicht arbeiten kann, bis meine Werkzeuge ersetzt sind … hast du etwas dagegen, wenn ich morgen vorbeikomme, um ein bisschen auf Sunset zu üben?“

Hadleigh grinste. „Braves Mädchen.“

14. KAPITEL

Spence nahm das Stück Papier aus seiner Schreibtischschublade und strich es erneut glatt – noch immer im Zweifel, was überhaupt nicht typisch war für ihn. Er war jemand, der handelte, darum passte sein Job auch gut zu ihm. Wenn eine Entscheidung getroffen werden musste, traf er sie konsequent und unerschrocken. Spence war stets bereit, sich dem zu stellen, was danach kam.

Das Bild war interessant.

Er betrachtete es genau und fragte sich, ob es einfach nur ein Bild war oder Melodys subjektiver, emotionaler Blick auf ihn.

Er fand nicht, dass er so entrückt aussehen konnte, und überlegte noch einmal, ob das ihr persönlicher Eindruck von ihm war.

Auf der Zeichnung saß er auf seinem Pferd. Auch Reb hatte Melody gut getroffen. Im Hintergrund waren die Berge angedeutet, doch das Zentrum des Bildes bildete er, in seiner üblichen Kluft. Er schien in die Ferne zu blicken, sein Gesicht lag im Schatten der Hutkrempe, und er lächelte nicht.

Ein wenig fühlte er sich schuldig, weil er das Bild einfach an sich genommen hatte.

Spencer Hogan, Polizeichef von Mustang Creek, hatte es vom Fußboden in Melodys Atelier aufgehoben, als er nach dem Einbruch darüber gestolpert war. Es hatte zerknüllt dagelegen. Im Zuge der Verwüstungen hatten der oder die Diebe auch Melodys Skizzenblock zerfleddert. Als er sah, dass es eine Skizze von ihm war, hatte er sie ohne ein Wort eingesteckt.

Wahrscheinlich sollte er das Bild zurückgeben, aber das würde sie nur beide in Verlegenheit bringen, denn dann wüsste sie, dass er es an sich genommen hatte und nun wusste, dass sie es gezeichnet hatte. Wann hatte sie diese Zeichnung überhaupt angefertigt? Es konnte noch nicht lange her sein, denn dieser Skizzenblock war der, den sie zuletzt benutzt hatte.

„Klopf, klopf. Du siehst aus, als wärst du mit deinen Gedanken meilenweit weg, mein Junge."

Die vertraute freundliche Stimme riss ihn aus seinen Überlegungen. Die Tür zu seinem Büro stand offen, und im Türrahmen stand Jim Galloway in seiner üblichen Rancherkluft, obwohl er inzwischen in der Stadt lebte. Sein alter zerbeulter Hut allerdings war durch einen nagelneuen Stetson ersetzt worden, zweifellos auf Anregung seiner Frau.

Jim trat ein, und Spence stand auf, um ihm die Hand zu schütteln. „Anscheinend hast du meine Nachricht bekommen. Ich wäre auch noch vorbeigekommen."

Jims Griff war fest wie eh und je. „Ich war sowieso unterwegs und dachte, ich schau mal vorbei. Das spart dir die Fahrt. Wir Ruheständler haben ein bisschen mehr Zeit, obwohl ich sagen muss, dass meine bessere Hälfte mich ganz schön auf Trab hält. Aber ich gestehe, dass ich neugierig bin. Was kann ich denn für dich tun?"

„Setz dich." Spence deutete auf den Sessel neben seinem Schreibtisch. „Ich muss dich gleich um zwei Gefallen bitten. Junie macht einen wirklich guten Kaffee. Möchtest du eine Tasse?"

„Alte Cowboys leben von Kaffee. Schwarz, ohne Zucker."

Spence ging in den kleinen Pausenraum, schenkte Kaffee in eine Tasse und brachte sie Jim. Dann setzte er sich wieder hinter seinen Schreibtisch. „Ich hätte gern eine Idee von dir zu dieser Einbruchserie. Tripp meinte, ich sollte dich mal fragen." Grinsend fügte er hinzu: „Aus irgendeinem Grund scheint er eine ziemlich hohe Meinung von dir zu haben."

Jim lachte leise. „Das beruht auf Gegenseitigkeit." Danach wurde er sofort wieder ernst. „Ich habe angefangen, meine Türen zu verriegeln. Das bringt mich auf die Palme. Ich habe sogar Pauline gesagt, sie soll gut abschließen, wenn sie allein ist. Wenn ich irgendwie helfen kann, tue ich es gern."

Spence nahm einen Computerausdruck, der auf seinem Schreibtisch lag, und reichte ihn Jim. „Das ist eine Liste der bisherigen Opfer. Natürlich ist denkbar, dass sie rein zufällig ausgewählt wurden, aber das glaube ich nicht. Es gibt gewisse Übereinstimmungen, und mein Instinkt sagt mir, dass diese Verbrechen geplant waren. Da du so gut wie jeden hier in der Gegend kennst, wollte ich dich bitten, mal darüber nachzudenken, ob du eine Verbindung zwischen diesen sieben Leuten erkennst."

Jim fischte eine Brille aus seiner Hemdtasche und setzte sie auf. „Ohne die verdammte Brille kann ich gar nichts mehr lesen. Ist schon besser, alt zu werden, als nicht alt zu werden, wenn du verstehst, was ich meine. Aber ohne Unannehmlichkeiten geht es nicht ab."

Spence dachte an die Karte, die noch immer ungeöffnet in seiner Schreibtischschublade lag. Bis zu ihrer Ankunft hatte er keine Ahnung gehabt, ob seine Mutter überhaupt noch lebte. Sie musste jetzt Ende fünfzig sein, was noch nicht alt war. Jung aber auch nicht mehr, und das Leben war nun einmal unvorhersehbar.

Als er jünger war, hatte er sich oft gefragt, was wohl aus ihr geworden war, ob sie wieder geheiratet hatte und ob er möglicherweise Halbgeschwister hatte. Doch als Erwachsener ließ er das Nachdenken über diese Dinge irgendwann einfach. Die Menschen konnten vieles ändern in ihrem Leben, aber nicht die Vergangenheit. Sobald er sich damit abgefunden hatte, hörte er auch auf, darüber nachzudenken, über *sie* nachzudenken. Bis diese Karte aufgetaucht war.

Jim studierte die Liste mit zusammengekniffenen Augen und grübelte offensichtlich. „Könnte sein, dass ich ein bisschen überlegen muss. Was könnte die süße kleine Melody mit der mürrischen alten Lily Rayburn gemeinsam haben? Ich kann mir vorstellen, dass es eine ganze Menge Leute gibt, die diese fromme Nervensäge nicht leiden können. Im Gegensatz zu Melody."

Spence unterdrückte ein Grinsen. Erstens bezweifelte er, dass es Melody gefallen würde, als klein und süß bezeichnet zu werden. Und Mrs Rayburn wäre mit ihrer Charakterisierung auch nicht unbedingt einverstanden. „Neben Dingen wie einem DVD-Player, einem Fernseher und kleinen Elektrogeräten wurde Mrs Rayburns kostbare Teekannensammlung gestohlen, für die sie einige Stücke in England gekauft hat. Das kommt mir reichlich seltsam vor. Der gewöhnliche Dieb hat doch gar keine Ahnung, was er damit anfangen soll. Das andere Zeug kann er leicht über einen Hehler verkaufen. Aber Teekannen? Und wie soll man die Sammlung ohne entsprechende Vorbereitung transportieren, ohne dass die Kannen zerbrechen und auf diese Weise an Wert einbüßen?"

Jim hielt seine Tasse hoch und schnaubte. „Teekannen. Ich persönlich bin Kaffeetrinker, aber ich verstehe, was du meinst."

Es gab noch einen Punkt, der Spence beschäftigte. „Bei den ersten sechs Einbrüchen sind der oder die Täter ins Haus und haben genommen, was sie wollten, einige Verwüstung angerichtet und sind wieder verschwunden. In Melodys Fall wurde das Atelier komplett verwüstet." Er verschränkte die Arme, lehnte sich zurück und erinnerte sich an das Chaos. „Mir kommt es so vor, als würden die Täter dreister werden. Oder aber der letzte Einbruch war eine persönliche Sache."

„Vielleicht sollte sie lieber bei dir auf der Ranch bleiben, bist du das geklärt hast, mein Sohn."

Natürlich war Jim auch auf der Party gewesen, und er kannte die Geschichte der beiden. In neutralem Ton sagte Spence: „Ich will das Pferd nicht von hinten aufzäumen, wenn du weißt, was ich meine. Aber möglicherweise hast du recht."

„Ich bin altmodisch …", Jims wettergegerbtes Gesicht war nachdenklich, „… aber ganz bestimmt nicht naiv. Ich schätze, dieses Pferd, von dem du sprichst, ist schon längst aus dem Stall getürmt. Was ist übrigens der zweite Gefallen?"

Spence war nicht sicher, ob er ihn zum Wanderritt mit den Mädchen überreden konnte, doch zu seinem Erstaunen zeigte Jim sich interessiert.

„Pauline würde wohl auch mitkommen, falls du nichts dagegen hast. Ich glaube nicht, dass sie so etwas schon mal gemacht hat."

„Perfekt." Spence gefiel die Idee, eine ältere Frau als Betreuerin mitzunehmen. Doch dann stutzte er. „Hat sie denn jemals im Sattel gesessen?"

„Nein", antwortete Jim frech grinsend. „Das wird ja Teil des Spaßes sein."

Melody rutschte von Hadleighs Pferd und fühlte sich eigentlich ganz gut, aber der Muskelkater kam ja auch erst später.

Die untrainierten Muskeln würden sich bald genug melden, da gab sie sich keinen Illusionen hin. Sunset war ein geduldiges Pferd und hatte ihr die ein wenig eingerosteten Reitkünste verziehen. Tripp empfing sie am Stall und übernahm die Zügel von ihr. „Schöner Morgen. Und? Hat dir der Ausritt gefallen?"

„Absolut", antwortete sie. Es war wirklich ein sehr schöner Morgen, eine kühle, frische Brise wehte, und der bevorstehende Wanderritt war vielleicht genau das, was sie brauchte. Eine Pause von ihren aktuellen Problemen, ein bisschen Zeit mit Spence, ganz zu schweigen von Bex und Hadleigh. Es klang nach einem Kurzurlaub. Sie rieb Sunsets Hals und sagte: „Sie ist ein äußerst wohlerzogenes Pferd."

„Das ist sie." Genau wie Spence ging Tripp mit Tieren sehr geduldig und entspannt um, weshalb sie sich in seiner Gegenwart wohlfühlten. Er nahm der Stute den Sattel ab, und sie stupste ihn voller Zuneigung mit der Nase an. „Ich wusste auf den ersten Blick, dass sie gut zu Hadleigh passen würde."

„Ja, es war eindeutig Liebe auf den ersten Blick."

Er wehrte ein weiteres liebevolles Anstupsen ab. „Apropos, wie läuft es momentan mit Spence?"

Angesichts einer so direkten Frage fühlte sie sich ein wenig in die Enge gedrängt. Es war nicht so, dass sie und Tripp nicht befreundet wären, aber er gehörte doch eindeutig eher zu Spence als zu ihr. „Na ja … ach, ich weiß auch nicht", stammelte sie unter seinem prüfenden Blick, nahm sich dann aber zusammen und sah ihm in die Augen. „Ich weiß nicht, wie ernst es ihm ist, darum kann ich momentan nicht mehr sagen als das, was ich schon gesagt habe: Ich weiß es nicht."

Tripp löste den Sattelgurt. „Er wird es dir irgendwann sagen. So ist er eben. Er muss sich erst über alles im Klaren sein, ehe er einen Schritt unternimmt. Das macht ihn zu einem großartigen Polizisten und Chief."

Melody nickte und versuchte, das Thema zu wechseln. „Lass mich den Sattel nehmen. Du musst mich nicht verhätscheln."

Er übergab ihr den Sattel. „Bitte sehr. Du hast recht. Auf dem Trail wirst du auch allein mit dem Pferd zurechtkommen müssen. Also verstau deine Sachen selbst."

Es gelang ihr, den Sattel auf die dafür vorgesehene Stange zu hieven. „Es ist schon einige Jahre her, aber ich hoffe, dass es wie mit dem Fahrradfahren ist."

„Nur mit Beinen und gelegentlichen Temperamentsausbrüchen."

„Ja, ich glaube, Pferde sind unberechenbar."

„Genau wie Spence", sagte er lachend. „Ich sprach von ihm."

Sie errötete. „Du bist genauso schlimm wie deine Frau."

„Schlimmer." Er zwinkerte.

Sie schüttelte den Kopf und ging auf die Neckerei ein. „Wie erträgt Hadleigh dich bloß?“

„Das weiß der Himmel allein. Habe ich mich auch schon gefragt.“

Melody stieß mit der Stiefelspitze gegen ein paar Strohhalme und wich Tripps Blick aus. „Sie liebt dich. Deshalb.“

Er hängte das Zaumzeug an einen eisernen Haken. „Liebst du Spence etwa nicht?“

Das war eine gemeine Frage.

„Das habe ich schon einmal versucht, und es ging nicht gut aus.“

Tripp drehte sich zu ihr um. „Versuch es noch einmal, Mel.“

„Was immer ich dir sage, du wirst es ihm erzählen, darum darf ich mich auf mein Recht zu schweigen berufen, oder?“

„Ich glaube, du verwechselst unser kleines Gespräch mit dem Recht auf Aussageverweigerung. Ich frage, weil er für mich wie ein Bruder ist. Betrachte es mal von der Seite. Wenn du glauben würdest, dass ich Hadleigh wehtue, würdest du dich doch auf mich stürzen wie ein tollwütiger, mit Steroiden gedopter Vielfraß. Habe ich recht?“

Das hatte er, auch wenn sie noch nie einen Vielfraß gesehen hatte, weder gedopt noch tollwütig.

Nicht direkt aufgewühlt, aber definitiv beunruhigt fuhr Melody nach diesem Gespräch nach Hause.

Und es wurde noch schlimmer.

Mrs Arbuckles eleganter Jaguar stand samt Chauffeur in ihrer Auffahrt, mit polierten Chromleisten und tadellosen Scheinwerfern.

Melody stieg aus ihrem kleinen gelben BMW und setzte ihr bestes Lächeln auf, obwohl sie wie ein Pferd roch. Es war eben unmöglich, eines zu reiten und anschließend nicht wie eines zu riechen. Dazu kam der Hundegeruch, denn Muggles und Ridley schienen ihre größten Fans zu sein.

„Mrs Arbuckle, wie geht es Ihnen?“

Die Lady stieg aus ihrem Wagen, indem sie einen praktischen, aber teuren Schuh vor den anderen setzte. Ihr graues Haar war perfekt frisiert, Hose und Bluse gebügelt. Ihr Terrier Roscoe folgte ihr selbstverständlich. „Ich habe viel zu tun“, verkündete sie, als sei Melodys verspätetes Erscheinen ein Affront, obwohl sie gar keine Verabredung gehabt hatten und Mrs Arbuckle auch nicht angedeutet hatte, dass sie vorbeischauen würde. Sie milderte ihre Worte ein wenig ab, indem sie brüsk hinzufügte: „Ich wollte persönlich mit Ihnen sprechen, weil ich gehört habe, was passiert ist.“

Melody mochte momentan nicht in einem präsentablen Zustand sein, aber sie und Hadleigh hatten viel Zeit damit zugebracht, auch die letzten Spuren wegzuschrubben, die die Einbrecher in ihrem Haus hinterlassen hatten. Daher war es aufgeräumter und sauberer als üblich, und zumindest darüber war sie jetzt froh. „Die Steine für Ihre Halskette lagen im Safe, und die Diebe haben laut Aussage der Polizei nicht einmal versucht, ihn zu öffnen“, informierte sie ihre unerwartete Besucherin, während sie die Tür aufschloss. „Bitte treten Sie ein.“

Mrs Arbuckle rümpfte die Nase und nahm die Einladung an. „Ich war Ihretwegen besorgt. Komm, Roscoe.“

Das war erfreulich. Sie hatte nicht erwartet, weit genug oben auf der Liste derer zu stehen, um die Mrs Arbuckle sich sorgte. „Danke. Zum Glück war ich nicht da, daher waren nur meine Besitztümer in Gefahr.“ Sie seufzte und entschied sich, die Wahrheit zu gestehen. „Ich nehme an, Sie haben meine Nachricht wegen des Diamanten erhalten. Es ist meine Schuld – ich habe ihn auf meinem Arbeitstisch liegen lassen, weil ich noch am Design gearbeitet habe. Die Diebe haben ihn mitgenommen. Ich werde mich sofort auf die Suche nach einem neuen Stein machen. Meine Versicherung kommt für den Schaden auf. Darf ich Ihnen Tee oder Kaffee anbieten?“

„Ich nehme ein Glas Wein.“ Lettie Arbuckle musterte das Sofa, befand es offenkundig für akzeptabel und nahm darauf Platz. Roscoe sprang ihr nach und setzte sich neben sie. Er legte den Kopf auf die Pfoten und nahm es anscheinend für selbstverständlich, dass er dieses Möbelstück nutzen durfte. „Aber bitte keine süße Plörre. Ich mag ihn mit Körper und Geschmack.“

Es war zwar schon nach Mittag, doch die Annahme, Melody habe permanent einen anständigen Wein zur Hand, war ein bisschen zu optimistisch. Gerade aber hatte sie tatsächlich einen im Haus. Sie ging in die Küche und holte den teuren Chardonnay aus dem Kühlschrank, den sie vor einigen Tagen gekauft hatte. Bisher war sie nicht dazu gekommen, ihn zu öffnen. Sie schenkte ein Glas für Mrs Arbuckle ein und nahm für sich selbst eine Flasche Wasser mit. Beides trug sie in ihr Atelier/Wohnzimmer und registrierte dabei, dass die Katzen nirgends zu sehen waren. Das Auftauchen einer fremden Person mit Hund veranlasste sie offenbar, augenblicklich zu verschwinden.

Die Einrichtung ihres Hauses entsprach ihren Zwecken, machte aber die Bewirtung von Gästen eher schwierig, denn ihr Arbeitstisch war praktisch und nicht elegant. Sie hätte auch eines der Schlafzimmer als Atelier benutzen können, doch sie mochte das Licht in diesem Raum, und außerdem brauchte sie den Platz. Und da Mrs Arbuckle sie schon früher besucht hatte, sah Melody von Entschuldigungen ab.

„Was meint Spencer Hogan denn zum Stand der Ermittlungen?“, wollte Mrs Arbuckle wissen, nachdem sie vornehm am Wein genippt hatte. „Das entwickelt sich ja zu einer echten Einbruchsorgie. Eine Schande ist das.“

„Ich bin überzeugt, dass er sein Bestes gibt.“ Das war die Wahrheit. „Vielleicht hofft er darauf, dass einige meiner gestohlenen Stücke online auftauchen und ihn zu den Dieben führen.“

Melody bedauerte besonders den Verlust ihres Mobiles, das sie aus Teilen einer Lampe mit einem bunten Glasschirm gefertigt hatte. Ihre Mutter hatte diese Lampe, die ein Erbstück *ihrer* Mutter war, aus Versehen beim Staubwischen umgeworfen. Melody erinnerte sich noch gut an die Tränen, die diesem Missgeschick gefolgt waren, und obwohl sie damals noch ein Kind war, sammelte sie die einzelnen Bruchstücke sorgfältig ein und verwahrte sie in einer Schachtel. Viel später, als sie ihr eigenes Haus bezog, stieß sie wieder auf die Glassplitter. Der Diebstahl des Mobiles fühlte sich an, als hätte ihr jemand ein Teil ihres Lebens geraubt. Glücklicherweise hatte sie zwei angefertigt, eines für sich und eines für ihre Mutter. Trotzdem schmerzte es.

„Ja, es sind einzigartige Stücke." Mrs Arbuckle wirkte nachdenklich. „Sehr clever von ihm."

„Soweit ich verstanden habe, gibt es eine forensische Abteilung auf Bundesebene, die sich mit solchen Dingen befasst." Melody wünschte, sie hätte sich die Zeit genommen, ihr Wasser in ein Glas zu füllen, denn aus der Plastikflasche zu trinken war wirklich würdelos. Andererseits roch sie nach wie vor nach Pferd und Hund und Staub, also wozu sich darüber Gedanken machen? Sie trank einen Schluck. Ihre Kehle war wie ausgedörrt. Auf dem Wanderritt musste sie ausreichend Wasser mitnehmen. Reiten machte ziemlich durstig.

„Ich kann mir vorstellen, dass seine Möglichkeiten in Bliss County begrenzt sind."

Warum gewann Melody den Eindruck, dass Mrs Arbuckle vorbeigekommen war, um über etwas anderes als den Einbruch zu sprechen? In ihrer ganzen schmutzigen Pracht lehnte Melody sich zurück und wartete. „Ja, das vermute ich auch", war alles, was sie dazu sagte.

„Er ist ein recht attraktiver junger Mann."

Das war nicht zu leugnen. Viel zu attraktiv, aber der erwartungsvolle Blick ihres Gasts machte es Melody schwer, nicht in hysterisches Lachen auszubrechen.

Schlüpfte die elitäre Lettie Arbuckle, Königin der vornehmen Gesellschaft von Mustang Creek, hier etwa in die Rolle der Ehestifterin?

„Manchmal ist er gar nicht so übel“, räumte sie in neutralem Ton ein. „Angenehm fürs Auge, aber nicht immer für die Nerven.“

Mrs Arbuckle wedelte mit der Hand. „Alle Männer können einem auf die Nerven gehen, meine Liebe. Was zählt, ist die Balance zwischen positiven und negativen Eigenschaften. Das und das Lächeln des Mannes. Ich muss gestehen, sein Lächeln ist das Erste, worauf ich bei einem Mann achte. Chief Hogans Lächeln ist außergewöhnlich.“

Melody fragte sich, ob sie womöglich in eine andere Galaxie gebeamt worden war, eine, in der reiche Matronen vorbeischauten, um die Vorzüge eines Mannes zu preisen, der sich Melody erst vor wenigen Abenden wie ein Barbar über die Schulter geworfen und weggeschleppt hatte. Das schien so eine Art Gewohnheit von ihm zu sein.

Sie stellte ihre Wasserflasche auf den Boden. „Da widerspreche ich nicht.“ Genug von Spence’ sexy Lächeln, sie dachte ohnehin viel zu oft daran. „Wie ich bereits erwähnte, werde ich sofort damit anfangen, nach einem neuen Edelstein Ausschau zu halten. Ich kann mich nicht darauf verlassen, dass der gestohlene Stein wiedergefunden wird, und ich nehme an, Sie wollen, dass ich mit der Arbeit fortfahre.“

„Bitte tun Sie das. So schnell wie möglich.“

Und dann folgte einer ihrer typischen Abgänge, indem sie ihr Weinglas leerte, aufstand und ohne ein weiteres Wort ging. Roscoe sprang auf und trottete ihr hinterher.

Perplex eilte Melody zur Tür, riss sie gerade noch rechtzeitig auf und sah ihnen beim Hinausgehen hinterher. Die beiden stiegen in den Wagen, der rückwärts aus der Einfahrt fuhr.

Was ist da gerade passiert?

Sie hatte nicht die leiseste Ahnung.

Spence betrat den Laden, in Gedanken bei Teekannen.

Ronald packte gerade einen Karton mit altem Geschirr aus und summte dabei vor sich hin. Als er aufschaute, erschien ein aufrichtiges Lächeln auf seinem Gesicht. „Hallo Spence. Schöner Tag heute, nicht wahr?"

Das stimmte, nur war er nicht gekommen, um über das Wetter zu plaudern. „Sehr schön. Ich habe mich gefragt, ob du mir vielleicht helfen könntest."

Ronald strich Verpackungsmaterial von seinen Händen. „Natürlich, ich werde es versuchen."

Spence betrachtete flüchtig das antike Geschirr in den Regalen, die staubigen Bücher und richtete dann den Blick auf die Glasvitrine vor ihm. Sie war voller Schmuckstücke mit Edelsteinen in verschiedenen Stilen und aus verschiedenen Jahrzehnten. Die wertvollsten wurden in einem abgeschlossenen Fach verwahrt. Spence sah alle möglichen Schmuckstücke, einschließlich Diademe, und wusste, dass er sich hier außerhalb seines Fachgebiets bewegte. Er brauchte den Rat eines Experten.

Spontan wollte er sich auf den Glastresen lehnen, überlegte es sich jedoch anders. Der Tresen sah genauso alt aus wie das, was darin lagerte, und Spence war kein kleiner Mann. „Wenn man einen Haufen alter gestohlener Teekannen verkaufen möchte oder einen antiken Diamantring – wie würde man das anstellen?"

„Ich bin völlig fertig wegen des Rings. Ich habe Melody angerufen, als ich ihn bekam, weil ich wusste, dass sie ihn würdigen würde."

Ronald machte eine kurze Pause und beantwortete dann Spence' Frage. „Dafür gibt es nur einen sehr begrenzten Markt. Ich würde eine solche Sammlung nicht kaufen, denn man könnte sie hier in der Gegend gar nicht verkaufen. Das ist einfach der falsche Ort dafür. Antike Gewehre, klar, die gehen immer. Diese Teekannen aber würden bloß Staub ansetzen. Ich meine, ich kann Servierplatten und Saucieren und solche Dinge verkaufen, aber keine Sammlung äußerst kostbarer Teekannen."

„Aber wo würdest du sie verkaufen?"

„Wahrscheinlich bei einer Onlineversteigerung mit einem Mindestgebot. Es gibt besessene Sammler, die ein Vermögen dafür bezahlen würden."

„Nach allem, was ich weiß, ist der Diamantring ohne seine Geschichte deutlich weniger wert."

„Die Provenienz", verbesserte Ronald ihn. „Ja, da könntest du recht haben. Aber überleg mal ..."

Die Türklingel läutete, als ein Paar eintrat, anscheinend Touristen. Ronald stützte sich auf den Glastresen, nickte den beiden zur Begrüßung zu und bemerkte trocken: „Wenn du ihn umsonst kriegen kannst – weil du irgendwo einbrichst und ihn dir einfach schnappst –, spielt die Provenienz keine so große Rolle, oder? Ein hübscher Stein bringt dir trotzdem gutes Geld. Das Gleiche gilt, wenn es ein Verkauf auf dem Schwarzmarkt ist. Ich achte wirklich sorgfältig darauf, keine gestohlenen Sachen anzukaufen, aber ich bin nicht der einzige Händler in der Gegend. Bietet sich die Möglichkeit zu einem guten Geschäft und ich habe keinen Grund, misstrauisch zu sein, schlage ich zu. Ich kenne Mrs Rayburn, daher wird mir niemand diese Teekannen zum Kauf anbieten. Den Diamanten auch nicht, es sei denn, die Person, die ihn gestohlen hat, ist ein Idiot. Aber da du noch niemanden festgenommen hast, gehe ich eher davon aus, dass er keiner ist. Oder sie, falls es mehrere sind."

Das alles ergab natürlich einen Sinn.

„Danke. Aber halte bitte die Ohren offen, ja?“

„Verlass dich drauf.“

Um alles noch schlimmer zu machen, begegnete Spence beim Verlassen des Ladens einer Frau, mit der er kurz zusammen gewesen war. Das war nicht allzu überraschend in einer Stadt wie dieser, doch wie sie einfach durch ihn hindurchsah, machte seinen Tag nicht gerade besser. Er hielt ihr die Tür auf, erhielt dafür jedoch weder ein Dankeschön noch einen Gruß.

Er wusste nicht, ob sie hier war, weil sie geschäftlich mit Ronald zu tun hatte oder Kundin war …

Der Wanderritt erschien ihm immer vielversprechender. Allein einmal aus der Stadt herauszukommen war verlockend. Während Spence über Fast-Food-Optionen nachdachte, piepte sein Telefon.

Melody.

Diesen Anruf würde er entgegennehmen, selbst wenn er auf dem Gipfel des Mount Everest stünde.

„Sir Edmond Hillary.“

Es folgte eine längere Pause. „Ich bin mir ziemlich sicher, dass ich nicht die falsche Nummer gewählt habe, und es klingt auch ganz nach dir, Spence. Nur verstehe ich den Witz nicht ganz.“

„Hillary hat den höchsten Berg 1953 erklommen.“

„Das weiß ich, vielen Dank. Warum solltest du …“

Er schnitt ihr das Wort ab. „Was gibt es?“

„Ich habe mich gefragt, ob du Lust auf ein Abendessen hast“, antwortete sie.

„Bittest du mich, mit dir auszugehen?“

„Nein, eigentlich nicht. Es geht nur um ein simples Abendessen. Die Mahlzeit, die man am Abend zu sich nimmt.“

„Meine Großmutter nannte ‚Lunch‘ ‚Dinner‘ und das Abendbrot ‚Nachtmahl‘.“

Sie seufzte. „Vergiss es. Mit dir zu reden ist …“

Bevor sie auflegen konnte, sagte er schnell: „Ich würde sehr gern mit dir zu Abend essen, aber bei mir, ja? Oder ist das zu umständlich? Ich muss mich um Reb kümmern, und Harley ist auch noch da. Also hole ich dich ab.“

Er wusste, dass sie nicht mehr gern allein in ihrem Haus war, und er wollte sie auch nicht gern allein lassen, deshalb funktionierte es.

„Ich werde etwas kochen“, verkündete sie mit Bestimmtheit. „Und ich fahre selbst. Bei dir soll mir recht sein. Ich bringe alle Zutaten mit und bin gegen sechs da. Jetzt, wo das Fenster repariert ist, müssten die Katzen eigentlich klarkommen. Zu stehlen gibt es bei mir nichts mehr, daher wird auch niemand mehr einbrechen.“

Es schmerzte ihn, den desillusionierten Unterton in ihrer Stimme zu hören. „Dann also um sechs. Falls du eine besondere Pfanne oder so etwas brauchst, bring lieber selbst eine mit. In meiner Küche gibt es nur zwei gusseiserne Pfannen, und das war's. Geschirr müsste ich genug dahaben.“

„Alles klar. Bis dann.“

Nach dem Gespräch ging Spence entschlossenen Schrittes zurück zum Polizeirevier. Er hielt sein Haus in Ordnung, aber er hätte nicht beschwören können, dass er den Abwasch gemacht hatte. Und wie lange war es eigentlich her, dass er die vordere Veranda gefegt hatte? Wahrscheinlich zu lange.

Er fühlte sich beschwingt wie ein Highschool-Kid, dem es gerade gelungen war, das Date seiner Träume für den Abschlussball zu ergattern.

Melody wollte für ihn kochen. Das war ein Fortschritt.

„Ich bin ein Idiot.“

Melody sagte das laut, als sie in die lange Auffahrt zu Spence' Haus bog, denn ihr Puls fing plötzlich an zu rasen. Dabei hatte sie diesen Abend doch wie eine erwachsene Frau und nicht wie ein romantischer Teenager angehen wollen.

Na schön, wir haben miteinander geschlafen.

Und dann haben wir einfach nur zusammen in einem Bett geschlafen.

Sie wünschte, das wäre nicht passiert. Nicht der Sex, sondern diese andere Nacht, in der Spence sie getröstet und in den Armen gehalten hatte. Er war so wundervoll gewesen und hatte ihr ohne jeden Annäherungsversuch beigestanden, als sie jemanden brauchte.

Es war schwer, einen so virilen und männlichen Mann süß zu finden, aber genau das war er gewesen. Natürlich wusste sie, dass er nett und rücksichtsvoll sein konnte, aber dass er tatsächlich so wundervoll und süß war, hinterließ doch einen Riss in der unsichtbaren Mauer, die sie um ihr Herz errichtet hatte.

Sie musste allen Frauen auf der Welt einen Gefallen tun und einen Blog oder so etwas beginnen: *Vorsicht süß – damit hat er euch am Haken.*

Harley rannte von der Veranda auf sie zu, als sie vor dem Haus hielt, und bellte wie verrückt vor Freude. Dieses Mal war Melody schlau genug, die Lebensmittel erst auszuladen, nachdem sie den Hund ausgiebig begrüßt hatte. Es war ja schön, geliebt zu werden, aber dabei bekam ihre Jeans ein paar hübsche Pfotenabdrücke ab.

Spence war nirgends zu sehen, was bedeutete, dass er sich wahrscheinlich noch im Stall aufhielt.

Sie nahm die Tüte mit dem geschnittenen Gemüse und dem marinierten Hühnchen, dessen Zubereitung sie einige Zeit gekostet hatte, stieg die Verandastufen hinauf und ging ins Haus. Harley blieb ihr bei jedem Schritt auf den Fersen.

Drinnen blieb sie wie angewurzelt stehen.

Mit vor Staunen offenem Mund stand sie da.

Der Mann hatte es ohne Frage komplett übertrieben.

Das kleine Esszimmer lag zwischen Wohnzimmer und Küche. Dort hatte Spence einen quadratischen Tisch für zwei gedeckt, mit ansprechenden dunkelblauen Sets und dazu passenden Stoffservietten, Besteck, schlichten weißen Tellern und Wassergläsern. Doch das war noch nicht die eigentliche Überraschung. Er hatte sich auch die Zeit genommen, einen Strauß Wildblumen für sie zu pflücken und in einer Vase in die Mitte des Tischs zu stellen. Sie war sich ziemlich sicher, dass er für gewöhnlich nicht mit einer Blumenvase auf dem Tisch aß. Wahrscheinlich standen eher seine staubigen Stiefel in der Ecke, und er saß, den Teller auf den Knien, auf der Couch vor dem Fernseher.

Als Künstlerin musste sie zugeben, dass er ein gutes Auge hatte.

In der Vase standen Wildblumen jeder momentan blühenden Art, rote, violette, senfgelbe, und dazwischen überall ein bisschen Grün. Sehr effektiv arrangiert. Damit konnte er dem Blumenladen in der Stadt glatt Konkurrenz machen, falls er sich eines Tages entschließen sollte, den Polizeidienst zu verlassen.

Noch eine wundervolle Geste. Sie war verloren. Ein hoffnungsloser Fall. Man konnte sie einfach abschreiben.

Sie schickte Bex und Hadleigh eine Textnachricht:

Spence hat Wildblumen für mich gepflückt.

Dann musste sie lachen, weil beide das Gleiche zurückschrieben:

Oh-oh.

Das dachte sie auch.

Als er zur Tür hereinkam, hatte sie bereits ihren Wok ausgepackt, und der Reis kochte. Die Wan Tans, nach einem neuen Rezept ohne Frittieren zubereitet, waren im Ofen. Sie schaute über die Schulter. „Wie du siehst, fühle ich mich wie zu Hause. Gib Harley die Schuld. Er hat mich eingeladen.“

„Das duftet ja fantastisch.“ Er nahm seinen Hut ab und hängte ihn neben die Tür. „Entschuldige bitte, ich habe ein bisschen länger im Stall gebraucht, als ich eigentlich vorhatte.“

Wahrscheinlich kam er spät, weil er vor den notwendigen Arbeiten im Stall noch die Blumen für sie gepflückt hatte.

Das bewies etwas, das sie inzwischen erkannt hatte: Sie hatte eine Schwäche für romantische Gesten, besonders von Spence. *Macht das die Dinge nicht noch komplizierter?*

Melody goss etwas Erdnussöl in den Wok und gab Knoblauch dazu. „Das Abendessen ist doch noch gar nicht fertig.“

Seine Küche gefiel ihr. Kein überflüssiger Schnickschnack, sondern klare Linien und Kiefernholzschränke, ein moderner Edelstahlkühlschrank, um den sie Spence beneidete, dazu ein Holzfußboden. Die Einrichtung war effizient, was nicht überraschte, wenn man bedachte, um wessen Küche es sich handelte. Ein paar Blechdosen standen auf der Arbeitsfläche. Melody hätte darauf wetten können, dass sie antik waren. Das Fenster über der Spüle bot keinen Blick auf die Berge, sondern auf die von Kiefern begrenzte Weide. Wenn man den Abwasch machte – und sie sah keine Spülmaschine –, war das genau der Ausblick, um einen für die Tätigkeit zu entschädigen. Vielleicht würde sie einfach ein paar mehr Töpfe und Pfannen schmutzig machen, um aus dem Fenster schauen zu können.

„Kann ich dir helfen?“ Er lehnte an der Arbeitsfläche und schaute ihr zu.

„Nein.“

„Bleibt mir noch Zeit, um schnell unter die Dusche zu springen?“

Sie drehte sich mit der brutzelnden Pfanne in der Hand um. „Ich werde heute Nacht nicht mit dir schlafen.“

Sein Lächeln war sexy wie eh und je, seine dunklen Haare zerzaust. „Darum bitte ich dich doch gar nicht. Ich dachte nur daran, dass ich gerade einen Stall ausgemistet und ein Pferd gestriegelt habe. Ich würde mich einfach nur gern frisch machen, bevor ich das esse, was immer hier so gut duftet. Also, habe ich noch fünf Minuten?“

Sie errötete. „Ja, klar.“

In der Tat, „Idiot“ traf es perfekt.

Melody ging zum Kühlschrank, riss die Tür auf und nahm die Plastikdose mit dem marinierten Hühnchen heraus. Sie versuchte, sich ins Gedächtnis zu rufen, dass Spence vielleicht gar nicht die ganze Zeit durch die Gegend lief und an Sex dachte. Das hier sollte bloß ein Abendessen werden.

Das Hühnchenfleisch zischte, als sie es in den Wok gab. Sie benutzte einen hölzernen Kochlöffel zum Wenden und fügte Brokkoli hinzu. Dann ließ sie es bei geschlossenem Deckel schmoren, ehe sie die Sauce dazugab.

Als Spence wieder in die Küche kam, die Haare noch nass, in einer sauberen Jeans und einem Jeanshemd, schnupperte er. „Es riecht fantastisch. Was gibt es denn eigentlich? Und möchtest du ein Glas Wein?“

„Knoblauchhühnchen mit Brokkoli, und ja.“ Das war zwar ziemlich unbesonnen, aber sie hatte den Wein schon entdeckt, und da Spence ihn nun mal gekauft hatte, konnte sie ebenso gut ein Glas trinken. Sie würde Mrs Arbuckles Beispiel folgen. Außerdem war die Sonne schon über die Rah hinweg. Nicht dass sie gewusst hätte, was eine Rah war. Hatte wohl etwas mit Segeln zu tun. Jedenfalls bedeutete es, dass es Zeit für einen Drink war.

„Ich bin nicht mehr im Dienst, also nehme ich auch einen.“ Er holte die Flasche aus dem Kühlschrank. „In dieser Woche habe ich meine Bürgerpflicht wirklich erfüllt. Was ist denn im Ofen?“

Cowboys waren bekannt dafür, ständig Hunger zu haben. Polizisten vermutlich auch. „Krabben-Wan-Tans“, antwortete sie.

„Das ist Musik in meinen Ohren." Spence entkorkte die Flasche, und es gab ein leises ploppendes Geräusch. Er musste erst in mehreren Regalen nach den richtigen Weingläsern suchen, aber am Ende fand er zwei, die allerdings nicht zusammenpassten. Melody empfand ein Gefühl der Freude, während sie beobachtete, wie er zögernd einen Schluck trank. Seine langen Finger lagen um den Stiel des Glases.

Offensichtlich handelte es sich hier nicht um sein Lieblingsgetränk. Bei den seltenen Gelegenheiten, zu denen Spence trank, hatte er sich immer für eiskaltes amerikanisches Bier entschieden.

„Gar nicht schlecht." Er setzte sich auf einen Hocker am Küchentresen. „Du scheinst alles unter Kontrolle zu haben. Kann ich trotzdem irgendwie helfen?"

Bleib einfach still dort sitzen.

Das sagte sie nicht laut, aber er sah nun mal aus wie ein Covermodel des Magazins *GQ* – sofern die ihre Models in Cowboystiefel und Jeanshemden steckten. Was sie für gewöhnlich nicht taten, aber vielleicht tun sollten. Selbst die frischen Bartstoppeln passten und unterstrichen sein verwegenes Aussehen. Da machten sich wieder die Liebesromane bemerkbar. Aber sie vermutete, dass, wenn man hier in der Gegend überhaupt jemanden als verwegen bezeichnen konnte, Spence dieser Mann war.

Sie schüttelte den Kopf. „Ich komme schon zurecht."

„Es gefällt mir, dich in meiner Küche zu haben."

„Es gefällt dir, dass jemand für dich kocht." Sie streute gehackte Frühlingszwiebeln ins Essen.

„Da kann ich nicht widersprechen. Aber beide Aussagen sind wahr."

„Kein Widerspruch? Keine Diskussion? Das wäre ein Meilenstein in unserer Beziehung."

„Stimmt", räumte er ein. „Wie dem auch sei, ich freue mich, dass du da bist. Das hat etwas zu bedeuten."

Er hatte recht, fürchtete sie und wechselte darum schnell das Thema. „Ich nehme nicht an, dass heute irgendwer freundlicherweise meinen Diamanten mit den Worten ‚Oh, verdammt, Officer, es tut mir leid, dass ich diese nette Lady ausgeraubt habe‘ zurückgegeben hat."

„Nein, und so funktioniert das normalerweise auch nicht."

„Ich weiß." Sie schnitt weiter Gemüse, und das half ihr, sich ein wenig abzureagieren. „Sag mir, dass du Ingwer magst."

„Ja, mag ich."

„Möchtest du Kinder?"

Ihre innere Stimme schrie: *Wo kommt das denn jetzt schon wieder her?* Melody war selbst überrascht. Vielleicht lag es daran, dass Hadleigh möglicherweise schwanger war, vielleicht aber auch am Einbruch. Jedenfalls lief es letztlich darauf hinaus, dass sie sich dringend wieder auf das Wesentliche in ihrem Leben konzentrieren musste.

Spence betrachtete sein Glas Wein, dann richtete er den Blick auf Melody. In seinen blauen Augen lag ein aufrichtiger Ausdruck. „Ja."

Das war alles. Keine Ausführungen zu den Gründen, kein Ausweichen, einfach nur die Bestätigung. Sie hätte nachgehakt, wenn er gefragt hätte, wie viele. So aber widmete sie sich wieder der Essenszubereitung. Sie wusste ja selbst nicht, wie viele Kinder sie wollte, darum konnten sie diese Diskussion getrost auf später verschieben.

Dies, genau dies war der Augenblick, in dem Melody beschloss, einen störrischen Police Officer zu heiraten, der ihr bis jetzt noch nicht einmal einen Antrag gemacht hatte.

Sie schaute auf den Anhänger an ihrem Armband und formulierte im Stillen einen Wunsch.

15. KAPITEL

Dieses Essen übertrifft zweifellos alle Erwartungen, dachte Spence zufrieden.

Zartes Hühnchen, lockerer Reis und irgendeine würzige Soße, die einerseits asiatisch war, andererseits so einzigartig, dass er Melody fragte, was darin war. Wenn es ums Essen ging, bevorzugte er eigentlich Fleisch und Kartoffeln mit dem obligatorischen Gemüse als Beilage.

Melody schenkte ihm nur dieses spezielle Lächeln, das stets eine interessante Wirkung auf sein inneres Gleichgewicht hatte, und versprach, ihm das Rezept zu geben. Sie trug heute wieder eine dieser engen Blusen, die sie in ihre perfekt sitzende Jeans gesteckt hatte. Dazu hatte sie wie üblich ein sehr dezentes Make-up aufgetragen. Wenn eine Frau wie Melody aussah, musste sie sich nicht noch aufdonnern.

Spence interessierte sich überhaupt nicht für das Rezept. Viel lieber wollte er sie darum bitten, das Essen noch einmal für ihn zu kochen. Für ihn. Nur für ihn.

Er gab sich Mühe, das köstliche Gericht nicht wie ein ausgehungerter Wahnsinniger herunterzuschlingen.

Das mit dem Wahnsinnigen traf nicht nur in einer Hinsicht zu. Er dachte an ihre Frage nach Kindern – und an seine Antwort.

Ich habe Ja gesagt.

Und es auch so gemeint.

Als er nach der zweiten Portion die Gabel sinken ließ, weil er fand, ein dritter Nachschlag sei denn doch zu viel des Guten, nahm er seine Serviette. „Das war sehr gut. Nein, viel, viel besser als nur gut."

Melody bekam es hin, amüsiert und zugleich erfreut zu wirken. „Ich habe den Eindruck, es hat dir geschmeckt."

„Das war so köstlich, ich könnte es jeden Tag essen, ehrlich."

„Spence.“ Sie saß ihm gegenüber am Tisch und stützte ihren Kopf auf die Hände. „Ich habe geschworen, nicht mit dir zu schlafen.“

„Aber jetzt kommst du doch in Versuchung?“ Ein Mann durfte schließlich noch hoffen.

„Nein.“

Ah, schon wieder abgeblitzt.

„Ja.“

Ein Licht schimmerte am Ende des Tunnels. „Nein und ja? Wenn du mich verwirren willst, dann bist du auf dem richtigen Weg.“

„Ja, das will ich.“

Gut zu wissen. Er betrachtete sie skeptisch. „Ich höre da ein Aber heraus.“

Sie spielte mit ihrem Weinglas. „Aber … mir ist klar, dass zu einer Beziehung viele verschiedene Dinge gehören. Da wären Freundschaft und Romantik – wie Spaziergänge im Mondschein am Strand oder sich an einem sonnigen Nachmittag eine Hängematte zu teilen. Es gibt den Alltag, die Siege, die man miteinander teilt, die Probleme, mit denen man sich herumärgern muss. Und da ist natürlich der Sex. Was ich damit sagen will, ist: Ich will nicht, dass unsere Beziehung hauptsächlich auf Sex beruht. Die Leute verbringen natürlich Zeit im Bett, aber als prozentualer Anteil eines durchschnittlichen Tages betrachtet, sind das doch eher kleine Kartoffeln.“

„Ich glaube, ich wurde gerade doppelt beleidigt. Wolltest du damit andeuten, dass ich ein bisschen schnell am Abzug bin? Außerdem gefällt es mir nicht, mit Gemüse verglichen zu werden.“

Sie lachte. „Keine Sorge, ich will weder das eine noch das andere andeuten. Ich sage nur, dass großartiger Sex allein nicht reicht.“

„Okay, das klingt schon besser. ‚Großartig' gefällt mir." Er hob eine Hand. „Tut mir leid, wir müssen ernsthaft darüber reden. Ich verstehe dich und widerspreche nicht einmal. Lass mich dir beim Aufräumen helfen, dann setzen wir uns auf die Veranda."

Wenn sie Mondschein wollte, gab es nichts Besseres, als den Mond über den Bergen aufgehen zu sehen, ganz gleich in welcher Mondphase. Spence würde seinen Schaukelstuhl auf der Veranda, das im Hintergrund grasende Pferd und eine würzige Brise jederzeit einem Tag am Strand vorziehen. Nichts gegen einen Blick aufs Meer, aber er war eher der Wyoming-Mann.

In friedlicher Eintracht räumten sie gemeinsam die Küche auf. Er trocknete ab, da er wusste, wohin das Geschirr und die Küchengeräte kamen, während Melody abwusch. Als sie fertig waren, schenkte er ihr Wein nach – sie würde heute Abend nirgendwo mehr hinfahren – und begleitete sie zum besten Platz auf dieser Welt.

Während sie es sich in den Schaukelstühlen bequem machten, atmete er tief die frische, saubere Luft ein. „Ich weiß, das hier ist kein Blick auf die Skyline einer Großstadt mit ihren Wolkenkratzern und all den Lichtern. So was mag ich auch. Aber am liebsten habe ich Ruhe."

Wie aufs Stichwort stimmte ein Rudel Kojoten sein Geheul an.

„Na ja, sofern es sie gibt", räumte er ein. „Tiere sind nicht still. Der im Herbst röhrende Elch wirft mich nachts aus dem Bett. Aber es ist angenehmer Lärm, nicht zu vergleichen mit Autos auf dem Freeway."

Melodys Profil sah sanft aus im Mondlicht, als sie sich zurücklehnte, ganz auf die Aussicht konzentriert. Sie legte die Beine an den Knöcheln übereinander. „Ich habe nie irgendwo anders leben wollen. Es gibt Leute, die reisen ständig in der

Weltgeschichte herum, süchtig danach, neue Orte zu sehen. Aber mein Ding ist das nicht. Oh, ich habe ein Semester in Glasgow studiert, und es hat mir sehr gefallen. Und einmal war ich in Italien, wo ich die Schönheit und die Geschichte aufrichtig genossen habe. Aber meine Wurzeln liegen hier."

Er wusste, dass sie im Ausland studiert hatte. Das hier war Mustang Creek, und nicht jeder, der von hier kam, ging für sechs Monate nach Schottland. „Was noch?"

„Du bist an der Reihe. Erzähl mir etwas über dich, was ich noch nicht weiß."

Er hatte sein ganzes Leben in dieser kleinen Stadt verbracht. Spence Hogan war gewissermaßen ein offenes Buch. Bis auf eine Sache. „Meine Mutter hat mir neulich eine Karte geschickt", sagte er langsam. „Einfach so, aus heiterem Himmel. Nach all den Jahren. Warum?"

Er war selbst überrascht, dass er es ihr erzählte. Das gehörte nicht zu dem Teil seines Lebens, über den er für gewöhnlich sprach. Melody wusste natürlich Bescheid. Alle wussten es. Seine Mutter hatte ihn bei seiner Tante Libby abgegeben und war verschwunden. Das waren keine Neuigkeiten.

„Was stand auf der Karte?", wollte sie wissen.

„Keine Ahnung." Er sah zu den Bergen. Friedlich. Ruhig. Eine baumbestandene Silhouette vor dem abenddunklen Himmel. In diesen Bergen lebten Wölfe, Pumas und jede Menge Bären. Aber keine Menschen.

„Du weißt es nicht? Hast du den Umschlag nicht aufgemacht oder ihn verbrannt?"

„Verbrannt?", wiederholte er. „Wir wollen nicht dramatisch werden. Allerdings muss ich zugeben, dass ich kurz daran dachte, ihn einfach wegzuwerfen. Er liegt in meiner Schreibtischschublade im Büro. Ich bin mir noch nicht sicher, ob ich wissen will, was sie mir zu sagen hat. Momentan neige ich deutlich zu einem Nein."

Melody verzichtete darauf, ihm auf weiblich-wohlwollende Weise nahezulegen, den Brief doch zu öffnen. Stattdessen trank sie einen Schluck Wein und genoss weiter die fantastische Aussicht. Harley hatte es schwer erwischt. Er war mit ihnen nach draußen gekommen und schlief jetzt zu Melodys Füßen.

Spence und der Hund verstanden sich. Er würde ihr auch zu Füßen liegen.

„Ich nehme an, meine Meinung ist willkommen."

„Ich habe keinem anderen Menschen außer dir davon erzählt. Nicht einmal Tripp. Also sag ruhig etwas dazu."

Ihre Miene war unergründlich. „Du hast es auch nicht Junie gesagt?"

„Oh, Mann, wir arbeiten zusammen, und wir sind Freunde. Schon seit unserer Kindheit. Das wäre aber auch schon alles."

Zu seiner Erleichterung schien Melody das zu akzeptieren und lehnte sich bequemer in ihrem Schaukelstuhl zurück. „Ehrlich gesagt, ich weiß nicht, wie ich mich an deiner Stelle verhalten würde. Atticus Finch sagt, na ja … wohl eher Harper Lee, egal, in *Wer die Nachtigall stört*: ‚Solange man nicht in der Haut eines anderen steckt, weiß man nicht, was in ihm vorgeht, was er durchgemacht hat.' Ich glaube, genau darum geht es. Obwohl ich mir vorzustellen versuche, was einen dazu bringen könnte, sein Kind zu verlassen, schaffe ich es einfach nicht."

„Ich auch nicht." Spence seufzte und rieb sich das Kinn. „Ich kann mich nicht entscheiden, ob ich meine Zeit damit vergeuden soll, ihre Zeilen zu lesen."

Nach einigen Minuten des Schweigens sagte Melody etwas völlig Unerwartetes. „Bis jetzt ist mir das noch nicht in den Sinn gekommen, aber ich finde, Frauen sind in gewisser Hinsicht wie Katzen."

„Aha."

Sie lächelte schlau. „Ich meine, wir sind so neugierig. Männer sind da ganz anders. Die sind eher wie Hunde. Sie schnuppern hier und da ein bisschen und rennen dann weiter. Aber keine Katze auf diesem Planeten würde diesen Umschlag ungeöffnet liegen lassen. Wenn er von meiner Mutter wäre, die seit meinem neunten Lebensjahr weg ist, hätte ich ihn sofort aufgerissen. Sicher, ich verstehe dich, schließlich hat sie dich im Stich gelassen und darf deshalb nichts von dir erwarten. Trotzdem, ich hätte ihn sofort aufgemacht. Ich hätte einfach nicht anders gekonnt."

„Da ich ja zum Hund ernannt bin ...", erwiderte er trocken, „... bringe ich ihn vielleicht zu meiner Tante und lasse sie einen Blick darauf werfen. Da sie mich großgezogen hat, sollte sie vielleicht entscheiden, ob ich antworten soll oder nicht."

„Deine Tante ist fantastisch. Sie verdient eine Menge Lob."

Das stimmte. Sie hatte einen verwirrten neunjährigen Jungen bei sich aufgenommen, ohne zu zögern. Auch auf der Highschool war Spence schwierig gewesen, doch sie war damit fertiggeworden. „Ich wusste nicht, dass dies ein Plädoyer dafür wird, zu verzeihen. Ich wusste nicht, dass es überhaupt ein Plädoyer wird. So wie sich der Umschlag anfühlt, ist eine Karte drin. Das ist es. Mein Geburtstag ist im März. Vielleicht ging die Karte in der Post verloren oder so."

„Wie viele hat sie dir geschickt?"

„Karten? Meine Mutter? Das wäre die erste."

„Ich würde mit dieser Frau gern den Boden aufwischen."

Dieser Kommentar von Melody bewirkte, dass Spence sich am Wein verschluckte. Er war noch immer nicht mit dem ersten Glas fertig. Offenbar war er doch nicht so kultiviert. Der Inhalt kleiner brauner Flaschen entsprach mehr seinem Stil.

Melody war nicht der Typ für handfeste Raufereien. Sie war künstlerisch begabt und viel zu sensibel für so etwas. Spence sagte leise: „Ich merke mir diese praktisch nicht durchführbare und sehr unwahrscheinliche Drohung. Und ich weiß sie zu schätzen. Aber ich bin nicht mehr neun. Ich weiß nicht, warum meine Mutter getan hat, was sie getan hat, aber es ist auch nicht mehr so wichtig. Nachdem ich das begriffen hatte, war ich frei. Sie bestimmt mein Handeln und Denken nicht länger, das mache ich selbst."

Melody nickte langsam und schaute zum Himmel, der jetzt von Sternen leuchtete. „Das ist eine gesunde Einstellung. Es bewölkt sich ein wenig. Ich habe gehört, es soll regnen."

Sie war einfühlsam genug, um das für ihn unangenehmste Thema der Welt endlich fallen zu lassen. „Das wird die Rancher freuen", sagte er.

„Reden wir wirklich übers Wetter?"

„Hört sich fast so an. Du solltest nicht nach Hause fahren."

„Zu diesem Schluss bin ich auch schon vor einer Weile gekommen." Sie zitterte ein wenig. „Momentan bin ich verängstigt. Der Einbruch hat mich verunsichert."

Spence dachte an Tripps Vorschlag – den Jim befürwortete – und gab sich Mühe, gleichgültig zu klingen, als wäre sein Angebot allein mit der Sorge um sie begründet. „Ich würde mir weniger Sorgen machen, wenn du dich dazu durchringen könntest, hierherzuziehen. Bring die Katzen einfach mit. Ich habe eine hintere Veranda ohne Möbel, und sie ist mit Fliegengittern abgeschlossen. Im Winter kann man Fenster einsetzen, und es gibt einen Holzofen. Dort könntest du arbeiten."

Melody fühlte sich überrumpelt.

Nicht nur ein bisschen.

Sondern sehr.

Bittet er mich etwa gerade darum, mit ihm zusammenzuleben?

Es hörte sich fast so an.

„Harley wäre glücklich", sagte er in sanftem Ton. „Er hat ernsthaft einen Narren an dir gefressen." Und damit war die Sache so gut wie besiegelt.

Jeder für sich musste noch an seiner Beziehungsfähigkeit arbeiten, doch es war ein überzeugendes Argument. Der Hund schnarchte leise und schmiegte sich noch ein bisschen enger an sie, als sei dies ein perfekt abgestimmter Moment, den Mann und Hund gemeinsam geplant hatten.

Sie sah nach, ob seine Augen offen waren, aber Harley schien tatsächlich zu schlafen.

„Ich … ich weiß nicht, was ich sagen soll." Es war ihm gelungen, sie nervös zu machen.

„Ich würde gern ein Ja hören, aber du kannst selbstverständlich darüber nachdenken. Eine sofortige Entscheidung ist nicht nötig." Er gähnte. „Wahrscheinlich gehe ich bald zu Bett. Eine gute Mahlzeit und ein langer Tag machen einen Mann müde."

Anscheinend war sie nicht ganz bei Trost, denn noch ehe sie sich besinnen konnte, fragte sie: „Zu müde?"

Er starrte sie an, und die Abendbrise wehte ihm die Haare in die Stirn. Schon wieder war da dieses verwegene Aussehen. Sie würde Bex umbringen, weil sie davon angefangen hatte. „Zu müde für was?"

„Spencer Hogan", warnte sie ihn. „Wenn du mich zwingst, es laut auszusprechen, kannst du es vergessen."

Statt zu antworten, tat er das, was er am besten konnte. Er stand auf, warf sie sich über die Schulter und forderte Harley auf: „Komm."

Er ging durchs Haus zu seinem Schlafzimmer, legte Melody auf sein Bett und sah ihr in die Augen. „Plötzlich bin ich wieder ganz wach."

In Melodys Lachen mischte sich Verlangen. „Dir macht das viel zu viel Spaß."

Er grinste und setzte sich, um seine Stiefel auszuziehen. „Ich weiß, es ist inzwischen ein bisschen abgedroschen. Aber es funktioniert wie ein Glücksbringer."

Seine Worte ließen sie stutzen.

Der Pakt.

„Zufällig bist du genau da, wo ich dich haben will." Er zog sich das Hemd über den Kopf. „Das hier ist eine Privatparty", erklärte er Harley und scheuchte ihn aus dem Zimmer. „Schlaf auf der Couch. Ich weiß, dass du das machst, ich habe dich nur noch nie dabei erwischt."

„Er ist eben schlauer als du", erklärte Melody und genoss den Anblick seines nackten Oberkörpers. „Aber das versteht sich von selbst."

„Ich wünschte, ich könnte da widersprechen. Kann ich aber nicht." Als er zum Bett zurückging, senkte er seine Stimme zu einem Flüstern. „Ich werde es dabei belassen, dass ich verdammt froh darüber bin, dass du deine Meinung geändert hast."

Dann knöpfte er ihre Bluse auf, Knopf für Knopf, und dabei berührten seine Finger ihre Haut.

Sie zog den Reißverschluss seiner Jeans herunter.

Eines führte zum anderen.

So viel zu ihrem Vorsatz.

Ihr Liebesspiel war intensiver als jemals zuvor. Jeder Kuss dauerte länger, jede intime Berührung hielt an, und als Melody erzitterte, bevor er in sie eindrang, hörte sie seine geflüsterte Frage kaum: „Kondom oder nicht?"

Er gab ihr nicht gerade viel Zeit, darüber nachzudenken. Sie war bereits in der Spirale der Lust, und die Kontrolle entglitt ihr allmählich.

„Nein", hauchte sie dicht an seinen Lippen.

Spence gab einen tiefen zustimmenden Laut von sich und glitt in sie. Beim Sex hatten sie immer gut zusammengepasst, denn ihre Körper schienen aufeinander abgestimmt zu sein, um ihrer beider Begierden auf vollkommene Weise zu stillen. Daher war es wenig überraschend, dass Melody beinah sofort zum Orgasmus kam. Er folgte ihr erst, während sie bereits ihren zweiten Höhepunkt erlebte.

Einige Zeit später, als Spence' gleichmäßige Atmung verriet, dass er kurz vorm Einschlafen war, den Arm besitzergreifend um sie gelegt, meldete sich die Realität zurück. Melody war sich nicht sicher, ob sein oder ihr eigenes Verhalten sie mehr überraschte. „Ich dachte", meinte sie leise, „du hättest mir gesagt, du würdest nie auf Verhütung verzichten, wenn du mit einer Frau schläfst. Zumindest nicht, ohne vorher ein ernstes Gespräch mit ihr geführt zu haben. Und da dachte ich eher nicht an …" Sie hielt inne, zu verlegen wegen ihrer hemmungslosen Reaktion vorhin.

Auf wundervolle Weise zerzaust aussehend drückte Spence sie an sich. Durch das Fenster war die Mondsichel zu erkennen, und silbriges Licht schien ins Zimmer. „Zunächst einmal bist du nicht irgendeine Frau. Außerdem haben wir darüber gesprochen. Du hast mich gefragt, ob ich Kinder will. Ich sagte Ja."

„Jetzt gleich?"

„Soweit ich weiß, dauert es neun Monate."

„Jedes Mal, wenn du versuchst, witzig zu sein, möchte ich dir am liebsten auf die Nase boxen."

„Darf ich dich daran erinnern, dass ich dir die Chance dazu gegeben habe? Ich habe dich gefragt, ob du ein Kondom willst oder nicht. Und du hast mit Nein geantwortet."

„Ja, schon, aber …"

Er schmiegte sein Gesicht an ihren Hals, was er sehr, sehr gut machte. „Ich möchte, dass du bei mir lebst. Ich nehme sogar die Katzen in Kauf, obwohl sie komisch sind. Mein Hund mag dich mehr als mich, was schon ein bisschen schmerzt, wenn du die Wahrheit hören willst. Hör zu, Melody, ich bin hier. Und ich werde immer hier sein. Keine Panik. So alt, wie die Kondome in meiner Nachttischschublade sind, bezweifle ich, dass sie überhaupt noch brauchbar sind. Ich habe es noch nicht geschafft, neue zu kaufen, weil du mir verkündet hast, ich bräuchte mir nicht die leiseste Hoffnung zu machen. Wenn es passiert, passiert es. Können wir es nicht dabei belassen?"

„Du hast gut reden! Du musst das Baby ja nicht kriegen!"

Noch während sie diese Worte aussprach, wurde ihr klar, dass sie schwanger werden wollte.

Sanft stupste er sie an. „Doch, es wäre unser gemeinsames Baby."

Melody entspannte sich.

Zwei Minuten später fing er an zu schnarchen. Nicht laut, es war ein angenehmes Geräusch in der Dunkelheit, eher ein geräuschvolles Atmen. Melody tastete nach ihrem Armband.

Vielleicht konnte sie den Talisman vermarkten.

Keine schlechte Idee.

16. KAPITEL

Spence bepackte die Pferde und befestigte die letzte Satteltasche.

Reb war unruhig, aber er war immer bereit, loszupreschen. Als er zwei war, hatte Spence darüber nachgedacht, ihn nicht kastrieren zu lassen, weil er ein so wunderschönes Pferd war. Doch es war vernünftiger, es doch zu tun, da Spence keine Pferde züchtete, sondern ein gutes Reitpferd brauchte. Und genau das hatte er auch bekommen.

„Ganz ruhig“, sagte er und rieb Rebs Hals. „Diese Art von Ausritt wird das nicht. Du wirst führen, also beruhige dich. Dies ist ein Wanderritt, kein Rennen. Es sind Kinder dabei. Benimm dich.“

Das Pferd wurde tatsächlich ruhig und knabberte an Spence’ Ärmel. Offenbar war seine Erklärung zufriedenstellend.

„Aufsitzen.“ Moe klang ziemlich offiziell, aber dies war ja auch sein Projekt. „Wir werden den Fluss überqueren und gegen Abend campieren. Bis dahin lasst uns kein Tageslicht verschwenden.“

Dies war kein John-Wayne-Film, deshalb verkniff Spence sich ein Lachen und schwang sich auf sein Pferd. Vermutlich hätte er „Westwärts, ho!“ rufen sollen, aber er hatte den Großteil des Morgens damit zugebracht, die Jungen und ihre Eltern zu begrüßen. Letztere wollten vor allem die Versicherung, dass ihre Lieblinge heil und sicher heimkehren würden. Das hatte ihn ziemlich geschafft.

Er hätte Harley gern mitgenommen, hatte ihn jedoch bei Melody gelassen. Ein Vorwand, um sie weiter davon zu überzeugen, bei ihm einzuziehen. Außerdem war der Hund schlauer als die meisten Menschen, und Spence wollte Melody beschützt wissen. Harley war das beste Sicherheitssystem, das ihm einfiel. Sollte sich jemand der Ranch nähern, würde er Melody laut und vernehmlich darüber informieren. Wahrscheinlich konnte man ihn dann noch im nächsten County hören.

Die Einbruchsermittlungen traten auf der Stelle. Es gab nicht die leiseste neue Spur.

Spence wollte diese Fälle nicht nur wegen Melody lösen, sondern vor allem, weil die Einbrüche in seiner Gemeinde passierten, direkt vor seiner Nase. Und das gefiel ihm kein bisschen. Mustang Creek war eine kleine Stadt, in der er fast jeden kannte, und trotzdem hatte er keine Ahnung, wer für die Taten verantwortlich sein könnte.

Na ja, dachte er, als er sich in den Sattel schwang, vielleicht doch.

Bevor sie zu weit weg waren und kein Funksignal mehr hatten, meldete er sich bei Junie. „Das mag ein wenig verrückt klingen, aber könntest du bitte etwas für mich tun?"

„Ich dachte eigentlich, dafür werde ich bezahlt."

Er sah sie vor sich, am Computer, den Bleistift hinters Ohr geklemmt. „Kannst du jemanden für mich überprüfen?"

„Die Dame am Funk ist vielseitig versiert. Bekomme ich eine Gehaltserhöhung?"

„Nein, Ma'am, nur meinen tiefen Dank."

„Na, mal sehen. Gib mir den Namen."

Ein paar Stunden später röstete Spence Sandwiches für hungrige Jungen über einem Lagerfeuer. Sie machten sich mit Heißhunger über die schlichten Käse-Tomaten-Sandwiches her. Moe meinte: „Mann, ich hoffe, es bleiben noch welche für uns übrig."

„Erinnerst du dich, wie du in dem Alter warst?" Spence dachte mit einiger Wehmut an früher. „Ich hab auch gern gefuttert. Wenn meine Tante den Kühlschrank ausmisten wollte, stellte sie mir einfach alle Reste hin – Lasagne, einen Hähnchenschenkel, Kartoffelsalat. Sie brachte es mir in mein Zimmer, und ich schlang es herunter. Es war Essen. Das Leben war gut."

Moe saß auf einem Campingstuhl. „Mein Leben verlief komplett anders. Meine Mutter plante und organisierte stets alles bis ins kleinste Detail. Ständig wollte sie, dass wir uns hinsetzten und von unserem Tag berichteten. Mir war nicht klar, was sie eigentlich wollte. Was wollte sie denn hören? Ich stand morgens auf und ging zur Schule. Ende der Geschichte. Später, als Teenager, rebellierte ich dann – gegen alle Erwartungen, nehme ich mal an. Ich geriet in Schwierigkeiten. Heute führe ich ein langweiliges, aber überschaubares Leben. Ich habe einen Job, den ich mag, und eine Ehefrau, die ich liebe. Das hält meine Motivation wach." Er machte eine kurze Pause. „Deshalb bin ich überhaupt erst motiviert." Eine Stunde später ritten sie weiter.

Die Jungen ritten einzeln hintereinander. Tripp hatte für diesen Ausritt geduldige und ruhige Pferde ausgewählt. Ältere Trail-Horses, die Erfahrung hatten und nicht viel Anleitung brauchten. Sie waren an Menschen gewöhnt, während die jüngeren Pferde doch gelegentlich scheuten.

„Ich habe für heute Abend Burger und Fritten geplant, für morgen früh Eier und Würstchen. Wir haben keine Mahlzeiten mit großen Extras angekündigt, oder?", erkundigte sich Spence.

„Ich habe Obstsalat mitgebracht."

„Gute Idee."

„Das war die Idee meiner Frau."

„Genial. Jetzt sag nur noch, dass keine Kokosnuss drin ist."

„Boss, das weiß ich wirklich nicht. Bei mir zu Hause läuft das so: Sie bereitet das Essen zu, und ich esse es." Nach einem Moment fügte er hinzu: „So ähnlich, wie es bei deiner Tante war."

„Ich habe aus zuverlässiger Quelle gehört, Frauen seien wie Katzen und Männer wie Hunde", erwiderte Spence weise.

„Hä?" Moe machte ein verwirrtes Gesicht.

Spence musste lachen. „Schon gut. Die Jungs werden hungrig genug sein, um alles zu essen, was wir ihnen vorsetzen. Aber ich werde sie zu nichts drängen. Dieser Ausflug soll Spaß machen. Die Versorgung so vieler Kinder ist eine knifflige Angelegenheit, besonders wenn es sich um Jungs handelt. Übrigens habe ich Äpfel und Orangen eingepackt, es gibt also genug gesunde Sachen."

Melody hatte außerdem vorgeschlagen, Selleriestangen und Erdnussbutter mitzunehmen. Sie hatte den Sellerie sogar gewaschen und geschnitten. Moes Freund beim Forstamt, ein ernster junger Mann namens Steve Whitehall, der ganz am Ende ritt und aufpasste, dass niemand verloren ging, hatte tütenweise gutes altes Studentenfutter dabei. Niemand würde unterwegs verhungern, so viel stand fest.

Der Ausritt mit den Mädchen würde ganz anders werden. Bei ihm würde Spence die Organisation des Speiseplans Hadleigh, Bex und Melody überlassen. Von Tripp wusste er bereits, dass es Diskussionen über weiße Schokoladenkekse mit Macadamianüssen, Schwarzwälderkirsch-Brownies – was immer das nun wieder war – und Hühnchen mit Penne und Alfredo-Sauce gegeben hatte. An dem Punkt hatte Tripp nicht mehr zugehört. Was soll's, es klang gut und würde schmecken, obwohl es ihm für ein Essen am Lagerfeuer ein wenig zu aufwendig vorkam. Doch da die Frauen sich darum kümmerten, hütete er sich davor, eine Bemerkung darüber zu machen.

Spence hatte beschlossen, beim Wanderritt der Mädchen die Pferde zu satteln und die Zelte aufzubauen, sich ansonsten aber zurückzuhalten. Er stellte sich Pyjamapartys mit viel Gekicher vor, aber da er unter fast allen Umständen schlafen konnte, würde ihn das kaum stören. Außerdem konnte er sich mit Jim unterhalten, und wenn er sein Zelt oder, noch besser, den Schlafsack schon nicht mit Melody teilen konnte, so würde er sie doch wenigstens drei lange Tage sehen.

Ihre neuen Werkzeuge, die sie nach dem Einbruch bestellt hatte, waren eingetroffen. Morgen würde sie auf der Suche nach einem passenden Diamanten mehrere Privatflohmärkte in Bliss County und Umgebung besuchen. Den gestohlenen Edelstein konnte sie leider nicht wirklich ersetzen, wie sie mit echtem Bedauern erklärte. Aber möglicherweise fand sie einen Ersatz für den Ring, den Mrs Arbuckle für ihren Neffen in Auftrag gegeben hatte.

„Steve hat Hack's Ridge vorgeschlagen, um die Zelte für die Nacht aufzubauen", sagte Moe. Er saß auf einem gescheckten Wallach, den er selbst zugeritten hatte. Ein beeindruckendes Tier, das so gut trainiert war, dass Moe kaum die Zügel bewegen musste. Er zeigte auf eine Baumreihe. „Gleich dort oben ist eine ebene Lichtung mit einer Bergquelle. Dort lässt sich gefahrlos ein Lagerfeuer machen. Steve ist gestern hochgeritten und hat Holz gehackt. Morgen müssen wir dann wohl improvisieren."

„Wir drei kennen die Gegend ziemlich gut." Spence lenkte Reb um eine ausgewaschene Stelle im Pfad und vertraute darauf, dass auch die anderen Pferde um sie herumreiten würden. Er warf seinem Deputy einen Blick von der Seite zu. „Ich weiß, dass du die meisten Wochenenden mit Fischen und Zelten verbringst. Begleitet Sherry dich eigentlich dabei?"

„Nein." Moe schüttelte den Kopf. „Was glaubst du, wie viel Überzeugungsarbeit nötig war, um sie dazu zu bringen, überhaupt hierherzuziehen? Sie ist ein Stadtmensch. Vermutlich wird unsere Ehe nur halten, weil wir nicht jede Sekunde zusammen verbringen müssen. Im Sommer geht sie an den Wochenenden shoppen und trifft sich mit ihren Freundinnen, und ich kann mein Outdoor-Ding machen. Das passt perfekt."

Unterschiedliche Interessen hatten etwas für sich, und Spence hoffte weiter, dass es mit ihm und Melody auch perfekt passen würde.

„He, Chief, ist dir eigentlich schon mal in den Sinn gekommen, dass wir in der Stadt weiteren Ärger bekommen könnten, weil die Hälfte der Polizei unterwegs ist?“, wechselte Moe das Thema.

„Klar ist mir das schon in den Sinn gekommen.“

Der Wanderritt war kein Geheimnis, auch nicht, wer ihn betreute.

Er hoffte sogar, dass der Dieb erneut zuschlagen würde. Wenn Junie und Estes Erfolg hätten, würden sie ihm bei seiner Rückkehr einen Verdächtigen präsentieren. Denn inzwischen glaubte er, dass es nur einen Einbrecher gab.

Melody betrachtete Spence' hintere Veranda und dachte über seinen Vorschlag nach.

Mit dem Licht hatte er tatsächlich recht. In drei der vier Jahreszeiten würde es ausgezeichnet gehen, und im Winter mithilfe des Holzofens auch.

Sie wusste nicht, was sie tun sollte.

Einerseits mochte sie ihr gemütliches Zuhause. Es gehörte ihr allein und war ganz nach ihren Vorlieben und ihrem Geschmack eingerichtet. Die Katzen konnten dort mit eisernen Klauen über ihr Königreich regieren.

Aber ... Spence' Haus war groß und konnte ein wenig Zuwendung gebrauchen. Für einen Junggesellen hielt er es ziemlich sauber, obwohl sie ein vertrocknetes Seifenstück in dem ans Hauptschlafzimmer angrenzenden Badezimmer gefunden hatte. Im Wäscheschrank lagen lediglich drei schon recht dünne Handtücher. Wäsche stand bei ihm anscheinend nicht hoch im Kurs. Harley hatte zwar reichlich Futter, und er kümmerte sich bestimmt gut um Reb, doch Kühlschrank und Tiefkühler waren so gut wie leer.

Dieser Impuls, sich um ihn zu kümmern ... woher kommt der? Wenn es jemanden gab, der sich um Spence Hogan kümmern konnte, dann er selbst.

Die Versteigerung in der Nachbargemeinde sollte mittags stattfinden, darum duschte Melody schnell und machte sich auf den Weg. Viel Hoffnung hegte sie zwar nicht, aber man konnte ja nie wissen. Es gab durchaus Schätze dort draußen. Man musste nur zur richtigen Zeit am richtigen Ort sein. Einmal hatte sie ein verrücktes Mobile aus antiken Löffeln gemacht, und es wurde ihr von einem Lageristen praktisch aus den Händen gerissen, der sie später anrief und ihr mitteilte, er habe es gleich am nächsten Tag weiterverkauft.

Wenigstens war das Wetter gut. Weder Bex noch Hadleigh hatten Zeit, sie zu begleiten, also war sie allein gefahren und saß nun mit ihrer Nummer auf einem Klappstuhl und hoffte das Beste. Einen zweiten Rochester-Pierce-Diamanten würde sie nicht bekommen, aber vielleicht inspirierte sie etwas.

Sie hatte auch schon eine Idee für Spence' Haus und bereits ein Design im Kopf. Sie wollte eine Uhr für ihn entwerfen, eine ganz besondere.

Und dann fand sie das perfekte Stück.

Es war Teil einer antiken Urne, mit einer einzigartigen Patina, die ihr sofort auffiel. Sie gab ihr Gebot ab. Diese Uhr würde Ziffern haben, die sich alle ein wenig voneinander unterschieden, dazu ein Bild von der Ranch als Hintergrund … Sie würde die Ziffern aus dem dünnen Metall der Urne ausschneiden und daraus die Front gestalten. Von Tripp könnte sie sich dafür seine elektrischen Werkzeuge leihen. Sie war Schmuckdesignerin, keine Uhrmacherin, doch sie hatte die alten Mechaniken von einer Seth-Thomas-Uhr aufbewahrt.

Das Bild würde handgemalt sein – nur für Spence. Sie müsste die richtige Perspektive finden und das geeignete Material. Wasserfarben? Ölfarben? Je mehr sie darüber nachdachte, desto stärker drängte es sie dazu, mit der Arbeit zu beginnen.

Was auch immer zwischen ihnen passiert war, er würde sich bei jedem Blick auf diese Uhr daran erinnern.

Melody wollte Spence eine wunderschöne Uhr machen, die für den Rest seines Lebens an der Wand hing. Denn sie war ziemlich sicher, dass er sein Leben in dem Haus verbringen würde, in das zu ziehen er sie eingeladen hatte.

Von Heirat hatte er kein Wort gesagt.

Ich muss darüber sprechen, dachte Melody.

Ich könnte ein Frauengespräch gebrauchen. Ruft mich an.

Diesen simplen Text schickte sie an ihre beiden Freundinnen.

Bex rief sofort zurück. „Bei mir oder bei dir?"

„Ich dachte eher an Tripps und Hadleighs Haus. Ich muss ihn um einen Gefallen bitten. Warte, sie meldet sich gerade."

„Ruf mich zurück."

„Mach ich."

„Okay, was gibt's?", erkundigte Hadleigh sich. „Rate mal, was ich gerade mache. Ich bereite eine Rinderbrust zu. Ich probiere das Rezept zuerst an Tripp aus, und dann will ich daraus Sandwiches für den Wanderritt machen. Er kommt ständig in die Küche und schaut mir über die Schulter, also duftet es wahrscheinlich gut. Aber ich bin kurz davor, ihm in den Hintern zu treten. Komm vorbei und rette ihn."

„Mit Kartoffeln?", fragte Melody resigniert.

„Es wird ihm das Herz brechen, wenn du keinen Auflauf mitbringst. Neulich war er so schnell aufgefuttert, dass er kaum etwas abbekommen hat. Dabei könnte ich schwören, dass er sich zweimal etwas genommen hat. Mach noch einmal dieses Ding mit dem Extrakäse und bring deinen Badeanzug mit. Wir werden echte Pionierfrauen sein und uns für das Frauengespräch in den Whirlpool setzen."

Sie musste Tripp wirklich um einen Gefallen bitten, also konnte sie ruhig den Kartoffelauflauf mit Extrakäse für ihn machen. „Ich bin mir nicht sicher, ob Pionierfrauen in Whirlpools saßen. Aber das hört sich gut an."

„Hätten sie, wenn sie schon Whirlpools gehabt hätten."

Zwei Stunden später saß Melody in warmem sprudelndem Wasser auf der hinteren Veranda, und zwei Augenpaare betrachteten sie eingehend. Sie streckte den Fuß aus dem Wasser und wackelte mit den Zehen. „Gefällt euch mein neuer Nagellack? Sonnenaufgangsrot."

„Sehr hübsch", sagte Bex. „Ich will diesen Job, ihr wisst schon, bei dem man sich Namen für Nagellack ausdenkt. Da heißt es bestimmt immer: ‚He, wir könnten es einfach Pink nennen, aber was soll's, denken wir uns was anderes aus, dann können wir es viel teurer verkaufen.' Wie dem auch sei, jetzt vergiss mal deine Zehen und rück raus mit der Sprache. Girl Talk."

„Ja, lass hören", drängte auch Hadleigh.

Sie konnte es ihnen ebenso gut erzählen, da sie es ohnehin erfahren würden. Melody drückte einen Knopf, um die Düsen auszuschalten. „Spence hat mich gebeten, bei ihm einzuziehen."

„Tu es." Hadleigh.

„Tu es nicht." Bex.

Eigentlich hatte sie damit gerechnet, dass die beiden einer Meinung sein würden.

„Na, ihr seid ja eine echte Hilfe. Vielen Dank auch." Sie wischte eine Schaumkrone über das Wasser. Der Whirlpool war entspannend und hatte eine angenehme Wirkung auf ihre Muskeln. Sie stieß frustriert die Luft aus und hob ihre Hand, damit die anderen beiden ihr Armband sehen konnten. „Anscheinend hat mein Talisman seine Wirkkraft verloren. Ich will eure Argumente hören, aber nacheinander."

Hadleigh, die unfairerweise gebräunt war, sah fabelhaft aus in ihrem Bikini. Sie fing an. „Ich finde, es ist keine schlechte Idee, um herauszufinden, ob ihr zusammenleben könnt. Ob ihr es Tag und Nacht miteinander aushaltet, bevor ihr tatsächlich eines Tages den Sprung wagt. Ihr zwei habt eine wechselhafte Vergangenheit, also wäre es vielleicht sinnvoll, zuerst einmal den Versuch des Zusammenlebens zu wagen."

Falls es diesen Sprung in die Ehe überhaupt geben würde. Spence hatte bisher noch nicht einmal Andeutungen gemacht, dass er sich in dieses Gewässer wagen wollte … oder sollte sie lieber sagen: von dieser Klippe springen?

Nun war Bex an der Reihe. „Ich nehme an, der Einbruch bei dir hat ihn mitgenommen. Und ich war auch geschockt und besorgt. Aber ich finde, du hast *alles* verdient, Mel. Den Ring, den Antrag, die Hochzeit, die Liebe. Wir haben uns gegenseitig versprochen, darauf zu warten. Er will dich beschützen, und darüber bin ich sehr froh. Aber wir haben uns nun mal geschworen, zu warten, bis wir all das bekommen."

Sie hatten beide recht, und auf einer Skala von eins bis zehn lag Melodys Verwirrung etwa bei zwanzig.

„Ich muss mit ihm reden", sagte sie. „Ja, ich will Spence heiraten. Aber ich will, dass er es auch will."

Ihre beiden Freundinnen waren so sichtlich erleichtert, dass Melody verdutzt nachfragte: „Was denn? Dachtet ihr, das wäre mir egal?"

Die zwei sahen erst sich an, dann wieder Melody. „Nein", erwiderte Bex. „Wir wussten es schon, aber wir waren uns nicht sicher, ob du es zugeben würdest."

Melody hatte gedacht, es sei kein Geheimnis, dass sie in Spence Hogan verliebt war. Es immer schon gewesen war.

„Die Sache ist nur die, dass ich ihn nicht dazu bringen kann, darüber zu reden." Sie strich mit der Hand über das Wasser. „Die Entscheidung liegt ganz allein bei ihm. Ich will nicht schon wieder das Risiko eingehen und ihn fragen. Versteht ihr?"

„Dann frag ihn doch einfach nicht." Hadleigh hatte wieder dieses Funkeln in den Augen. „Ich sage, schnapp ihn dir einfach, wenn die Zeit gekommen ist."

17. KAPITEL

Die Pferde durchquerten den Canyon brav im Gänsemarsch. Es half, dass das Wetter konstant blieb, ohne einen einzigen Tropfen Regen und mit strahlend blauem Himmel, von dem die Sonne herunterschien. Obwohl die Jungen ein bisschen wild waren, benahmen sie sich bisher gut.

Nachts spielten sie mit ihren elektronischen Geräten, aber das kümmerte Spence nicht, solange sie sich ansonsten an die Regeln hielten.

Keine Handys. Allerdings gab es hier ohnehin keinen Sendemast, daher brauchte es nicht allzu viel Disziplin, um sich an diese Vorschrift zu halten.

Keine Schlägereien. Das meinte er ernst. Er hatte keine Probleme, bei einer Rauferei dazwischenzugehen, zog es aber vor, wenn sie die Sache selbst und friedlich regelten. Jedes testosterongeladene männliche Wesen musste lernen, sich zu beherrschen und nicht wegen jeder Kleinigkeit aus der Haut zu fahren.

Er hoffte, dass jeder der Jungen am Ende mit einer positiven Einstellung nach Hause ging, nicht nur der Polizei gegenüber, sondern auch der sie umgebenden Natur. Das sollte die Lektion dieses Ausflugs sein. Viele Kinder, vielleicht sogar die meisten, bekamen nie eine solche Chance geboten. Wenn dieser Ausflug bis zum Ende gut verlief, konnten sie ihn vielleicht im nächsten Jahr auf Casper oder Cheyenne ausweiten.

Er vermisste Melody.

Nicht nur körperlich – natürlich auch, und wie –, sondern ihr leises Atmen in der Dunkelheit und ihre Wärme, wenn sie sich im Bett umdrehte und an ihn schmiegte. In der letzten Nacht hatte er einen Traum gehabt, in dem er allein eine Straße entlangging, ohne irgendwohin zu gelangen. Es waren keine Häuser in Sicht, nichts als Prärie ringsum. In dem Traum suchte er nach jemandem, sah jedoch niemanden. Schließlich war er in Panik losgerannt, bis er schwitzend aufgewacht war.

Er brauchte keinen Psychologen, um diesen Traum zu deuten. Vielleicht sollte er Melody einfach einen Ring kaufen, obwohl er sich absolut nicht zutraute, den richtigen auszusuchen. Ganz zu schweigen davon, dass Heiratsanträge nicht risikolos waren.

Schließlich konnte sie Nein sagen.

Das wäre ihre bittersüße Rache. Einst hatte er ihren Antrag zurückgewiesen. Das hatte sie ihm nie verziehen.

Diesmal stand sein Herz auf dem Spiel. Wahrscheinlich hatte er es nicht besser verdient, aber so wollte er nun auch nicht untergehen.

Ein Adler riss ihn aus seinen Gedanken. Der Vogel glitt anmutig durch die Luft, sein Schrei hallte von den Felswänden wider. Hinter ihm hörte Spence, wie Steve den Jungen etwas über Raubtiere erzählte. Ob sie nun alles behielten oder nicht, war gar nicht so wichtig, denn die Landschaft war wunderschön.

Spence zog sein Handy aus der Tasche. Noch immer kein Signal, womit er gerechnet hatte. Trotzdem hätte er gern gewusst, ob Junie irgendetwas herausgefunden hatte, was ihm weiterhalf.

Zwei Hinweise spukten ihm weiter im Kopf herum. Der Antiquitätenladen und die ungewöhnliche Verwüstung von Melodys Haus. Beides gefiel ihm gar nicht.

Möglicherweise hatte der Dieb nichts von dem Diamanten gewusst, aber allmählich bezweifelte Spence das. Sicher war es Melodys Fehler gewesen, ihn nicht in den Safe zu legen. Nur ging sie im Gegensatz zu anderen Leuten davon aus, dass die Welt ein freundlicher Ort war und die Menschen von Grund auf gut.

Das gehörte zu den Dingen, die er an ihr liebte.

Während sie die Zelte aufbauten und dafür in den Tannennadeln und auf der Erde herumkrochen, stellte Spence seinem Kollegen Moe eine ernste Frage. „Wir hatten jetzt sieben Einbrüche, bei denen sich die Diebe auf mehr oder weniger ähnliche Weise Zugang zum Haus verschafft haben. Melodys eingeschlagenes Fenster war die drastischste Methode, und der Diebstahl bei ihr war der schwerste. Steigert sich der Dieb – und wenn ja, warum? Darüber denke ich nach und frage mich, was es damit auf sich hat. Jede Idee ist mir willkommen. Vielleicht fällt dir dazu etwas ein."

Eine echte Herausforderung für einen Deputy.

Moe stapelte Holz für das Lagerfeuer. Steve führte die Jungen durch den Wald und erklärte ihnen, welche Blumen im bevorstehenden Herbst zu sehen sein würden. Vermutlich interessierten sie sich nicht sonderlich für Wildblumen, aber der Vortrag hatte pädagogischen Wert. Man wollte ihnen etwas über die Natur und ihre Schönheit und Vielfalt beibringen. Und das war schließlich einer der Gründe, warum sie hier draußen waren.

„Unser Dieb – und mir ist schon aufgefallen, dass du nur von einem sprichst statt von mehreren – ist sehr auf unsere Gemeinde fokussiert." Moe reichte Spence Anzündholz, winzige Zedernstöckchen von jungen Bäumen. „Er ist sehr wachsam, kennt die Gewohnheiten seiner Opfer und hat ein ziemliches Paar Eier."

Die letzte Äußerung amüsierte Spence. Er zündete einen kleinen Zweig an, der sofort anfing zu brennen. „Interessante Wortwahl. Inwiefern?"

„Einem Mann den Elektromotor für sein Schleppnetz zu stehlen ist keine gute Idee. Einer Frau den Schmuck zu stehlen auch nicht, schon gar nicht, wenn sie damit ihren Lebensunterhalt verdient."

Melody war wirklich wütend gewesen, was man ihr kaum verdenken konnte.

Moe warf eine Handvoll Blätter auf das Feuer, was Spence nicht getan hätte, aber was wusste er schon vom Campieren in freier Wildbahn? In seiner Kindheit hatte es so etwas nicht gegeben. Seine Tante Libby hatte schon genug damit zu tun gehabt, ihn pünktlich zur Schule zu bringen. Was er über Lagerfeuer wusste, hatte er sich selbst beigebracht. Schließlich sagte Moe: „Ich denke, er hat seine Hausaufgaben gemacht und kennt sich entsprechend gut in Mustang Creek aus. Er weiß, dass die meisten Leute nicht mit einem Einbruch rechnen."

„Wie zum Beispiel Melody Nolan?"

„Genau."

Im flackernden Lichtschein des Feuers sah Moes Gesicht entschlossen aus. „Das waren alles leichte Ziele, aber auch keine großen Raubzüge. Frauen und ältere Männer. Der Dieb wusste, was es zu holen gab."

„Woher?"

„Daran arbeite ich noch." Moe stand auf und nahm ein Kiefernscheit, um es aufs Feuer zu legen. Im Hintergrund lachten die Jungen beim Absatteln der Pferde, sodass Spence sich sehr sicher war, dass er das Striegeln später überprüfen musste. Andererseits lernten diese Kinder sehr schnell. Sie murrten zwar, weil sie Sattel und Zaumzeug reinigen mussten, aber alles in allem arbeiteten sie gut mit und hatten ihren Spaß.

Am Morgen, als Spence ihnen gezeigt hatte, wie man die Trense anlegte, indem man die Beißstange mit den Händen vorher anwärmte, damit das Metall nicht kalt war, wenn es in den Mund des Pferdes kam, hatten einige Jungen sich wirklich Mühe gegeben. Pferde waren große Tiere, und Kindern kamen sie noch viel größer vor. Ein paar Jungen waren eingeschüchtert gewesen, aber er war sich sicher, dass morgen früh jeder sein Pferd satteln konnte.

Für ihn war dieser Ausflug ebenso neu wie vieles für die Jungen, darum konnte er sich gut in ihre Situation einfühlen. Diese Kids waren keine Stadtkinder, Bliss County war eine rein ländliche Gegend. Nur hatte natürlich nicht jeder die gleichen Voraussetzungen.

Die von Spence waren denkbar ungünstig gewesen, da seine Tante kaum Geld gehabt hatte. Aber sie hatte ihn geliebt und getan, was sie konnte, und das war viel besser, als ins Kinderheim zu kommen, was die einzige andere Option gewesen wäre. Er musste diese Karte oder den Brief von seiner Mutter bei Libby abgeben, aber eins nach dem anderen. Anscheinend schob er es auf, doch im Augenblick musste er sich auf die Einbrüche und die Reitausflüge konzentrieren. Nach all den Jahren kam seine Mutter höchstens an zweiter Stelle.

Das Feuer brannte gut. Die Aussicht auf Essen versammelte die Jungen um das Feuer, und als Spence die Pferde überprüfte, stellte er fest, dass alle ihre Sache ordentlich gemacht hatten. Moe übernahm das Grillen – er war an der Reihe –, und nachdem sie gegessen hatten, räumte Spence auf und erklärte den Tag für beendet. Er schnappte sich seinen Schlafsack und rollte ihn in einiger Entfernung zu den Zelten aus.

Er hatte beschlossen, unter den Sternen zu schlafen. Nur fand er keinen Schlaf. Stattdessen schaute er hoch zum Himmel und dachte über das Leben nach. Dieser Ausflug kam zu einem interessanten Zeitpunkt für ihn.

Bin ich schon bereit, Vater zu werden?

Beim letzten Mal, als er mit Melody geschlafen hatte, hatte er kein Kondom benutzt – und sie war einverstanden gewesen. Es war mit ihnen durchgegangen, aber sie hatten die Entscheidung in gegenseitigem Einverständnis getroffen, sogar ganz bewusst. Er hegte die unvernünftige Hoffnung, dass Melody schwanger würde. Woher kam das nun wieder?

Die Ehe war ein großer Schritt – nicht dass er sie schon gefragt hätte. Doch Eltern zu werden war geradezu monumental.

Aber er war bereit. Für alles. Ehe und Vaterschaft. Es mochte neun Jahre gedauert haben, aber nun war er endlich bereit.

Tripp und Hadleigh versuchten es, das wusste er. Und sie würden wunderbare Eltern sein, wenn es so weit war.

Sein Blick glitt zu den Zelten auf der Lichtung. Ein paar Jungen waren offenbar noch wach. Sie plapperten, lachten und brachten sich gegenseitig durch Gezische zur Ruhe, wenn es zu laut wurde. In der Ferne heulte ein Wolf, was die Jungen schnell zum Schweigen brachte – und Spence zum Lächeln. Der frische Geruch des Waldes umgab ihn. Als er diesen Ruf zum ersten Mal gehört hatte, war auch er still geworden, ein ängstliches Kind in seinem Schlafsack. Doch es war eine aufregende, ursprüngliche Angst.

„Was war das?“ Die Stimme kam aus dem nächstgelegenen Zelt, in dem die Jüngsten schliefen.

„Ein Wolf, du Dummie.“

„Das hörte sich nah an.“

Ein anderer schnaubte verächtlich. „Hast du etwa Angst? Wie viele Leute kennst du, die von Wölfen getötet wurden? Lass mich raten – gar keine.“

„Ich will nicht der Erste sein!“

„Der Chief schläft nicht mal in einem Zelt. Also krieg dich wieder ein. Wenn das wirklich gefährlich wäre, würde er das dann tun?“

„Na ja, er hat wenigstens eine Waffe.“

„Du bist so ein Weichei.“

Der Wolf heulte wieder, und ein anderer antwortete. Einer der Jungen murmelte einen Ausdruck, den er sicher nie vor seiner Mutter ausgesprochen hätte.

Spence musste sich ein Lachen verkneifen.

Jetzt, wo er erwachsen war und Verantwortung trug, ging er nicht oft zelten.

Er wünschte sich unbedingt einen Sohn oder eine Tochter, um mit ihnen solche Touren zu machen.

Nur brauchte er Melody dafür.

Mit deutlicher Stimme sagte er: „Jungs, schlaft endlich. Es wird früh genug wieder hell. Außerdem könnten die Wölfe euch hören, und dann wissen sie, wo ihr seid."

Die nachfolgende Stille war friedlich, und dann schlief auch Spence ein.

Fünf Uhr morgens. Zu früh, um wach zu sein.

Harley schlummerte noch in ihrem Bett. Doch da Melody nun ihre neuen Werkzeuge hatte, war es, als sei sie wie durch eine unwiderstehliche Kraft erwacht. Sie konnte wieder arbeiten!

Also stand sie auf und tat genau das.

Im Hintergrund spielte leise Musik, eine Kombination aus Bach-Konzerten und Kenny Chesney, abgerundet durch Brandi Carlile. Melody saß an ihrem Arbeitstisch und trank zwei Becher Kaffee, während sie echte Fortschritte bei der Halskette machte.

Es war stets ein freudiges Gefühl, wenn sie merkte, dass sie in Schwung kam. Das Stück würde wundervoll werden. Das war zu einem Großteil Mrs Arbuckle zu verdanken, denn die Halbedelsteine waren großartig. Melody war sehr zufrieden mit dem Design, wo sich nun alles zusammenfügte. Mrs Arbuckle konnte die Kette zu ihren vornehmen Veranstaltungen tragen und würde dort für Aufsehen sorgen.

Der Ring musste warten. Melody war noch nicht mit dem Herzen dabei, da der richtige Stein fehlte. Obwohl es höchst unwahrscheinlich war, hoffte sie immer noch, dass der Pierce-Diamant wiederentdeckt werden würde.

Diese Fantasterei musste sie endlich überwinden, aber Kunst funktionierte nun einmal nicht auf Knopfdruck. Die Inspiration kam nicht auf Kommando, und manchmal machte sie eben unerwartet Urlaub. Ihre Muse, die sie für den Ring brauchte, war momentan an der Riviera, tankte Sonne und reagierte weder auf Anrufe noch E-Mails.

Apropos Urlaub … Spence und sein Trupp Jungen würden heute zurückkommen. Sie war gespannt, wie es gelaufen war, besonders da Bex, Hadleigh und sie das gleiche Abenteuer wagen würden.

Der eine Ritt auf Sunset hatte nicht ausgereicht, um sich für den Wanderritt vorzubereiten, aber er hatte sie zumindest an ihre vergessenen Fähigkeiten erinnert. Das war schon etwas. Bex war die fitteste Person, die sie kannte, mit einem trainierten Körper und Muskeln überall. Und Hadleigh ritt oft mit Tripp aus. Das hieß, Melody würde vermutlich nicht die Königin des Reitausflugs werden.

Um ihre fragwürdigen Reitkünste konnte sie sich später noch kümmern. Jetzt hatte sie etwas anderes im Sinn.

Der Entwurf für die Uhr war noch ziemlich roh, aber Tripp hatte ihr versprochen, beim Ausschneiden der Ziffern zu helfen – und dafür zu sorgen, dass es eine Überraschung wurde. Er hatte außerdem angeboten, das Uhrwerk einzubauen, was sie sofort und dankbar annahm, denn auch das war nicht ihr Fachgebiet.

Als es hell genug war, fütterte sie Harley und sagte: „Komm mit, mein Junge."

Der Hund sprang gehorsam in den Wagen und saß mit liebenswertem Hundegrinsen da.

Melody wollte sich dem Hintergrundbild der Uhr widmen. Heute würde sie mehrere Skizzen ausprobieren, um zu prüfen, welche ihrer Vorstellung am ehesten entsprach.

Das Haus, der Stall, der Korral … sie saß im Gras, Harley neben sich, und konzentrierte sich auf die Szenerie vor ihr. Bis zum Mittag fertigte sie etliche Skizzen an und bekam allmählich ein Gefühl für das Thema. Damit beschäftigte sie sich noch, als sie Hufgetrappel in der Auffahrt hörte.

Sie hatte gewusst, dass die Ausflügler gegen elf Uhr zurückkommen wollten, darum hatte sie einen Picknickkorb mit Hähnchensalatsandwiches, einem Rest Kartoffelauflauf sowie Hadleighs berühmten Keksen gepackt. Sogar für ihren neuen besten Freund und treuen Begleiter Harley hatte sie Hundeleckereien in einer Plastikbox dabei. Als Spence auf Reb in Sicht kam, wollte sie rufen, doch da bellte Harley schon los und rannte auf das Haus zu, um ihn zu begrüßen. Melody winkte kurz und arbeitete weiter.

Er würde zu ihr kommen, das wusste sie.

Und genau so war es.

Aber es dauerte noch zwanzig Minuten. Er ging auf sie zu, die Haare noch feucht. Offenbar hatte eine Dusche ganz oben auf seiner Liste gestanden. Er hielt sich nicht groß mit einem Hallo auf, sondern setzte sich neben sie und zeigte auf den Korb. „Ich hoffe ehrlich, das ist der Lunch, den du mir versprochen hast."

Sie hatte ihm im Haus eine Nachricht hinterlassen.

„Ja." Sie klappte ihren Skizzenblock zu und legte ihn beiseite. „Harley hat dich vermisst."

„Nur er?" Spence zog sie an sich und küsste sie voller Zärtlichkeit und Leidenschaft.

Nach dem Kuss sagte sie übermütig: „Klar, nur er."

„Hm, kann sein, dass ich gar kein Essen brauche", flüsterte er und streichelte sanft mit den Fingerspitzen ihre Schulter.

Sie setzte sich auf und schob ihn von sich. „Aber ich habe Hunger. Und ich nehme an, du auch." Sie öffnete den Deckel des Korbs. „Wie war es denn?"

Er legte sich ins Gras und streckte entspannt die langen Beine aus. „Der Wanderritt? Ziemlich gut. Die Jungs haben sich erstaunlich gut benommen, und das Wetter hat auch mitgespielt. Die Kinder kann ich kontrollieren, das Wetter nicht. Darum war ich froh über die Hilfe von oben. Diese Teenager strotzen geradezu vor Kraft und Energie. Wenn man sie zu lange in ein Zelt steckt, bekommt man Probleme. Zum Glück hatten wir schöne Tage und klare Nächte, also ging alles glatt."

Sie reichte ihm ein Sandwich, Hähnchensalat auf Brot. „Bitte sehr. Ich habe das Brot nicht gebacken. Eigentlich wollte ich es. Dafür hat Hadleigh die Kekse selbst gemacht. Ich backe wirklich gern, aber ich hatte so viel zu tun." Sie schaute ihn verlegen an. „Ich bin mir nicht einmal sicher, ob ich mir heute Morgen die Haare gebürstet habe."

„Das ist mir vollkommen egal. Ich finde, du siehst immer großartig aus." Er nahm sich einen Moment Zeit, um sie mit offener Bewunderung von Kopf bis Fuß zu betrachten, ehe er sein Sandwich auswickelte und anfing zu essen. Die Operation Sandwich dauerte genau dreißig Sekunden.

Zum Glück hatte Melody mit seinem Appetit gerechnet und reichte ihm ein weiteres Sandwich, dazu noch ein paar Kekse. „Hadleigh wird wissen wollen, ob sie dir geschmeckt haben. Milchschokolade und getrocknete Kirschen."

„Getrocknete was? Kirschen in Keksen?" Kritisch betrachtete er die roten Punkte, die den Teig sprenkelten, aber dann aß er schnell einen. „Die sind gut", meinte er, und es klang überzeugend aufrichtig. Doch wenn Melody ihm einen alten Butterkeks aus dem Supermarkt gegeben hätte, hätte er vermutlich das Gleiche gesagt.

Sie würde Hadleigh nicht erzählen, dass sie sich vermutlich ganz umsonst den Kopf über das Rezept zerbrochen hatte, zumindest was Spence betraf. Vielleicht würden die Mädchen kritischer sein. Schließlich hatte er die vergangenen drei Tage im Sattel verbracht und am Lagerfeuer gekocht.

Melody fand die Kekse köstlich. Wäre dies ein Backwettbewerb, hätte Hadleigh auf jeden Fall die nächste Runde erreicht. Melody würde Hot-Brown-Sandwiches zubereiten, benannt nach dem berühmten Hotel in Kentucky. Sie wurden aus Knoblauchtoast, Putenbrustscheiben und einer Mornaysauce zubereitet. Allerdings musste sie noch herausfinden, wie sie zu grillen waren.

Ob ich ein brennendes Holzscheit über ihnen schwenke? Das wäre die Pioniermethode.

Wie sie feststellte, betrachtete Spence sie mit einem Ausdruck von Verlangen in den Augen, und obwohl es ein sonniger Nachmittag war und sie völlig ungestört waren – bis auf Harley – und Melody Lust bekam, ihn Haut an Haut zu spüren, würde sie standhaft bleiben. Diesmal jedenfalls.

Der Wind fuhr in seine gewellten dunklen Haare.

Melody weigerte sich, ins Schwanken zu geraten. „Meine Freundinnen und ich sind unterschiedlicher Ansicht, was deine Einladung betrifft, bei dir zu wohnen", erklärte sie und nahm sich einen weiteren Schokoladen-Kirsch-Keks. „Hadleigh ist natürlich dafür und ganz auf deiner Seite. Bex und ich sind uns da nicht so sicher. Den Katzen geht es bei mir ganz gut, die würden lieber bleiben, wo sie sind."

„Deren Meinung ist enorm wichtig."

Sie ignorierte den ironischen Kommentar. „Das sind fünf gegen zwei, Harley mitgerechnet."

„Und meine Stimme zählt nicht?"

„Na schön, dann fünf zu drei", korrigierte sie sich. „Aber damit bist du immer noch überstimmt."

„Reb hält das für die beste Idee, die er je gehört hat. Dann wären wir also schon vier gegen fünf. Und bei einer Umfrage im Polizeirevier würden Moe und Estes sicher für dich als Mitbewohnerin stimmen. Tja, damit hätte ich gewonnen. Junie wäre ebenfalls auf meiner Seite. Sie möchte, dass ich glücklich bin." Er drückte sie sanft ins Gras und nahm ihr den Keks ab.

„Das war großartiger Hähnchensalat, Miss Nolan. Der Keks war auch nicht schlecht, aber kann ich nicht etwas anderes zum Nachtisch haben?“

Liebevoll berührte sie sein Gesicht. „Ich brauche ein bisschen Abstand, um in Ruhe darüber nachzudenken. Gibst du mir den?“

Er könnte sie verführen, das wussten sie beide. Dafür, dass er sie nicht weiter bedrängte, liebte sie ihn nur noch mehr. Spence rollte zur Seite und schaute in den blauen Himmel. Dann stand er auf und bot ihr die Hand, um ihr aufzuhelfen. „Danke für diesen fantastischen Lunch.“

18. KAPITEL

„Der Name taucht also nicht in Mustang Creek auf?"

„Nein." Junie schüttelte den Kopf, während sie mit kritischer Miene über Spence' Schulter auf den Computerbildschirm schaute. „Ich habe es auf ein Dutzend verschiedene Arten versucht, sowohl mit Internetsuchmaschinen als auch in den Polizeidatenbanken."

„Dann existiert diese Person nicht."

„Mary Allen? Und ob sie existiert, nur nicht hier. Ich bin regelrecht beleidigt, dass nie eine Mary Allen hierhergezogen ist. Was stimmt denn mit dieser Stadt nicht?"

„Zu neugierige Polizeifunkerinnen, würde ich mal tippen. Das macht unsere ganze Tourismuskampagne zunichte." Er winkte ihr zum Abschied und fing an, die Informationen zu lesen, die sie ausgegraben hatte. „Danke für die Arbeit. Ich wünsche dir einen schönen Feierabend. Gehst du zu Billy's?"

„Natürlich. Es ist Dollar-Beer-Night." Sie zwinkerte ihm zu und tänzelte davon. „Freut mich, dass der Wanderritt gut war."

Er nickte geistesabwesend, beunruhigt von dem, was er las.

Mary Allen hatte keine Adresse in Mustang Creek, was erklären könnte, weshalb sie nie gewollt hatte, dass er sie abholte. Stattdessen hatte sie jedes Mal einen anderen Treffpunkt für die wenigen Dates vorgeschlagen, die sie gehabt hatten. Die Anziehung zwischen ihnen war nicht besonders knisternd gewesen, und es kostete ihn einige Mühe, sich daran zu erinnern, was sie ihm über ihre Vergangenheit erzählt hatte.

Eigentlich so gut wie nichts.

Sie behauptete, Gutachterin für Antiquitäten zu sein.

Vor einigen Tagen hatte er sie beim Betreten von Ronalds Laden gesehen, und das ließ ihn nicht los.

Er nahm sein Handy und rief Melody an. „Als du diesen Ring von Ronald gekauft hast, wer hat dich da bedient?" Arbeitete Mary inzwischen für ihn? Und wenn ja, in welcher Funktion? Als eine Art Beraterin?

„Er selbst.“ Sie klang verwirrt. „Das war ein kostbares Stück. Du glaubst doch nicht etwa …“

„Nein.“ Er rieb sich das Kinn. „Ich denke da an Teekannen.“

„Du denkst an Teekannen? Warum? Ich werde gerade nicht ganz schlau aus dir.“

„Ich tappe im Dunkeln und werde selbst noch nicht ganz schlau aus der Sache. Aber ich arbeite dran. Was machen wir eigentlich heute Abend?“

„Das ist aber weit vorausgegriffen, Chief Hogan. Wer sagt denn, dass wir überhaupt etwas machen?“

Möglicherweise war er nicht sehr elegant vorgegangen. Also sollte er am besten schnell das Ruder rumreißen. „Ich meinte, möchtest du heute vielleicht einen Pizza-und-Filmabend? Du kannst den Film aussuchen. Ich brauche keinen Actionstreifen, aber einer, bei dem man eine Packung Taschentücher braucht, muss es auch nicht sein. Ich hole die Pizza, und wir treffen uns auf der Ranch – in, sagen wir, einer Stunde?“

„Bei dem Film mache ich einen Kompromiss“, erwiderte sie lachend, „wenn du für die Pizza wenigstens eine Gemüsezutat bestellst. Und nicht nur Peperoni doppelt und extra Würstchen. Zwei vegetarische Zutaten und du gewinnst mein Herz.“

„Abgemacht.“

Sie beendeten das Telefonat, und Spence dachte weiter über Quellen nach, die ihm zur Verfügung standen. Er hatte einen Bekannten in Cheyenne, der ihm möglicherweise weiterhelfen konnte. Den könnte er anrufen, um sich eine zweite Meinung anzuhören. Allerdings war Jack Pearson Detective bei der Mordkommission, und dies war eher nicht sein Gebiet. Andererseits musste er viel öfter so gründliche Ermittlungen anstellen als Spence.

Jack war nicht in seinem Büro.

Wie zu erwarten. Er hinterließ eine Nachricht, rief Mike Mule's Pizzeria an und bestellte eine große Pizza mit allem Drum und Dran. Dann loggte er sich für den Abend aus. Estes, der am Schreibtisch saß, salutierte frech. „Ich wünsche dir einen schönen Abend, Chief."

„Ich mir auch."

„Am Wochenende findet der zweite Wanderritt statt. Wir schließen schon Wetten darauf ab, dass du von dem genervt zurückkommen wirst."

Die Anmeldeliste für den Wanderritt der Mädchen war noch schneller voll gewesen als die für die Jungen. Teenager-Mädchen und Pferde. Kein Wunder, dass die Eltern sich darüber aufgeregt hatten, dass beim ersten Mal keine Mädchen mitdurften. „Schön zu wissen, dass meine Stimmung in diesem Büro eine Quelle des Vergnügens ist."

„Oh, immer doch." Estes gluckste und widmete sich wieder seinem Computer.

Mike Mule's war voll, natürlich, und obwohl Spence seine Bestellung telefonisch aufgegeben hatte, musste er sich anstellen. Als er wieder in seinem Pick-up saß, war er spät dran. Während er die Auffahrt zu seiner Ranch entlangfuhr, sah er, dass im Haus die Lichter brannten.

Heimelig. Zu Hause.

Melody und Harley hatten es sich zusammen auf der Couch bequem gemacht. Spence hatte immer versucht, den Hund daran zu hindern, dort zu schlafen. In der Stadt besaß er Autorität, doch in seinem eigenen Zuhause offenbar nicht. Der Hund wedelte sogar mit dem Schwanz, als Spence zur Tür hereinkam.

Sonst hatte Harley wenigstens immer so getan, als wäre er nicht da. Spence ging an den beiden vorbei, um die Pizzaschachtel auf den Tisch zu stellen. „Du hast einen schlechten Einfluss auf den Hund. Nur zu deiner Information: Er soll nicht auf der Couch liegen."

„Er hat sogar in meinem Bett geschlafen", konterte Melody, die behaglich aussah in ihrer ausgewaschenen Jeans, dem T-Shirt und den karierten Socken. „Die Couch scheint mir da das kleinere Vergehen zu sein. Mm, die Pizza riecht aber wirklich lecker. Bitte sag, dass du Pappteller hast. Dann müssen wir den Film nicht unterbrechen, um nach dem Essen den Abwasch zu machen. Ich habe schon alles vorbereitet und muss nur noch die Play-Taste drücken."

Sie hatte einen Klassiker ausgesucht, den er noch nie gesehen hatte, „Der große Wolf ruft", mit Cary Grant. Er lachte die ganze Zeit und verputzte den Großteil der Pizza. Gegen Ende, mit Melody im Arm und dem schnarchenden Harley, musste er eingedöst sein.

Ein sanfter Ellbogenstoß in die Rippen holte ihn zurück ins Bewusstsein der Welt um ihn herum.

Melody reichte ihm das Telefon, das er auf den Couchtisch gelegt hatte. „Für dich."

Jack.

„Hey." Er tat sein Bestes, um nicht so zu klingen, als sei er kurz vor dem ersten richtigen Schlaf seit Tagen gewesen.

„Schon zu spät für einen Anruf? Ich habe deine Nachricht erhalten, war aber unterwegs in einem Fall."

„Nein, überhaupt nicht zu spät für einen Anruf. Ich habe nur die ein oder andere Frage." Spence war sich der Tatsache bewusst, dass Melody zuhörte. „Ich glaube, wir haben hier in Mustang Creek einen Ring von Antiquitätenräubern. Ich habe schon mit der State Police darüber gesprochen, doch es scheint tatsächlich auf die Gegend hier begrenzt zu sein. Die Diebstähle sind interessant, gelinde gesagt. Sie stehlen die Sachen, und sobald sie verkauft sind, stehlen sie sie ein weiteres Mal – das ist jedenfalls meine Theorie. Hast du Kontakt zu jemandem, der auf diese Art von Verbrechen spezialisiert ist?“

„Ich wünschte, ich könnte Nein sagen, aber ich kenne Leute, die auf jede erdenkliche Art von Verbrechen spezialisiert sind.“ Jack klang neugierig. „Ich Glückspilz, was? Lass mich ein paar Anrufe machen. Wenn ich auf etwas stoße, melde ich mich morgen wieder bei dir.“

„Ich danke dir, Jack.“

Melody sah ihn vorwurfsvoll an, als er das Gespräch beendete. „Ronald hat nichts damit zu tun“, erklärte sie entschieden. „Ich liebe diesen Mann. Er ist ein so netter Kerl. Ich weigere mich einfach, das zu glauben.“

„Anscheinend habe ich die Stelle verpasst, an der ich ihm irgendetwas vorgeworfen hätte.“ Er drängte sie sanft, sich wieder an ihn zu lehnen. „Für mich ist er kein Verdächtiger, wenn du dich dadurch besser fühlst. Ich höre mich nur um.“

Sie schwieg, und beinah wäre er wieder eingeschlafen, als sie plötzlich fragte: „Wird das Leben mit dir so werden?“

Er öffnete ein Auge.

Hastig fügte sie hinzu: „Ich meinte, *würde* es so werden … ach, verdammt. Du bist anscheinend müde. Gehen wir einfach schlafen.“

Harley sprang auf und lief zum Schlafzimmer.

Das war ein deutliches Zeichen: Er sollte nichts mehr sagen oder tun, sondern bleiben, wo er war. Auf der Couch. Im Gegensatz zu Harley. Spence hatte es klar verstanden.

Kluger Hund.

Wenn du einen Dieb fangen willst, denk wie einer.

Sie war zwar kein Detektiv, doch Melody kannte sich mit Antiquitätenläden aus, und wenn das Spence’ Theorie für die Einbruchserie war, musste sie sich irgendwie damit befassen.

Einmal gründlich darüber nachdenken. Schließlich steckte sie mittendrin in diesem Schlamassel, und das gab ihr ein gewisses Recht, auf eigene Faust zu ermitteln, oder? Vielleicht stieß sie auf nützliche Hinweise …

Seltsamerweise wusste sie, wer ihr dabei am besten helfen konnte.

Junie sah auf, als sie das Polizeirevier um kurz nach zwei betrat, und ihr Lächeln wirkte aufrichtig. „Melody, hallo. Tut mir leid, der Chief ist unterwegs."

„Ich weiß. Ich wollte mit Ihnen sprechen. Können wir uns eine Minute unterhalten?"

Die Polizeifunkerin machte ein erstauntes Gesicht, wirkte aber nicht verunsichert. „Na klar. Wenn ein Anruf reinkommt, muss ich mich allerdings melden. Um was geht's denn?"

„In mein Haus wurde eingebrochen."

„Ich weiß. Ich war diejenige, die Spence angerufen hat, um ihn darüber zu informieren."

„Ja." Melody setzte sich auf den Stuhl neben dem Schreibtisch. „Danke noch mal dafür. Andernfalls hätte ich es erst herausgefunden, wenn ich nach Hause gekommen wäre und einen Haufen Polizisten in meinem Vorgarten vorgefunden hätte. Es war viel leichter, weil Spence da war – und trotzdem noch hart genug."

„Er ist der netteste Kerl auf der Welt. Aber da er auch so etwas wie mein kleiner Bruder ist, könnte ich ein wenig voreingenommen sein."

Spence war mit gut über eins fünfundachtzig kaum als klein zu bezeichnen. Aber so hatte Junie es ja auch nicht gemeint. Melody war froh, bei der anderen Frau keinen Anflug von Eifersucht zu erkennen. Alles war in Ordnung. „Ich bin ganz Ihrer Meinung. Ich bin hier, um Sie um einen Gefallen zu bitten. Aber kann das ganz unter uns bleiben? So weit wie möglich?"

„Soll das ein Witz sein? Ich liebe Geheimnisse und arbeite mit Männern zusammen. Die vertrauen einander höchstens an, wann sie zur Toilette gehen.“ Junie verdrehte die Augen. „Kompliziert ist was anderes. Andererseits gibt es Dinge, aus denen sie lieber ein Geheimnis machen sollten.“ Sie seufzte dramatisch. „Wenn ich Schmuck herstellen könnte, würde ich liebend gern mit Ihnen tauschen. Aber ich bin künstlerisch so begabt wie eine Gartenschnecke. Wie kann ich Ihnen helfen?“

„Spence machte gestern Abend Andeutungen, die Einbrüche könnten etwas mit dem Antiquitätenladen in der Main Street zu tun haben. Er meinte Ronalds Laden. Ist Cassandra nicht Ihre Cousine?“

Junie sah sie scharf an und wirkte auf einmal misstrauisch. „Ja.“

„Sie arbeitet halbtags dort, nicht wahr?“

„Bitte entschuldigen Sie, aber ich wüsste doch gern, worauf das Ganze hinausläuft. Cassies Privatleben ist in letzter Zeit übel. Sie haben bestimmt von der Scheidung gehört. Lassen Sie sich bloß nie von einem Anwalt scheiden. Da sind die Chancen sehr ungleich verteilt. Aber Cassie ist ein netter Mensch.“

Melody erklärte rasch: „Kein Grund zur Sorge, ich werfe ihr nichts vor. Ich frage mich nur, ob ihr Leute aufgefallen sind, die öfter im Laden auftauchen. Spence erwähnte einen möglichen Ring von Antiquitätenräubern. Da bin ich hellhörig geworden, besonders da es sich bei dem, was aus meinem Haus gestohlen worden ist, um eine Antiquität handelt. Trauen Sie Cassandra zu, dass sie die Augen offen hält? Wir kennen uns von der Highschool, aber nicht gut genug, dass ich sie selbst fragen könnte. Sagen Sie ihr, dass ich eine Belohnung für die Rückgabe des Rings zahle. Die Versicherung kommt für den Verlust auf, aber ich will genau diesen Stein.“

„Natürlich werde ich fragen. Ich sollte aber erwähnen, dass Spence wahrscheinlich schon daran gedacht hat.“

„Ja, gut möglich, aber mit mir wird er nicht darüber sprechen. Ich glaube, er will nicht, dass ich etwas mit den Ermittlungen zu tun habe."

Junie schüttelte den Kopf. „Ganz sicher nicht. Er ist verrückt nach Ihnen, und Sie müssen zugeben, dass Leute, die in Häuser einbrechen, auch in anderer Hinsicht gefährlich sein könnten."

Verrückt nach Ihnen klang schön.

„Ich wusste die ganze Zeit, dass er Sie wählt – als hätte er eine Wahl gehabt. *Die Blonde, das ist die Richtige für dich*, habe ich ihm schon vor Jahren gesagt, als Sie kurz mit ihm zusammen waren. Ich bin ein bisschen älter, darum verleiht meine Reife meinen Ansichten mehr Gewicht. Ist immer noch so."

„Aber er hat nicht auf Sie gehört." Melody erinnerte sich an ihren verpfuschten Heiratsantrag, den Vorschlag, gemeinsam durchzubrennen.

Junie stützte die Ellbogen auf den Schreibtisch. „Oh, er hat mir schon zugehört. Genau darum hat er ja das Gegenteil gemacht. Spence scheut feste Beziehungen, das ist wirklich schrecklich. Aber jetzt ist er ein paar Jahre älter und kann eher Vertrauen fassen. Wir dürfen nicht vergessen, dass sein Job nicht gerade sein Vertrauen in die Menschen stärkt. Bleiben Sie bei ihm, er ist es wert."

Einer der Deputys ging vorbei und tippte sich höflich an den Hut. „Ma'am."

Melody erwiderte das Lächeln. Spence würde von ihrem Besuch im Revier erfahren. Junie bestätigte diesen Gedanken mit ihrer nächsten Bemerkung.

„Ich wette, Moe hängt schon am Handy", sagte sie amüsiert, während sie dem jungen Mann nachschaute, der den Flur entlangging und um die Ecke verschwand. „Ich liebe es. Nichts bringt einen Mann mehr ins Schwitzen als zwei Frauen, die über ihn reden. Selbst wenn sie das gar nicht tun, befürchtet er, dass sie es tun könnten."

Melody musste zugeben, dass sie Junie mochte, obwohl sie die Frau insgeheim um ihre lange Beziehung zu Spence beneidete.

„Danke für Ihre Hilfe."

„Kein Problem. Versprechen Sie mir nur, dass Sie keiner Spur nachgehen, ohne Spence vorher zu informieren."

„Ich werde gar keine Zeit haben, Detektiv zu spielen", erwiderte Melody. „Dieser Wanderritt steht bevor, und bis dahin muss ich noch einige Stücke fertig bekommen."

„Übrigens gefällt mir Ihr Armband sehr. Ich nehme an, das haben Sie gemacht. Besteht die Möglichkeit, dass ich eines kaufen kann? Ich finde ja, Glücksbringerarmbänder sagen eine Menge über den Menschen aus, der sie trägt. In diesem Fall kennen nur Sie die Bedeutung."

„Ich werde Ihnen eins schenken." Melody meinte es ernst, sie hatte die Frau bereits ins Herz geschlossen. „Ich werde Ihnen einen ganz besonderen Glücksanhänger machen. Überlegen Sie sich, was Sie wollen, und ich fertige es an."

„Das würden Sie für mich tun? Das ist wahnsinnig nett." Junies Miene hellte sich auf.

„Ich würde es für *ihn* tun …", erwiderte Melody lächelnd, „… *und* für Sie. Es wird mir ein Vergnügen sein."

„Ich verstehe." Junie zwinkerte ihr zu. „Ich weiß genau, was für einen Anhänger ich will. Cowgirl-Stiefel. Spence zieht mich immer damit auf, ich sei so eine Western-Tussi, und vielleicht hat er recht. Ich muss zugeben, ich habe Spaß an einem wilden Samstagabend-Rodeo."

„Na bitte, so eins bekommen Sie. Rufen Sie mich an, falls Cassandra etwas zu sagen hat?"

„Geht klar."

Melodys nächster Halt war der Supermarkt, um für den Abend, an dem sie für das Essen während des Wanderritts zuständig war, Lebensmittel einzukaufen. Gebratenen Truthahn,

Parmesankäse und Texas-Toast für ihre Hot-Brown-Sandwiches. Dazu noch ein paar reife Tomaten, und warum sollte sie heute Abend nicht einfach für Spence kochen? Grillhähnchen und Kartoffelsalat klangen doch nach einer angenehmen Art, einen Sommertag ausklingen zu lassen. Sie zahlte und machte sich auf den Weg, nicht zu ihrem Haus, sondern zur Ranch.

Könnte ich hier leben?

Während sie die Auffahrt entlangfuhr, dachte sie, dass die Antwort kaum ein Geheimnis war. Es war kein glamouröses Haus, nur ein komfortables, allerdings mit Bergen im Hintergrund.

Ein Ranchhaus mit Bergen. Welche Frau würde das nicht wollen, besonders da Spence mit zum Paket gehörte?

Und Harley. Der Hund kam aus dem Stall gerannt, um sie zu begrüßen und ihrem Wagen zu folgen. Melody liebte ihre Katzen, doch die brachten ihre Zuneigung ganz anders zum Ausdruck – und deutlich weniger lebhaft. Harleys bedingungslose Liebe war lustig und rührend, und sie kraulte seinen Kopf, nachdem sie ausgestiegen war. „Ich mag dich auch."

Er winselte und drehte sich im Kreis vor Freude. Plötzlich fiel Melody auf, dass er ein Bein schonte.

Harley weigerte sich, mit auf die Veranda zu kommen und blieb am Fuß der Treppe stehen. Er starrte an Melody vorbei und knurrte.

Das war der Moment, in dem sie begriff, dass hier etwas ganz und gar nicht stimmte.

Vielleicht sollte Spence mal anfangen, seine Türen abzuschließen. Denn die Haustür war nur angelehnt. Offenbar war jemand hier gewesen. Sie näherte sich vorsichtig der Tür und spähte ins Haus.

Oh ja, Spence sollte wirklich seine Türen abschließen!

Die Verwüstung ähnelte der in ihrem Haus. Überall lagen Sachen verstreut, einschließlich zerbrochenen Geschirrs auf dem Wohnzimmerfußboden.

Melody stand betroffen da, als sie Spence draußen vorfahren hörte. Sie drehte sich um, noch immer die Einkaufstüten in den Armen.

„Das ist ja eine nette Überraschung." Sein Lächeln erstarb, als er ihren Gesichtsausdruck bemerkte. Er warf die Wagentür zu. „Ist alles in Ordnung mit dir?"

Sie sank auf einen der Liegestühle und stellte die Einkaufstüten ab. „Ich fürchte, du hattest einen ungebetenen Besucher. Und ich habe mich noch gewundert, warum Harley im Stall war statt an seinem Platz vor dem Haus. Selbst sein Bellen klang anders, als versuchte er, mir etwas zu sagen."

„Wie bitte? Ist das dein Ernst?" Er nahm zwei Stufen gleichzeitig und blieb im Türrahmen stehen. Sein Gesicht verzerrte sich vor Wut. „Diese Verbrecher."

Harley winselte, legte sich auf den Boden und leckte seine rechte Vorderpfote.

„Und ich fürchte, Harley hat mit dem Einbrecher gekämpft", sagte Melody und empfand ebenfalls Zorn. „Er humpelt."

Die Wut über die Zerstörung wurde sofort überlagert von der Sorge um seinen Hund. Spence rannte die Stufen schneller wieder hinunter als hinauf und kniete sich neben den Hund, den er sanft streichelte. „He, Kumpel, lass mich mal sehen."

„Soll ich den Tierarzt rufen?"

„An seinem Fell klebt getrocknetes Blut. Ich glaube nicht, dass es seines ist, aber gehen wir lieber auf Nummer sicher", meinte Spence angespannt, gleichzeitig aber auch mit einer gewissen Zufriedenheit. Er hielt mit der einen Hand sein Telefon, während er mit der anderen den Kopf des Hundes kraulte. „Ja, gute Idee. Ruf bitte Doc Richards an. Er ist zwar nicht auf

Kleintiere spezialisiert, aber er ist auch für Reb zuständig und wird gleich rausfahren. Die Nummer findest du in meiner Kontaktliste."

Glücklicherweise graste das Pferd friedlich auf der Weide neben der Auffahrt. Einbruch und Viehdiebstahl waren in Wyoming zwei verschiedene Verbrechen.

Melody nahm das Handy und stellte beim Telefonieren fest, dass sie ziemlich aufgewühlt war. Sie berichtete kurz, was passiert war und wer sie war. Der junge Tierarzt versprach, so schnell wie möglich zu kommen. Bis dahin sollten sie den Hund beruhigen.

Als sie Spence stumm das Telefon zurückgab, drückte er eine Taste und hielt es sich ans Ohr. „Junie, schick Moe oder Estes zu meiner Ranch, sie sollen einen Einbruch mit Vandalismus aufnehmen. Und tu mir bitte noch einen Gefallen und ruf im Krankenhaus sowie bei den Ärzten in der Gegend an. Sag ihnen, sie mögen Ausschau nach jemandem halten, der einen Tierbiss behandeln lässt."

Nachdem er aufgelegt hatte, sah er Melody mit seinen unglaublich blauen Augen an, in denen jetzt ein grimmiger Ausdruck lag. „Macht es dir etwas aus, bei ihm sitzen zu bleiben, während ich mich drinnen mal umschaue? Diese ganze Geschichte bekommt einen persönlichen Anstrich, der mir überhaupt nicht gefällt. Bei den ersten Einbrüchen war keine vergleichbare Verwüstung oder Zerstörung zu verzeichnen. Nur in deinem Haus und nun auch in meinem. Ich habe eine Idee, wer dahinterstecken könnte, nur fehlen mir noch die Beweise."

Das war interessant. Sie würde ihn das später erklären lassen.

„Natürlich bleibe ich bei ihm." Sie kniete sich neben Harley und kraulte seine Seite. „Dieser Hund ist der einzige Grund, weshalb ich mich mit dir abgebe."

Während sie und Harley einträchtig warteten, sah Spence sich in seinem Haus um. Die antiken Blechdosen schienen das

Einzige zu sein, was fehlte, erklärte er kurz darauf seinen Kollegen, die wie üblich Fotos machten, Fingerabdrücke nahmen und Aussagen aufschrieben. Auch der Tierarzt kam, und seine Diagnose war beruhigend.

Melody und Spence brachten eine Stunde damit zu, Glassplitter einzusammeln, die Möbel wieder an ihren Platz zu stellen und den Schaden zu reparieren.

Genau wie in ihrem Haus waren die Zerstörungen eher oberflächlich. In beiden Fällen schien es eine persönliche Angelegenheit gewesen zu sein.

Möglicherweise ging es genau darum – eine Art persönlicher Rache.

Zumindest war Harley nicht ernsthaft verletzt.

Großartiger Hund.

Möglicherweise fand Spence die Verbindung, die er brauchte, wenn der Dieb sich wegen eines Hundebisses behandeln lassen musste. Melody saß ihm gegenüber am Tisch und aß etwas von dem köstlichen Kartoffelsalat. Sie machte ihn mit Speck und war ein Fan des Rezepts. Nun hoffte sie, dass die Mädchen auf dem Ausflug ihn auch mögen würden.

„Also, wer ist es“, fragte sie schließlich, als sie lange genug gewartet hatte.

Sie merkte sofort, dass Spence lieber nicht darüber reden wollte. Doch angesichts der jüngsten Geschehnisse war er ihr das wohl schuldig.

Er seufzte einmal tief, bevor er begann: „Ich habe mich vor Jahren ein paarmal mit einer Frau getroffen. Ich kannte sie unter dem Namen Mary Allen. Ich traf sie im Supermarkt, wir kamen ins Gespräch und gingen Kaffee trinken. Aßen einmal zusammen zu Abend. Sie ist attraktiv, aber ich nehme an, als Police Officer hat man einen Instinkt dafür, wenn etwas mit einer Person nicht so ganz stimmt. Ich bin nie mehr mit ihr ausgegangen. Angeblich wohnt sie in der Stadt, aber dafür kann ich keinen Beweis finden. Und neulich traf ich sie in Ronald's Antiquitätenladen. Sie kam gerade, als ich ging."

Melody hoffte, dass ihre Miene nichts preisgab. „Und du glaubst, sie steckt hinter den Einbrüchen? Warum?"

„Weil sie nach eigener Aussage ihren Lebensunterhalt mit der Begutachtung von Antiquitäten verdient."

Das ergab Sinn.

„Ich habe Junie gebeten, Cassandra zu fragen, ob sie auf Leute achten kann, die regelmäßig in den Laden kommen."

„Ich wusste gar nicht, dass du in deiner Freizeit Detektiv spielst."

„Ich will meinen Diamanten zurückhaben."

Seine Stimme wurde sanft. „Ich weiß. Und ich will derjenige sein, der ihn dir überreicht."

19. KAPITEL

Checkliste.

Harley bleibt bei Tripp. Abgehakt. Er würde mit den anderen Hunden seinen Spaß haben, selbst mit der verletzten Pfote.

Die Pferde satteln, die Satteltaschen bereit machen. Abgehakt.

Er war diesen Bergpfad gerade erst mit den Jungs geritten, also dürfte es nicht allzu schwer werden.

Jim Galloway ritt ein Stück vor Spence. Er saß locker im Sattel. Sein Pferd war ein Veteran und ging wie von selbst. Wahrscheinlich musste Jim sich nur festhalten.

„Na los, dann starten wir mal“, verkündete Jim.

Einerseits war Spence froh, Melody im Auge behalten und so für ihre Sicherheit sorgen zu können. Andererseits verließ er die Stadt nur äußerst ungern schon wieder.

„Ich bin bereit, wenn du es bist.“ Er wendete Reb in die richtige Richtung. Hadleigh saß auf Sunset, Melody auf einem braunen Pferd, das laut Tripp sehr verlässlich war. Bex ritt eine Stute, die sie von einer Freundin geliehen hatte. Pauline Galloway saß auf einem Pferd mit guten Manieren, das Jim selbst auf der Ranch für seine Frau ausgewählt hatte. Hinter ihnen all die jungen Mädchen, bereit zum Aufbruch und aufgeregt schnatternd.

Manche hatten pinkfarbene Rucksäcke dabei, aber darüber würde Spence keine Bemerkung verlieren, weil er nicht das Kommando hatte.

Er und Jim ritten nur zur Unterstützung und als Helfer mit.

Pink? Auf einem Campingausflug? Schön, möglicherweise würde er eines Tages eine Tochter haben. Und diese Pastellfarbe jagte vielleicht sogar wilde Tiere in die Flucht. Trotzdem kamen ihm pinkfarbene Rucksäcke falsch vor. Aber was kümmerte es ihn. Die Mädchen lachten und scherzten, und das aufwendige

Essen, das Hadleigh, Bex und Melody für unterwegs zubereitet hatten, würde deutlich besser sein als die Verpflegung, die den Jungen am Lagerfeuer serviert worden war.

Schwarzwälderkirsch-Brownies. So etwas hatten Moe und Steve nicht zustande gebracht, was auch immer das sein mochte.

„Tripp kriegt sich zu Hause vor Lachen nicht mehr ein, stimmt's?", fragte Spence.

„Oh, ja", bestätigte Jim grinsend. „Keine Sorge, das zahlen wir ihm heim. Wir werden uns schon noch etwas einfallen lassen."

„Klingt gut."

„Ich denke darüber nach. Ich habe außerdem über die Einbrüche nachgedacht. Mir fällt einfach keiner der Einheimischen als Verdächtiger ein. Aber vielleicht können wir einen Köder legen, um ihn zu schnappen."

Das war nicht ganz legal, denn jemandem eine Falle zu stellen ermutigte unter Umständen dazu, gegen das Gesetz zu verstoßen. Aber Jim würde nichts Illegales tun, es sei denn, um jemanden zu schützen, den er liebte – oder um einem Tier in Gefahr zu helfen. Also hörte Spence zu.

Jim holte tief Luft. „Ich habe da so ein altes Schwert. Ich dachte immer, es stamme aus dem Bürgerkrieg, aber bei Nachforschungen stellte ich fest, dass es aus der Zeit des Unabhängigkeitskrieges stammt."

Spence, der neben ihm ritt, staunte. „Wie bitte?"

„Na ja, ich habe den Namen, der auf der Klinge steht, recherchiert. Hanson. Er war ein Silberschmied, der für Paul Revere gearbeitet hat. Wer hätte das gedacht?"

Spence konnte es kaum fassen. Es gab doch immer wieder die merkwürdigsten Überraschungen. „Damit ich das richtig verstehe – du besitzt ein Schwert aus dem Jahr 1776? Falls das echt ist, sollte es im Museum ausgestellt sein. Wo bewahrst du es denn auf?"

Jim schaute zurück zu den Frauen und Mädchen, die ihnen folgten, und senkte die Stimme. „Früher auf dem Dachboden. Was hältst du davon, wenn ich es mal herumzeige, um es schätzen zu lassen? Es ist sehr beeindruckend."

„Wie wäre es, wenn du es stattdessen sicher unter Verschluss hältst? Wir finden einen anderen Weg, das Problem zu lösen. Ich will nicht unbedingt Diebe dazu ermutigen, bei dir und Pauline einzubrechen. Mir ist das kürzlich passiert, und es hat mir überhaupt nicht gefallen."

„Hm, tja, ehrlich gesagt habe ich schon damit angefangen. Wir müssen das Schwert nur an einem besseren Ort verstecken. Wir suchen einen aus. Zufällig habe ich es mitgebracht."

„Du hast … wo ist es?"

„Na, was glaubst du wohl, ist in dem langen Rohr an meinem Sattel? Jedenfalls kein Gewehr."

Spence war sprachlos. Jim hatte ein Schwert aus der Revolutionszeit mitgebracht, das womöglich von Paul Revere, dem berühmten amerikanischen Freiheitskämpfer, berührt worden war. Wahrscheinlich war es ein Vermögen wert.

Und sie würden es in den Bergen verstecken.

Schwerter und pinkfarbene Rucksäcke. Schwarzwälderkirsch-Brownies. Dieser Campingtrip war anders als alle, die er bisher unternommen hatte.

Auch die Wettervorhersage stimmte nicht ganz. Obwohl er natürlich wusste, dass man sich darauf ohnehin nie verlassen konnte. Was in Mustang Creek passierte, war nicht zwangsläufig das, was in der Höhe geschah.

Keines der weiblichen Wesen freute sich, als es anfing zu nieseln. Die Haare schienen das Hauptproblem zu sein. Wenigstens war Sommer, darum war es zwar nicht schön, nass zu werden, aber auch nicht so schlimm, wie es hätte sein können.

Das erklärte Spence Melody, als er sich zurückfallen ließ,

um zu sehen, wie es allen erging. Sie erwiderte kühl: „Na, das darfst du gern den Mädchen erklären, die vermutlich viel Zeit aufgewendet haben, um sich für diesen Ritt zurechtzumachen."

Er ritt hastig wieder nach vorn und sagte zu Jim: „Meine kurze Es-könnte-schlimmer-sein-Rede kam nicht gut an."

„Ich habe dich gewarnt, es lieber zu lassen. Aber ich verstehe schon, du willst unbedingt, dass sie glücklich ist."

„Ich will sie heiraten."

„Das ist mir schon seit einer Weile klar."

Spence schob seinen Hut in den Nacken. Der Regen wurde stärker, was diesen Abend nicht gerade verbessern würde. Tropfen fingen sich in seinen Wimpern. „Ich versuche mir zu überlegen, wie ich sie am besten fragen soll. Schließlich ist es eine sehr wichtige Frage."

Ihre Pferde gingen ruhig den Pfad entlang.

„Allerdings."

„Pauline leistet tolle Arbeit."

Jim lächelte zufrieden. „Ja, stimmt. Aber wir dürfen nicht vergessen, dass sie den Vorteil einiger Lebenserfahrungen hat. Sie weiß, dass nicht alles immer glattgeht. Sie hat schon richtig schwere Zeiten mitgemacht. Verglichen damit ist das hier nur ein kleiner Urlaub mit ein bisschen Regen."

Spence legte die Hände auf den Sattel und dachte darüber nach. „Ich habe keine Ahnung, was meine eigene Mutter durchgemacht hat. Ich habe sie seit Jahren nicht mehr gesehen. Vor Kurzem hat sie mir etwas geschickt. Einerseits würde ich am liebsten davor weglaufen. Verstehst du das? Ich will es abschütteln und ein für alle Mal vergessen. Ich will den Brief meiner Tante geben. Soll sie sich damit auseinandersetzen. Aber du weißt ja, sie hatte schon genug mit meinen Problemen zu tun. Wäre das ihr gegenüber fair? Ich weiß ja nicht einmal, was in diesem Brief oder dieser Karte steht."

„Das Leben ist nicht fair." Jim lachte, aber es klang humorlos. „Das Leben ist … nun, das Leben. Alle möglichen Leute versuchen immer, jede Kleinigkeit zu erklären. Nur funktioniert das leider nicht. Mein Rat lautet: Schau hinein, vertrau deinem Urteilsvermögen und dann antworte ihr oder lass es. Ist nicht schwierig."

Guter Rat.

Sie ritten weiter, und das Wetter wurde nicht besser.

Als sie anhielten, um die Zelte aufzuschlagen, war Spence besonders dankbar, dass Tripp ihm Jim für den Wanderritt empfohlen hatte. Dieser Mann konnte ein Zelt schneller aufbauen als Spence – und Spence war schon ziemlich praktisch veranlagt. Jims ehrliches Grinsen wirkte sogar bei den griesgrämigen Mädchen mit den nassen Haaren.

Hadleigh war alles andere als glücklich, dass ihre aufwendige Alfredo-Mahlzeit nicht stattfinden würde.

Und es kam noch schlimmer.

Der Himmel öffnete nun erst richtig seine Schleusen. Es schüttete wie aus Eimern.

Spence erhielt vorwurfsvolle Blicke.

Sich für das Wetter entschuldigen zu müssen war frustrierend.

Der Zeltplatz lag einigermaßen geschützt, aber nicht so geschützt, um ganz trocken zu bleiben.

„Tut mir leid", sagte er ungefähr dreißig Minuten nachdem sie haltgemacht hatten und alle einigermaßen trocken in den Zelten saßen, während er den Kopf in das Zelt steckte, das sich Hadleigh, Bex und Melody teilten. „Ich werde einen Schirm über euch halten, wenn ihr kocht. Ihr habt doch einen mitgebracht, oder?"

Hadleigh, die innerlich zu brodeln schien, brach plötzlich in Gelächter aus, in das die anderen beiden Frauen einstimmten. Sie ließ sich auf ihren Schlafsack fallen. „Ja", meinte sie, nach Luft schnappend. „Das will ich unbedingt sehen, wie der Polizeichef persönlich mir einen pinkfarbenen Regenschirm hält, während ich Hühnchen und Pasta zubereite. Ehrlich, Spence, das machen wir!“

„Es könnte doch funktionieren, oder?“ Verdammt, er versuchte doch nur, zu helfen.

Hadleigh prustete erneut los. Genau wie Melody und Bex.

„Ich bin bereit, mich nass regnen zu lassen“, sagte er in, wie er fand, vernünftigem Ton. „Und zwar, damit ihr das Abendessen zubereiten könnt. Und ihr findet das lustig?“

Das taten sie.

Jim rettete ihn. Er tippte Spence auf die Schulter und reichte ihm eine mit Klarsichtfolie zugedeckte Platte, damit er sie an die Zeltbewohnerinnen weitergab. „Pauline hat den Wetterbericht verfolgt und ihm nicht geglaubt. Ich schwöre, die Frau kann bevorstehenden Regen riechen. Also hat sie Brote mit Erdnussbutter und Marmelade mitgenommen. Sie hat für alle Sandwiches gemacht, und die verteile ich jetzt gerade. Die Mädchen scheinen sich zu freuen.“

Spence hätte Jim am liebsten geküsst – oder besser Pauline, die wirklich etwas großmütterlich Süßes hatte.

Bex nahm die Platte dankend entgegen und riss die Klarsichtfolie ab. „Ich komme um vor Hunger. Trauben und Erdbeere? Ich krieg mich nicht ein. He, Mädels, um die Brote mit Erdbeermarmelade müssen wir uns prügeln.“

„Die kannst du haben. Ich will lieber Traubengelee. Erdnussbutter und Gelee, genau so habe ich Camping in Erinnerung.“ Melody wählte ein Sandwich und gab es Hadleigh. Dann betrachtete sie Spence’ Hut, von dem es durch das Fliegennetz ins Zelt tropfte. „Wir würden dich ja zum Essen hereinbitten, aber erstens nimmst du zu viel Platz weg und zweitens würdest du nur alles nass machen. Tja, das ist die Wildnis. Da muss jeder allein zurechtkommen. Aber würdest du vorher bitte noch die Kekse verteilen?“ Sie reichte ihm eine Tüte, wobei ihre wundervollen Augen dreist zu funkeln schienen. „Es gibt für jedes Zelt welche in einer extra Tüte. Betrachte dich einfach als Keksfee.“

Bex und Hadleigh prusteten wieder los.

„Hmph.“ Spence richtete sich auf und kam sich albern vor. Wahrscheinlich gab es wieder nur Kekse mit getrockneten Kirschen oder weißer Schokolade. Die schmeckten zwar gut, aber es war nicht besonders männlich, in den Bergen im strömenden Regen herumzulaufen und Kekse zu verteilen.

Inzwischen war Spence wirklich nass, und er musste sich noch um die Pferde, das Zaumzeug und die Sättel kümmern. Vielleicht würde der Wolkenbruch weiterziehen.

Jim dagegen war sichtlich amüsiert. Spence hörte erneutes Gelächter von den drei Frauen, als sie den Reißverschluss des Zelteingangs herunterzogen. „Wenn du irgendwem davon erzählst, nehme ich dir Pauline weg“, warnte er Jim.

„Wow, das ist mal eine Warnung von einer tropfnassen Keksfee.“ Jim, genauso nass, hörte nicht mehr auf zu lachen.

„Ihr seid Sadisten, alle miteinander“, grummelte Spence und marschierte zum nächsten Zelt.

Jim half ihm bei den Arbeiten, nachdem die Kekse verteilt und mit Freudenkreischen in Empfang genommen worden waren. Der einzige Trost war – dass viel weibliches Lachen aus den Zelten zu hören war, trotz des Wetters und des ausbleibenden Gourmet-Essens. Das meiste Lachen kam aus dem Zelt der Begleiterinnen.

Das war wenigstens etwas.

Sein Ein-Mann-Zelt baute Spence als Letztes auf. Normalerweise würde er einfach seine nassen Sachen ausziehen und ins Zelt kriechen. Aber umgeben von einer Horde Teenager-Mädchen kam das natürlich nicht infrage. Also musste er einen Weg finden, irgendwie aus seiner durchweichten Kluft und den matschigen Stiefeln zu kommen, damit sein Schlafsack nicht nass wurde.

Ihm fiel auf, dass niemand ihm Sandwiches gebracht hatte. Er aß ein paar Müsliriegel, die er stets dabeihatte, und spülte sie mit einer Flasche Wasser herunter. Dann kaute er auf ein paar Nüssen herum, während er über Jims Idee mit dem Schwert nachdachte.

Es könnte funktionieren.

Auch wenn Jim etwas vorschnell gehandelt hatte, indem er sich bereits umgehört hatte – wenigstens hatte er das Schwert mitgenommen. Das musste schon ein ganz besonderer Dieb sein, der sie hier oben im strömenden Regen aufspüren konnte.

Ohne Vorwarnung wurde der Reißverschluss seines Zelts geöffnet, und jemand hechtete praktisch hinein.

Melody landete auf ihm, da sonst kein Platz war. Er keuchte, als er sie auffing. Zum Glück hatte er gute Reflexe.

„Ich komme nur auf einen Gutenachtkuss vorbei“, erklärte sie, ein wenig feucht, aber dank ihres Regenmantels nicht zu schlimm. Das Gewicht ihres Körpers fühlte sich so … tröstlich an. Und zugleich äußerst sinnlich. „Ich soll hier ein Vorbild sein, darum darf ich nicht dabei gesehen werden, wie ich mich in dein Zelt schleiche“, flüsterte sie und küsste ihn.

Sehr angenehm, mit einem Hauch frivoler Sinnlichkeit darin.

Natürlich erwiderte er den Kuss.

Leider war es viel zu schnell wieder vorbei, und sie rutschte nach hinten, um zu verschwinden. Doch vorher zog sie noch eine Tüte aus der Tasche. „Kekse. Ich habe vergessen, sie dir zu geben.“

Da er momentan nicht allzu viel Stolz besaß, futterte er sie alle auf. Vermutlich war er gar nicht so wählerisch, wie er immer gedacht hatte, zumindest was Kekse anbetraf. Denn allmählich entwickelte er eine Vorliebe für getrocknete Kirschen.

Tag zwei war noch schlimmer als Tag eins.

Der Regen hatte zwar aufgehört, doch es nieselte weiter, und der Wind nahm zu. Melody fühlte sich noch nicht elend, aber weit davon entfernt war sie auch nicht mehr. Sie hatte keine Ahnung, wie sie es schafften, doch es gelang Spence und Jim, ein Feuer in Gang zu bringen, als sie gegen Mittag Rast machten. Hadleighs Hühnchen-Gericht konnte immer noch nicht zubereitet werden, da es unmöglich war, Wasser zu kochen. Also improvisierte sie und bereitete stattdessen gebratene Hühnchenstreifen zu mit Salat aus der Tüte mit Ranch-Dressing. Die Mädchen schlangen jeden Bissen hinunter, während sie dasaßen und aufpassten, nicht vom Berg geweht zu werden.

Die Aussicht war fantastisch, nur konnte man sie bei diesem Wind nicht richtig genießen, der mit schätzungsweise fünfzig Meilen pro Stunde blies.

Abgesehen davon tat Melody inzwischen der Po weh, und sie war ziemlich sicher, dass es so gut wie allen weiblichen Teilnehmerinnen an diesem Ausflug ähnlich ging.

Jim und Spence saßen natürlich auf ihren Pferden, als wären sie darauf zur Welt gekommen. Sie hingegen spürte schmerzhaft jeden einzelnen Muskel, den sie gestern beansprucht hatte.

Als sie die Zelte abends aufschlugen – diesmal immerhin nicht im strömenden Regen –, war sie so weit, ihren Sattel gegen eine bequeme Couch eintauschen zu wollen.

Leider bestand die Möglichkeit nicht.

Der unerbittliche Wind machte die Sache nicht besser. Die Zeltwände flatterten, und die Äste der Bäume bogen sich. Ein unheimliches Brausen lag in der Luft. Melody hatte ihre Hot-Brown-Sandwiches zubereitet und versucht, sie wenigstens mit dem kleinen Gasbrenner, den sie für Crème brûlée benutzte, ein wenig zu rösten. Doch sie musste schnell einsehen, dass das nicht funktionierte. Schließlich wollte sie nicht für einen Waldbrand verantwortlich sein.

Also bekamen alle durchweichte Truthahnsandwiches.

„Vermutlich sind wir die schlechtesten Trail-Ride-Begleiterinnen der Welt“, sagte sie eine Stunde später, als sie auf ihrem Schlafsack lag, nach dem trostlosesten Abendessen aller Zeiten. Sie fragte sich, ob der Wind das Zelt einfach fortwehen würde. „Jim und Spence haben sich um alles gekümmert. Denen macht die Nässe nichts aus, die viele Arbeit, die Pferde, der Wind … Meine Oberschenkel tun unglaublich weh, sie fühlen sich richtig krummbeinig an, wenn ihr versteht, was ich meine.“

Bex, die ebenfalls auf ihrem Schlafsack lag, seufzte dramatisch. „Ich trainiere jeden Tag, und falls es euch tröstet, mir tun die Oberschenkel genauso weh.“

Hadleigh, die wenigstens ab und zu ritt, war in besserer Verfassung. Sie saß locker da, mit an den Knöcheln übereinandergeschlagenen Beinen. „Das ist wie mit allem anderen. Man braucht Übung.“

Melody wandte sich an Bex: „Willst du Miss Sunshine erwürgen, oder soll ich es tun?“

„Wir könnten es gemeinsam tun.“ Sie tauschten einen Verschwörerblick.

„He, einer in diesem Zelt muss doch guter Dinge bleiben. Mal abgesehen davon, dass keine von euch den Eindruck macht, als könnte sie mir im Augenblick auch nur ein Haar krümmen. Na schön, es läuft nicht perfekt. Was soll’s. Mir macht es trotzdem Spaß. Wann haben wir drei außerdem mal die Gelegenheit, so viel Zeit miteinander zu verbringen? Mir hat das jedenfalls gefehlt. Es ist ein bisschen wie unsere Pyjamapartys früher.“

Damit hatte Hadleigh eindeutig recht. Melody rollte sich auf den Bauch. „Ich weiß noch, dass du immer die besten Geschichten erzählt hast. Na los, mach mal.“

Hadleigh überlegte einen Moment. „Okay, ich hab’s. Es war einmal eine wunderschöne Prinzessin …“

Bex schnaubte verächtlich. „Ich glaube, die kennen wir schon."

„He, langsam. Gib mir 'ne Chance", protestierte Hadleigh. „Also, da ist diese schöne Prinzessin, die noch dazu unfassbar störrisch ist. Sie liebt – wie verrückt – diesen sexy Polizeichef in einer kleinen Stadt in Wyoming. Aber die zwei trennen sich, und jeder zieht seines Weges. Nur sieht er echt scharf aus, und – was noch viel wichtiger ist – er ist ein guter Kerl. Darum kommen sie wieder zusammen."

Melody fixierte ihre Freundin. „Du bist wirklich komisch. Er sieht ‚scharf' aus? Ich sage es ja nur ungern, aber ich kann mich nicht erinnern, dass die Brüder Grimm diesen Ausdruck verwendet haben."

„Na ja, es handelt sich auch nicht direkt um ein Märchen." Hadleigh hob die Schultern. Irgendwo brach der Wind einen Ast ab, das Krachen erschreckte die drei. „Diese Prinzessin ist ziemlich blöd und sieht das Glück direkt vor ihrer Nase nicht."

„Sie ist blöd? Na vielen Dank." Melody musste sich eingestehen, dass sie trotzdem wissen wollte, wie die Geschichte ausging. „Sicher doch, jeder will schließlich eine blöde Prinzessin."

„Tja, sie ist eben blond", erklärte Bex, die Brünette, und genoss es sichtlich.

Hadleigh unterbrach das verbale Gerangel. „He, das ist meine Geschichte. Darf ich sie jetzt zu Ende erzählen? Also, ziemlich zu Beginn der Geschichte fragt die Prinzessin den Police Chief – aber viele Jahre, bevor er Chief wurde –, ob er sie heiraten will. Doch er ist klug und sagt Nein."

„Klug?"

„Keiner von beiden war zu dem Zeitpunkt schon bereit für die Ehe. Glaub mir, ich weiß alles darüber."

Das stimmte allerdings.

„Es gibt ein glückliches Danach, oder? Das ist eine inspirierende Story. Bis jetzt liebe ich sie." Melody gab sich Mühe, ihren Zynismus auf ein Minimum zu beschränken. „Ich erinnere mich noch genau an den Tag. Aber danke, dass du es noch mal erwähnt hast.“ *Na schön, ohne eine Dosis Sarkasmus ging es nicht.*

„Und ich finde, die Prinzessin sollte ihn noch einmal fragen.“ Hadleigh beugte sich vor. „Hör zu, das ist ein Geheimnis, aber zufällig weiß ich, dass *er* den Diamanten gekauft hat, der aus ihrem Haus gestohlen wurde. Er hat ihn für sie gekauft. Er hat diesen Verlobungsring in Auftrag gegeben, Mel.“

Trotz des pfeifenden Windes draußen war es im Zelt auf einmal ganz still. Hadleigh, in Pyjamahose und Tanktop, sah Melody durchdringend an. „Ich sollte es nicht verderben“, fuhr sie dann leise fort, „denn es ist eine Überraschung. Aber ich liebe dich, und ich liebe Spence, und ihr zwei seid einfach füreinander bestimmt. Ich sehe, wie er dich ansieht und …“ Ihre Augen füllten sich mit sentimentalen Tränen. „Es mag eine wenig bekannte Tatsache sein, aber Mrs Arbuckle ist seine Patentante. Tripp hat mir verraten, dass Spence dich deinen eigenen Ring entwerfen lassen wollte. Nur wusste er nicht, wie er das anstellen soll, darum hat er sich an seine Tante gewandt.“

Das erklärte einiges. Trotzdem war Melody für einen Moment sprachlos.

Sie hatte auf ein Zeichen gewartet, dass er an einer Heirat interessiert war. Dabei war doch klar, dass er es nicht einfach *sagen* würde.

Und dennoch … er hatte im Regen Kekse verteilt. Ihre Katzen gefüttert. Die Kinder mit auf den Wanderritt genommen.

All diese Dinge bedeuteten ihr tatsächlich mehr als der Ring, und sie war tief gerührt. Manche Männer konnten die Worte einfach nicht sagen, nahm sie an. Dafür brachten sie ihre Gefühle in freundlichen Gesten und Großzügigkeit zum Ausdruck.

„Wie soll ich das anstellen mit dem Antrag?“ Sie fuhr sich mit den Fingerspitzen durchs Haar und zerzauste es. „Beim letzten Mal habe ich es vermasselt, das wollen wir mal lieber nicht vergessen. Du weißt also bereits, dass ich in solchen Dingen nicht gut bin. Das habe ich vor neun Jahren bewiesen, und ich muss zugeben, dass mich die Ablehnung von damals bis heute verunsichert. Ich weiß nicht, wie Männer das machen. Es ist, als würde man sich den Brustkorb aufreißen und dem anderen das pochende Herz darbieten."

„Oh, was für ein romantisches Bild." Bex nahm einen Schokoriegel aus ihrem Rucksack und brach Stücke davon ab, die sie an ihre Freundinnen verteilte. „Lasst uns das ganz genau planen. Anscheinend bin ich die einzige Vernünftige unter uns, also fange ich an."

„Du die einzige Vernünftige?" Sowohl Melody als auch Hadleigh nahmen Anlauf, um ihrer Empörung Luft zu machen – und die Schokolade, die wirklich gut war.

Bex stützte sich auf den Ellbogen und knabberte an ihrem Schokoriegel. Das Licht der Laterne beschien ihr Gesicht. „Ich habe den Eindruck, dass dein Problem mit Spence darin besteht, dass ihr beide gern die Kontrolle über alles in eurem Leben habt. Nur müsst ihr begreifen, dass es bald nur noch *ein* Leben sein wird. Ein gemeinsames. Das Haupthindernis ist, dass ihr beide viel zu lange allein klargekommen seid. Keiner von euch kann diese Rolle einfach aufgeben, darum geratet ihr dauernd aneinander. Du willst das Sagen in der Beziehung haben – und er auch. Für uns Außenstehende ist das klar erkennbar, nur ihr zwei seht das nicht."

Es war ein typisches Lagerfeuergespräch, nur dass ein Lagerfeuer momentan nicht möglich war, weshalb Melody sich mit ihrem Schokoladenstück in den Schlafsack kuschelte. „Oh, wie schlau, du bist wahrhaft eine Quelle der Weisheit. Was schlägst du denn vor, wie ich es anstellen soll?"

Bex warf ihr, wie vorherzusehen, einen ihrer tadelnden Becca-Stuart-Blicke zu. „Ich versuche doch nur, zu helfen. Ich finde, du solltest ihm direkt in die Augen sehen und sagen: *Weißt du was? Ich habe kein Problem damit, bei dir einzuziehen, aber nur als deine Frau.*"

„Das nennst du einen romantischen Antrag?" Hadleigh war offenbar anderer Ansicht als Bex. „Das ist eher ein Ultimatum. Männer reagieren nicht gut auf Ultimaten."

„Ach, nur weil du die Verheiratete von uns dreien bist, macht dich das zur Expertin? Du und Tripp habt es auch nicht gleich auf Anhieb hinbekommen, wenn ich mich recht entsinne."

Ein Streit bahnte sich an, deshalb verkündete Melody mit sanfter Stimme: „Es könnte sein, dass ich schwanger bin."

Das Wort „entgeistert" hatte ihr schon immer gefallen, allerdings hatte sie bisher keine Gelegenheit bekommen, für genau diesen Ausdruck zu sorgen. Jetzt war der Moment gekommen – und sie genoss ihn. „Ich sage nicht, dass ich es bin", schränkte sie ein. „Ich sage nur, dass die Möglichkeit besteht."

„Hat Spence sich etwa so unverantwortlich verhalten?", wollte Hadleigh ungläubig wissen.

„Spence? Das ist nicht sehr schmeichelhaft. Was ist denn mit mir? Ich war ebenfalls verantwortungslos, und das überrascht dich nicht, oder wie?"

„Ich gehe mal davon aus, dass du dieses Baby willst", meinte Bex. „Hadleigh will damit sagen, dass er vermutlich genauso darüber denkt."

Es war wie in den alten Zeiten – sie steckten in ihren Pyjamas und tuschelten zusammen vor dem Einschlafen. Heute allerdings über Erwachsenenthemen. Klar, es ging nach wie vor um Jungs, nur eben um solche, die inzwischen zu Männern herangereift waren. Aber im Prinzip ging es um dasselbe Thema.

Melody hätte sicher etwas erwidert, nur wurde in diesem Augenblick der Reißverschluss ihres Zelts heruntergezogen, und drei Mädchen stolperten atemlos herein. Alle drei fingen gleichzeitig an zu reden, sodass Melody die Hand heben musste, um sie zum Schweigen zu bringen. „Beruhigt euch erst mal, und dann redet bitte nur eine von euch."

„Da draußen ist was." Eine von ihnen, ein mageres, dunkelhaariges Mädchen namens Tina, erschauerte, während sie das berichtete. „Wir können es hören. Ich glaube, es ... hat geknurrt. Und an unserem Zelt gekratzt!"

„Ja, hat es!"

Der Zustrom an jungen Camperinnen brach nicht ab. Innerhalb von Minuten war das Zelt voller verängstigter Mädchen.

Eine Windbö rüttelte am Zelt. Ein Mädchen kreischte. Das machte die Sache nicht besser, da sofort auch alle anderen anfingen zu kreischen. Einschließlich Melody, Bex und Hadleigh.

Glücklicherweise brachte der Lärm Spence und Jim auf den Plan.

Spence, der ganz verschlafen aussah und lediglich eine Jeans trug, schaute ins Zelt hinein. „Kann mir mal jemand verraten, was hier los ist?"

„Beängstigende Geräusche", antwortete Bex ebenso knapp wie präzise, eine zitternde Zwölfjährige im Arm.

„Beängstigende Geräusche?" Er fuhr sich durch die Haare. „Ihr wollt mich wohl versch... äh, auf den Arm nehmen. All dieser Aufruhr und dieses Gekreische wegen ein paar Geräuschen? Warum überhaupt beängstigend? Hat jemand ein bisschen mehr Informationen? Beschreibt die Geräusche mal."

„Die Mädchen sagen, es sei ein Knurren gewesen", berichtete Melody. „Und etwas habe an ihrem Zelt gekratzt. Ich finde, das hört sich beängstigend an."

Hinter Spence meldete sich Jim zu Wort. „Tja, mein Sohn, die denken sich das nicht nur aus. Wir haben ein Bären-Problem."

Was Spence wollte, war Schlaf.

Das war doch nicht zu viel verlangt. Nur ein Nickerchen.

Das konnte er jetzt getrost vergessen.

Bären-Problem. Was für eine tolle Neuigkeit. Bären waren verdammt schlau, und sie waren hartnäckig. Der einzige Grund, weshalb sie jemals Menschen belästigten, war der Versuch, sich zu verteidigen oder ihre Jungen zu beschützen. Oder sie wollten Futter.

Spence musste kein Biologe sein, um zu wissen, worauf dieser Bär aus war: Nahrung.

Er ging zurück zu seinem Zelt, zog sich ein Sweatshirt an und hörte Äste knacken. „Was für einer ist das? Hast du ihn erkennen können?"

Jim sah ihm beim Anziehen des Sweatshirts zu, das Gewehr in der Hand. „Hört sich nach einem Braunbären an, wenn du mich fragst. Könnte aber auch ein junger Grizzly sein. Die Burschen sehen schon aus wie erwachsene Bären, obwohl sie noch ziemlich jung sind."

Grizzly? Na, das wäre es. Wie groß werden die überhaupt? Vermutlich sehr groß. Er war einmal einem begegnet, mit fünfzehn, beim Zelten. Zum Glück hatte das Tier Spence nur verächtlich gemustert und war seines Weges getrottet.

„Die .22er wird ihn nicht stoppen", meinte er mit Blick auf Jims Gewehr.

„Damit könnten wir ihn aber vielleicht verjagen", entgegnete Jim. „Er hat ein Zelt übel zugerichtet."

Spence gab einen genervten Laut von sich. „Das liegt nur an diesen verdammten Keksen. Mal sehen. Man mixt einfach Beeren und Nüsse mit süßem Teig und siehe da, Bären stehen drauf. Ich habe von jeder Camperin alles eingesammelt, um es die Nacht über hochzuhängen. Verdammt, dieses Biest macht den Pferden Angst. Ich kann sie hören."

Jim gab ihm einen kleinen Beutel. „Hier ist Paulines Naschzeug. Sie bittet um Verzeihung. Sie ist jetzt bei den anderen im Zelt."

Fabelhaft, jetzt war er auch noch ein wandelnder Bärenköder. Spence drehte sich mit seinem Gewehr in der Hand um.

„Soll das etwa heißen, die haben nicht alle Süßigkeiten rausgerückt? Ich habe mich bezüglich des Bären doch klar genug ausgedrückt, oder?“

Jim grinste. Er nahm die Sache zwar ernst, fand sie aber trotzdem lustig. „Ja, aber ich fürchte, in allen Zelten sind noch Süßigkeiten, Kekse und wer weiß was noch. Und ja, du hast dich klar ausgedrückt.“

Spence hielt Ausschau. „Das wird interessant. Willst du nach dem Bären suchen oder bei den Pferden Wache halten? Ich werde die Mädchen jedenfalls nicht allein lassen. Vor allem nicht, wenn sie noch mehr Kekse versteckt haben, die den Bären anlocken.“

Jim legte den Kopf schief. „Ich bewache das Zelt. Da sich alle bei Hadleigh und ihren Freundinnen zusammengedrängelt haben, ist das nicht so schwierig. Wir könnten allerdings die Waffen tauschen. Deine ist ein bisschen wirkungsvoller, und ich habe kostbare Fracht zu beschützen, einschließlich meiner Frau und meiner Schwiegertochter. Meine Waffe ist für den Bären höchstens ein Vorschlag, doch bitte weiterzuziehen. Die meisten würden das wohl tun, aber eben nicht alle. Die Entscheidung liegt bei dir.“

Natürlich war Spence einverstanden und tauschte das Gewehr mit Jim. Trotzdem hoffte er, dass die Junger-Grizzly-Theorie falsch war. Bären blieben in der Regel lange bei ihren Müttern, bis zu zwei Jahre. Ein junger Bär, schön und gut. Aber ein junger Bär mit einer Mutter, die ihr Junges beschützen wollte … gar nicht gut.

Letztlich spielte es jedoch keine Rolle. Schwarzbären töteten mehr Menschen als Grizzlys oder Braunbären. Und Bienen und Wespen wiederum waren weitaus tödlicher als Schwarzbären. In der Natur wimmelte es von Kreaturen, die einem gefährlich werden konnten, doch normalerweise interessierte das die Leute nicht. Der Bär hatte es auf Futter abgesehen, und das hatte er gefunden. Jetzt mussten sie ihn ermutigen, es anderswo zu versuchen.

„Bring die Mädchen dazu, dir die Wahrheit zu sagen“, sagte er Jim und überprüfte, ob das Gewehr geladen und bereit war. „Wenn ich herausfinde, dass eines Süßigkeiten in dem Zelt versteckt hat, in das sich alle geflüchtet haben, werde ich wirklich sauer. Setz Mel, Bex und Hadleigh darauf an. Absolut kein Essen im Zelt. Du weißt, wie Bären sind.“

„Ja, Chief.“ Jim salutierte. „Warte.“ Er verschwand kurz und kam gleich darauf wieder zurück. „Nimm das hier auch mit.“

Es war das Schwert.

Diese Nacht wurde immer besser.

Das würde diesen erfreulichen Ausflug abrunden – einen hungrigen Grizzly mit einem Schwert aus dem Unabhängigkeitskrieg in die Flucht zu schlagen. Er sah die Schlagzeile schon vor sich: Kleinstadt-Polizeichef verteidigt Mädchen und spießt dabei geschützte Tierart auf.

„Bis später“, murmelte er. „Falls ich von diesem Wind nicht nach Nebraska geweht werde. Oder ein Bär mich frisst. Oder ich mich selbst mit diesem Schwert erdolche.“

Fluchend ging er in die Dunkelheit, und es war überhaupt nicht schwer, den Bären zu finden. Erstens waren Bären groß, und zweitens hatten sie keine natürlichen Feinde, bis auf Menschen und andere Bären. Es gab also keinen Grund für einen Bären, leise zu sein.

Wie Spence sehr schnell herausfand, handelte es sich um einen Braunbären. Einen ausgewachsenen. Obwohl er inzwischen schon mehrere Zelte demoliert hatte, reichten zwei Schüsse in die Luft, um den Eindringling zu überzeugen, sich lieber in den Wald zurückzuziehen.

Dann kam der schlimmste Teil.

Kein Mädchen wollte an seinen Schlafplatz zurückkehren.

Alle zwölf wollten anscheinend zusammen schlafen, und zwar in dem Zelt der erwachsenen Frauen. Außerdem wollten die Mädchen, dass Spence und Jim ebenfalls in dem Zelt schliefen.

Wie sollte das gehen? Eine Sardinenbüchse bot mehr Platz.

Nein, keine Chance.

Lieber nahm Spence den heulenden Wind in Kauf.

Es nieselte wieder. Pauline teilte ihm bedauernd mit, sie glaube, es würde die ganze Nacht regnen. Dann zog sie sich mit Jim in ihr gemeinsames Zelt zurück.

„Ich werde direkt vor dem Eingang schlafen“, versprach Spence den verängstigten Mädchen. „Ich habe mein Gewehr und das Schwert, also keine Sorge. Euch wird nichts passieren. Weckt mich einfach auf, wenn ihr …“

„Schwert?“, unterbrach Melody ihn und setzte sich auf. „Wovon redest du?“

„Nicht so wichtig. Wir reden später darüber.“ Er zeigte in die Dunkelheit zu dem Baum, neben dem er sein Zelt aufgebaut hatte. „Ich hole meinen Schlafsack und lege ihn vor eure Tür. Dann muss er erst an mir vorbei, um euch zu kriegen.“

Die Mädchen schienen fürs Erste beruhigt zu sein, außerdem waren sie müde.

Er würde schon wieder nass werden. Klitschnass. Möglicherweise würde der Bär ihn zerreißen und dieses Elend beenden. Spence zerrte seinen Schlafsack aus dem Zelt und dachte, dass er mit einem wirkungslosen Gewehr hier schlafen würde – und mit einem Schwert, das vermutlich seit dreihundert Jahren nicht mehr geschärft worden war. Der große Beschützer einer Gruppe Mädchen in einem viel zu vollen Zelt.

Er machte es sich in seinem Schlafsack so bequem, wie das unter diesen Umständen möglich war, versuchte, den Regen einfach zu ignorieren, und schloss die Augen.

20. KAPITEL

Spence war ein beeindruckender Held.

Als sie zurück zur Galloway Ranch ritten, war Melody überzeugt, dass es kein Mädchen in der Gruppe gab, das nicht in Mustang Creeks attraktiven Police Chief verliebt war.

Sie war es jedenfalls.

Sobald sie in die Nähe eines Funkmasts kamen, riefen die Mädchen ihre Eltern an, sodass bei der Ankunft auf der Ranch eine Reihe von Autos in der langen Auffahrt parkte.

Die Sonne besaß den Nerv, tatsächlich zwischen den Wolken hervorzulugen, genau in dem Moment, als Spence Reb anhalten ließ. Er glitt so lässig aus dem Sattel, dass klar war, dass ihm nichts wehtat. Dann fing er an, den anderen beim Absatteln zu helfen. Tripp kam aus dem Haus, um sich um die Pferde zu kümmern.

Neben Melody stöhnte Bex. „Ich muss mir entweder Tripp oder Spence ausborgen, um mich zum Wagen zu tragen. Ich hoffe, eine von euch ist so großzügig, mir ihren Kerl für fünf Minuten zu leihen. Ich dachte, am dritten Tag würde nichts mehr wehtun. Schließlich trainiere ich und laufe sogar Marathon. Aber das hier ist etwas völlig anderes."

Melodys Hinterteil pflichtete ihr bei. „Ich werde nie mehr die Gleiche sein", erklärte sie, als ihr Pferd zum Stehen kam. „Ich kann nicht mal absteigen. Ich werde mich einfach fallen lassen."

Hadleigh sah sie streng an. „Hört mit dem Gejammer auf. Ja, wir waren die ganze Zeit nass. Fünfzehn Leute haben in einem Drei-Personen-Zelt geschlafen, wir haben aufgeweichte Sandwiches gegessen und wurden von einem Bär bedroht – aber das war doch eine großartige Erfahrung."

Bex und Melody schauten sich ungläubig an.

Hastig fügte Hadleigh hinzu: „Ich meine für die Mädchen."

Es war wirklich schwer, nicht zu lachen.

Mitfühlend sagte Melody: „Ich werde jedenfalls erst mal ein heißes Bad nehmen. Ein Glas Wein erwartet mich, und danach wird ein nettes weiches Bett diesen Muskelkater kurieren. Ach, und ich will ein Steak zum Abendessen, ein richtig schön saftiges Steak."

Sie hatte gar nicht gemerkt, dass Spence zu ihnen gekommen war, um ihr das Pferd abzunehmen. Die Autoschlange setzte sich bereits wieder in Bewegung.

„Das lässt sich machen." Er umfasste plötzlich ihre Taille, hob sie mit Leichtigkeit aus dem Sattel und stellte sie auf die Füße. „Also haben wir ein Date? Bei dir oder bei mir?"

Sie hatte Steaks zu Hause. Und sie wollte gern in ihr Haus, denn sie vermisste ihre Katzen. Eine Freundin hatte die Tiere gefüttert, sie waren also nicht vernachlässigt worden. Trotzdem vermisste sie Ralph, Waldo und Emerson. „Bei mir. Bring Harley mit. Ich glaube, das Triumvirat wäre enttäuscht, wenn es nicht ein paar vergnügte Stunden mit ihm verbringen könnte."

Spence zwinkerte ihr zu. „Abgemacht. Um sechs?"

Dann half er Bex ebenfalls aus dem Sattel, um anschließend im lässigen Cowboygang zu den noch verbliebenen Mädchen und ihren Eltern zu gehen. Er sprach mit einer Mutter, die ziemlich erschrocken aussah, vermutlich wegen der Bärengeschichte. Sein Lächeln wirkte anscheinend beruhigend, denn die ängstliche Miene verschwand augenblicklich.

„Er hat es echt drauf", meinte Bex. „Das muss man ihm lassen."

Melody widersprach nicht. „Übrigens sehe ich, dass Tate Calder mithilft. Das ist nett von ihm. Bring *ihn* doch dazu, dich zu deinem Wagen zu tragen."

Bex errötete. Sie errötete tatsächlich. „Wir sind uns erst einmal begegnet."

Tripp kam, um Hadleigh aus dem Sattel zu helfen, und unterbrach die Unterhaltung. „Und? Wie war's?“

Seine Frau fiel ihm in die Arme. „Tja, am besten fragst du zuerst Spence und Jim. Ich werde entweder bestätigen noch bestreiten, was sie dir erzählen. Das Gleiche gilt für Bex und Mel.“

„Ich verstehe.“ Tripp küsste sie. „Und die Mädchen haben übereinstimmend erklärt, sie hätten eine fantastische Zeit verbracht. Ich habe mitgekriegt, wie sie das ihren Eltern erzählt haben, als ich die Pferde abgeholt habe.“

Alle drei starrten ihn verblüfft an. „Was?“

Er zuckte die männlichen Schultern. „Na ja, sie meinten, es sei ein toller Ausflug gewesen.“

Jetzt tauschten die drei Frauen untereinander Blicke.

„Ich bezweifle, dass Spence das genauso sieht, aber es freut mich natürlich, das zu hören. Pauline ist übrigens wundervoll, und von Jim war ich schon immer beeindruckt.“ Melody fragte sich, wie lange es wohl dauern würde, zu ihrem Wagen zu humpeln. Sie wollte warten, bis die Eltern mit ihren Mädchen aufgebrochen waren, damit nicht so viele Zeuge ihrer momentanen Gebrechen wurden.

„Bei ihnen wurde eingebrochen, während ihr unterwegs wart“, informierte Tripp sie mit leiser, bedauernder Stimme. „Genau wie bei dir. Ein Fenster wurde eingeschlagen, so sind die Diebe hineingekommen. Ein Nachbar hat mich angerufen.“

„Oh, nein.“ Hadleigh sah entsetzt aus, und Melody fühlte sich elend.

„Das Merkwürdige ist, dass mein Dad gar nicht überrascht wirkte, als ich es ihm vor ein paar Minuten erzählte.“ Tripp runzelte die Stirn. „Er schien sich sogar zu freuen. Was hat das zu bedeuten?“

Reb freute sich, wieder zu Hause zu sein, und Harley ging es genauso.

Das Pferd lief auf die Weide, der Hund schlummerte auf dem Wohnzimmerteppich.

Spence fühlte sich nach einer heißen Dusche besser und hörte die Nachrichten auf seinem Anrufbeantworter ab, und zwar in der Reihenfolge der Wichtigkeit.

Ganz oben auf der Liste stand Jack.

Spence rief ihn zurück und bekam ihn tatsächlich an den Apparat.

„Pearson hier."

„He, Jack, hier ist Spence, frisch zurück von einem höllischen Trip, von dem ich dir mal in Ruhe bei einem Krug Bier erzähle. Ich habe gesehen, dass du angerufen hast. Was hast du für mich?"

„Eine Übereinstimmung. Große Sache. Willst du Details?"

„Soll das ein Witz sein? Ich habe *dich* angerufen, schon vergessen?"

Sein Kollege brauchte einen Moment. „Ich schaue gerade in meine Notizen ... warte, ah ja, hier ist es. In meiner schönen Stadt gibt es einen Ring von Kriminellen, der in großen Teilen Wyomings und Montanas operiert und vielleicht sogar für einige Einbrüche in Idaho verantwortlich ist. Die sind auf Antiquitäten spezialisiert und haben überall Käufer. Ihre Methode besteht darin, zunächst durch Gutachten einen Fuß in die Tür zu bekommen. Danach verschwinden die Gegenstände. Die Anführerin ist eine Frau mit mehreren Falschnamen und verschiedenen Lebensläufen. Sie hat in Harvard studiert, immerhin. Ihr wahrer Name ist Marilyn Artois, und sie ist wirklich Expertin für Antiquitäten. Das FBI ermittelt in der Sache, weil es sich überschneidende Zuständigkeiten gibt. Es ist ihnen nur noch nicht gelungen, sie aufzuspüren. Hast du eine Vorstellung davon, wie wertvoll so altes Zeug sein kann?"

Das Schwert. Wenn Marilyn Artois alias Mary Allen das in die Hände bekam, würde es niemals auf einer Auktion auftauchen, davon war Spence überzeugt. Das Ding war ein Vermögen wert, und sie hatte ganz sicher schon einen privaten Käufer dafür an der Hand.

„Ja, habe ich, denn ich muss mich zwangsläufig ziemlich ausgiebig mit dem Thema befassen. Kannst du mir ein Foto von dieser Marilyn Artois schicken? Ich glaube, ich könnte sowohl dir als auch dem FBI helfen, und zwar dank eines gewieften alten Ranchers. Falls sie sich noch hier in Mustang Creek aufhält, und das vermute ich stark nach dem, was am Wochenende passiert ist, kann ich sie möglicherweise schnappen."

„Ich schicke es dir an deine E-Mail-Adresse."

„Das wäre toll."

„Du wirst dastehen wie ein Superstar, wenn es dir tatsächlich gelingt, diese Bande zu fassen. Die treiben schon seit einer ganzen Weile ihr Unwesen. Mehrere Bundesstaaten haben sie auf ihrer Fahndungsliste. Marilyn ist die Anführerin. Nach allem, was ich gehört habe, ist sie eine sehr sympathische Erscheinung und attraktiv. Ihr Lebenslauf ist makellos. Die Gruppe reist umher und fällt nicht weiter auf, auch weil bisher niemand verletzt worden ist. Allerdings schüren sie diese Gefahr."

Na ja, „verletzt" war ein relativer Begriff. Spence dachte an Melodys Panik wegen der Katzen und Harleys Humpeln. Und Jim und Pauline konnten ihre Heimkehr nach einem nicht sehr erfreulichen Ausflug auch nicht gerade genießen.

„Ist mir egal, ob ich deswegen ein Star werde. Ich will nur den Diamanten zurückhaben."

Und die Blechdosen seiner Urgroßmutter, die für niemanden außer ihm einen großen Wert darstellen dürften. Er aber hing an ihnen. Jetzt erinnerte er sich, dass er „Mary" gegenüber einmal diesbezüglich eine Bemerkung gemacht hatte.

„Diamanten? Erzähl mir alles darüber, wenn wir unser Bier zusammen trinken."

„Abgemacht."

„Viel Glück."

Das Foto kam, und Spence hatte keine Mühe, die Person zu identifizieren. Es war ihm ein wenig peinlich, dass er Dates mit einer Betrügerin und Diebin gehabt hatte, auch wenn es höchstens zwei oder drei Treffen gewesen waren.

Er rief sofort Tripp an. „Sag deinem Dad, die Operation Schwert war ein Geniestreich."

„Äh, würde es dir etwas ausmachen, mir zu erklären, wovon du eigentlich redest?"

„Geht nicht, ich habe ein Date und muss los."

„Grüß Mel von mir. Ich war so damit beschäftigt, Hadleigh zu begrüßen, dass ich fürchte, sie heute Vormittag übersehen zu haben."

Auf seinem Weg in die Stadt hielt Spence beim Antiquitätenladen, wo Junies Cousine Cassandra gerade den Laden zumachte. „Kannst du Ronald bitten, mich anzurufen? Ich hatte gehofft, ihn noch zu erwischen", sagte er.

Sie suchte in ihrer Tasche, holte ihr Handy heraus und hielt ihm das Display hin. „Geht es zufällig um sie?"

Das war definitiv Marilyn Artois alias Mary Allen. Offenbar sah man ihm die Verblüffung an, denn die Cousine seiner Funkerin erklärte: „Melody bat mich, nach jemandem Ausschau zu halten, der möglicherweise wusste, dass sie den Ring gekauft hatte. Und da erinnerte ich mich daran, dass diese Frau im Laden war, als ich den Ring einpackte, also habe ich sie mit meinem Handy heimlich fotografiert. Mary schaut ziemlich oft rein."

Spence sprach ein stilles Dankgebet. „Du hast nicht zufällig auch noch ihre Adresse, oder?"

„Es gibt nur ein Postfach. Mein Ex ist Anwalt, und ich habe in seiner Kanzlei gearbeitet, darum weiß ich, wie man so etwas macht. Ich habe unsere Rechnungen durchgesehen. Sie hatte vor Monaten etwas gekauft und per Scheck bezahlt. Das Konto existiert natürlich nicht mehr, aber das Postfach ist noch vermietet. Das habe ich Freitag herausbekommen und Junie davon erzählt. Sie meint, die Frau holt immer noch ihre Post dort ab, aber unter einem anderen Namen. Du kennst doch Terry, den Leiter der Postfiliale? Ihm ist aufgefallen, dass sie die Banken häufig wechselt oder zumindest viele verschiedene Konten hat."

Spence war begeistert. „Ich will Ronald nicht unglücklich machen, aber falls du je einen Job bei der Polizei suchst, lass es mich wissen."

Dann rief er umgehend Moe an. „Es gibt einen Hinweis auf das Postamt. Ich schicke dir die Nummer des Postfachs der Verdächtigen und ein Foto. Sollte sie auftauchen, verhafte sie."

„Okay. Wie war der Ausflug?"

„Darüber reden wir nächstes Jahr. Ich bin nicht scharf, das zu wiederholen."

„Es heißt, alle hatten mächtig Spaß."

„Nicht alle."

Ein gedämpftes Lachen erklang am anderen Ende. „Ich habe von dem Bären gehört."

„Wenn du so weitermachst, kriegst du die Nachtschicht. Und jetzt muss ich los."

Als er und Harley vor Melodys Haus hielten, nahm er einen köstlichen Duft wahr. Melody kam barfuß an die Tür, in einem braunen Rock und hellblauer ärmelloser Bluse. Ihr Haar war glatt und glänzend, und sie beugte sich sofort zu Harley herunter.

„Schön zu wissen, dass Harley willkommen ist", scherzte Spence.

Sie richtete sich wieder auf, stellte sich auf die Zehenspitzen und gab ihm einen Kuss. Nichts Kompliziertes, nur ein Kuss, während ihre Hände auf seinen Schultern lagen. Trotzdem hatte er hinterher weiche Knie.

Und sie wusste es.

„Komm doch rein. Ich hoffe, du bist einverstanden damit, die Steaks zu grillen, denn ich muss mich um alles andere kümmern."

„Vermutlich wäre ich mit allem einverstanden, was du mir vorschlägst."

„Wirklich? Freut mich zu hören."

Sie hatte einen sehr hübschen Po, deshalb empfand er es als Vergnügen, ihr in die Küche zu folgen.

Als sie sich umdrehte und gegen den Küchentresen lehnte, strich sie sich die Haare aus dem Gesicht. „Also, um keine Zeit zu verlieren … Ich habe das schon einmal gemacht und verdiene vermutlich eine Medaille dafür, dass ich es noch mal versuche, aber willst du mich heiraten?"

So hatte er sich diesen Moment nicht vorgestellt. Spence bekam kein Wort heraus.

Sollte nicht ich derjenige sein, der vor Melody kniet?

„Es gibt allerdings eine Bedingung", sagte sie. „Wir machen das nur, wenn du mich liebst. Das ist nicht verhandelbar."

„Mel, du weißt, dass ich dich liebe."

„Ehrlich gesagt, ich habe es nie freiwillig aus deinem Mund gehört."

Er stutzte und dachte nach. *Sie könnte recht haben. Aber ich habe es doch bestimmt schon einmal gesagt. Oder?*

Vielleicht auch nicht.

„Ich bin mir gar nicht sicher, ob ich es denn aus deinem Mund schon einmal gehört habe." Er fand, es war nur fair, den Spieß umzudrehen – besonders in der Liebe. Oder im Krieg? *Bringe ich da jetzt etwas durcheinander?*

Sie sah wundervoll erschrocken aus. „Doch, hast du."

„Nenn mir das Datum."

„Glaubst du etwa, ich trage ein Notizbuch mit mir herum, in das ich solche Sachen hineinschreibe? Spencer Hogan, du weißt genau, dass ich dir gesagt habe, dass ich dich liebe."

Das war schon mal ein Fortschritt.

Er drängte sie sanft gegen den Tresen. Diesen Streit würde er ausnahmsweise einmal nicht verlieren. Die Entscheidung vor neun Jahren war richtig gewesen. Doch er hatte dafür bezahlt. „Nein, ich glaube nicht, dass du es jemals gesagt hast. Als du mit mir durchbrennen wolltest, hast du bloß vorgeschlagen, wir sollten abhauen und heiraten. Liebe kam dabei nicht vor."

Sie legte ihre Hände auf seinen Oberkörper und drückte ihn weg. „Warum hast *du* es dann nicht gesagt?"

Er weigerte sich, zurückzuweichen. „Vielleicht weil ich dich so sehr liebte und nicht wollte, dass du einen Mann heiratest, den du nicht aus tiefstem Herzen liebst. Auch wenn ich selbst dieser Mann war."

Ihre Augen füllten sich mit Tränen. „Wie bitte?"

„Küss mich einfach. Meine Antwort ist: Ja. Ich will dich heiraten."

Sie presste ihr Gesicht an seine Brust. „Versuch es weiter. Du hast es beinahe."

Er strich mit den Fingern durch ihr seidiges Haar. „Ich liebe dich."

„Na bitte. Ich liebe dich auch."

„Ich werde heute Abend nicht in der Lage sein, mich zu konzentrieren, und die Steaks vermutlich anbrennen lassen."

„Ich werde aufpassen. Außerdem können wir zur Not auf Erdnussbutter und Marmelade zurückgreifen."

Spence lachte.

„Erzähl mir von dem Schwert, und ich serviere dir gebackene Kartoffeln und einen Spinatsalat mit einem unglaublichen Dressing."

„Klingt nach einem guten Deal, also abgemacht."

21. KAPITEL

Es war ein ungewöhnlicher Tag.

Mrs Arbuckle stand schon vor sieben Uhr morgens in gebügeltem Jackett und Tweedrock vor Melodys Tür und hielt zwei Becher Kaffee zum Mitnehmen in den Händen.

Sie hatte sich die Freiheit genommen, Vanillesahne dazuzugeben, denn so trank sie ihn gern. Sie rauschte gut gelaunt herein, als stünde Melody nicht im Pyjama und mit zerwühlten Haaren vor ihr.

„Guten Morgen. Bin ich zu früh dran?"

Für den Moment sprachlos, trat Melody einfach nur zur Seite. „Nein … nein, natürlich nicht. Ich war praktisch schon aufgestanden."

Harley kam aus dem Badezimmer gerannt. Mrs Arbuckle brauchte nur eine ihrer aristokratischen Brauen zu heben, schon beruhigte der Hund sich und setzte sich gehorsam. Worte waren nicht nötig.

Mrs Arbuckle sollte eine Schule für einschüchternde weibliche Wesen leiten, fand Melody, während sie ihr in die Küche folgte.

„Du musst gelegentlich mal meinen Roscoe kennenlernen, junger Mann", sagte sie zu Harley. „Ich habe ihn bedauerlicherweise zu Hause gelassen."

Melody murmelte eine vage Bemerkung.

Ihre Besucherin hielt eine Tasche hoch. „Ich habe Blaubeer-Plunderstücke mitgebracht. Mein Lieblingsgebäck."

„Ah, vielen Dank." Melody war froh, sich gestern Abend noch die Zeit genommen zu haben, die Küche aufzuräumen. Spence hatte sie ins Schlafzimmer gedrängt, aber sie hatte das schmutzige Geschirr nicht in der Spüle stehen lassen wollen. Am Ende hatte er ihr geholfen.

Jetzt hoffte sie inständig, er möge nicht in seiner Boxershorts aus dem Schlafzimmer kommen, während sie diese Unterhaltung führte, der sie offenbar nicht entrinnen konnte, mit Vanillesahne im Kaffee und allem.

„Mein überfallartiger Besuch hat einen Grund." Mrs Arbuckle schob eine Hand in die Tasche. „Hier. Der ist perfekt für den Ring, den Sie für mich anfertigen. Er war ohnehin für Sie bestimmt."

Spence hatte ihr gestern Abend erzählt, dass er vorgehabt hatte, ihr den Ring ihrer Träume zu schenken und Mrs Arbuckle ihm dabei helfen wollte. Melody hatte ihm verschwiegen, dass sie das dank ihrer treuen Freundin Hadleigh längst alles wusste.

Sie öffnete die Schachtel und betrachtete den Pierce-Diamanten, der auf weißen Samt gebettet war. Ihr Herz schlug schneller. „Wo haben Sie den gefunden?"

„Nun ..." Mrs Arbuckle wirkte sehr selbstzufrieden, trank einen Schluck Kaffee und gestand: „Ich habe ihn nicht gefunden, sondern zurückgestohlen."

Wenn der Himmel grün und das Gras blau geworden wären, hätte Melody nicht verblüffter sein können. Andererseits hatte sie schon immer gewusst, dass man Lettie Arbuckle niemals unterschätzen durfte.

„Sie haben was getan? Wie ..."

„Was glauben Sie, wem der Stein zum Kauf angeboten wurde? Einer meiner Freundinnen natürlich. Als ich von dem Diebstahl erfuhr, verschickte ich E-Mails an alle meine Bekannten und bat sie, sich umgehend zu melden, sollte ihnen jemand einen Ring anbieten. Eine sehr elegante junge Frau, die sich Margot nannte – anscheinend gefallen ihr Namen, die mit M anfangen –, bot ihn schließlich meiner Freundin an. Die Herkunft war jedoch gefälscht. Die beiden arrangierten ein Treffen, damit meine Freundin sich den Stein ansehen konnte. Sie lehnte ab, und ich folgte dieser Person zurück nach Mustang Creek. Ich spähte durch die Fenster ihrer zum Glück im Erdgeschoss liegenden Wohnung und beobachtete, wie sie den Ring in eine Schublade legte. Nachdem sie fortgegangen war, öffnete mein Fahrer die Tür für mich. Wissen Sie, er hat eine etwas unrühmliche Vergangenheit und verfügt daher über gleichermaßen nützliche wie erstaunliche Fähigkeiten."

Melody fiel es schwer, sich vorzustellen, wie Mrs Arbuckle in fremde Wohnungen einbrach. Aber diese Respekt einflößende ältere Dame schien Lob dafür zu erwarten.

„Das war ... sehr clever", brachte Melody mühsam heraus.

„Fand ich auch." Mrs Arbuckle strahlte, falls das möglich war. „Und Sie können sicher sein, dass ich Margots Adresse an Spence weitergegeben habe. Er hat alles unter Kontrolle. Und nun zu einem erfreulicheren Thema. Ich hörte, der Wanderritt war ein voller Erfolg."

„Ach ja?" Melody trank einen großen Schluck aus ihrem Becher. Vielleicht schlief sie ja noch, und das alles war nur ein Traum.

„Oh, ja." Mrs Arbuckle nickte. „Nächstes Jahr möchte ich das sponsern."

„Noch ein Wanderritt für Mädchen?"

„Vielleicht komme ich sogar selbst mit."

Ach du meine Güte ...

Zwar mochte Melody ihre exaltierte Auftraggeberin, aber diese Vorstellung fand sie nicht sehr verlockend. Abgesehen davon überlief sie ein Schauer bei der Aussicht auf einen weiteren Trail Ride wie den, von dem sie sich immer noch nicht ganz erholt hatte.

„Ich bin sehr an Ihrer Hochzeit interessiert. Brauchen Sie Hilfe bei der Planung?"

Das war eine Fangfrage.

„Ich, also, na ja ..."

„Überlegen Sie es sich, meine Liebe. Ich bin sehr gut in solchen Dingen, wenn ich das behaupten darf. Aber jetzt muss ich mich beeilen. Wir sehen uns bald wieder."

Melody blieb allein zurück, bis auf die Gesellschaft ihrer drei Katzen, und aß ein Plundergebäck, als Spence eine halbe Stunde später mit zerzaustem Haar aus dem Schlafzimmer kam. Unwillkürlich fragte sie sich, wie dieser Mann es schaffte, gleich nach dem Aufstehen so gut auszusehen.

„Ich rieche Kaffee."

„Da ist Vanillesahne drin."

„Gut."

Melody sah ihn unverwandt an. „Als ich dich das letzte Mal gefragt habe, warst du nicht sehr kooperativ. Aber können wir bitte durchbrennen?"

„Wie bitte?"

„Ich habe einen guten Grund für meine Frage."

Er stutzte. „Vor dem Kaffee?"

Sie unterdrückte ein Lachen. „Nein, aber wenn du mir diesmal auch wieder einen Korb gibst, warne ich dich lieber vorher, dass Mrs Arbuckle die ganze Hochzeit planen will. Außerdem bist du mit dem Gesetz vertrauter als ich, und darum wüsste ich gern: Kann sie dafür Ärger bekommen?"

Erst als sie ihm den Diamantring vor die Nase hielt, wachte er endgültig auf. Verblüfft starrte er den Ring an und fuhr sich durch die Haare, was diese nur noch mehr in Unordnung brachte. „Ist es das, was ich glaube?"

„Der Pierce-Diamant."

„Woher, zur Hölle … ich meine, das ist ein Beweisstück!"

„Aber auch eine sehr nette Geste."

Mitfühlend bot sie ihm ihren Becher an. Er leerte ihn in einem Zug, obwohl der Kaffee höchstens noch lauwarm sein konnte. „Wo hat sie den gefunden?", wollte er wissen.

„Keine Ahnung. Ich habe nicht gefragt."

„Du hast nicht gefragt." Er warf den Pappbecher in den Mülleimer.

„Nein, habe ich nicht. Was das Durchbrennen betrifft – machen wir es, oder lassen wir Mrs Arbuckle die Hochzeit planen?"

Er schüttelte sich und sank auf einen Stuhl. „Nein, nein, wir fliegen nach Costa Rica oder an einen ähnlich weit entfernten Ort. Die Wüste Gobi. Zum Mars. Im Ernst, wie hat sie den Ring gefunden?"

„Wie ich schon sagte, ich habe wirklich keine Ahnung."

„Du hast nicht gefragt?"

„Ich kann dir nur sagen, dass sie meinte, sie hätte ihn ‚zurückgestohlen'. Ist das eigentlich Diebstahl, wenn man sich etwas zurückholt, was einem gestohlen wurde?"

Er sah perplex aus. „Ich denke, das lasse ich einen Richter entscheiden."

Sie stand auf, um ihm Kaffee zu machen, diesmal ganz gewöhnlichen. „Viel Glück für jeden, der sich mit Mrs Arbuckle anlegt. Was stand übrigens auf der Karte deiner Mutter?"

Gegen Ende des Wanderritts hatte Jim ihr gesagt, er habe Spence geraten, den Briefumschlag zu öffnen. Und wenn Spence überhaupt einen Rat annehmen würde, dann am ehesten von Jim.

Seine Miene verriet ihr, dass er es getan hatte. Sie wusste, welch enormer und wichtiger Schritt das für ihn gewesen sein musste. Ein möglicherweise lebensverändernder Moment. „Spence?"

„Wahrscheinlich ist es leichter, wenn ich dich die Karte selbst lesen lasse."

Er verschwand kurz im Schlafzimmer, kam zurück und hielt eine Karte in der Hand. Eine Karte, wie man sie in jedem Drugstore bekam, mit einer einzelnen Blume darauf.

„Es ist nichts", erklärte er, als sie die Karte aufklappte.

Es war nicht nichts.

Nur ein paar Worte, aber nicht diejenigen, die jeder hören wollte. Da stand nicht: *Ich liebe dich.*

Dort stand: *Es tut mir so leid.*

Er schenkte sich Kaffee ein. „Ich kenne sie nicht gut genug, um ihr zu glauben. Spielt es also eine Rolle? Die meisten Leute bitten um Verzeihung, weil sie sich dann selbst besser fühlen. Meinetwegen. Es tut ihr leid. Schön für sie."

Da kam der verlassene Neunjährige durch.

Melody war sich nicht sicher, wie sehr sie die Sache weiterverfolgen sollte. Sie liebte ihn, es wäre also falsch, zu behaupten, die Angelegenheit ginge sie nichts an. Letztlich aber musste er selbst entscheiden, wie er damit umging. Darum sagte sie nur: „Da steht eine Telefonnummer."

Über den Rand seines Bechers hinweg sagte Spence: „Ist doch nett, dass sie den Ball in meine Hälfte spielt, oder? Und jetzt sag mir bitte, dass da noch ein Plundergebäck übrig ist."

Damit war das Thema anscheinend beendet. Sie stand auf, holte die Schachtel und schob sie ihm über den Tisch hin. „Wenn du nicht zu diesem strategischen Zeitpunkt damit herausgekommen wärst, hätte ich sie versteckt. Jetzt muss ich sie wohl teilen."

Er nahm ein großes Stück und sah kritisch zu Harley. „Lass diesen hoffnungsvollen Blick, Köter. Du kennst die Regeln. Es gibt Menschenfutter, und es gibt Hundefutter."

Melody hatte nicht vor, ihm zu gestehen, dass sie Harley ein Stückchen abgegeben hatte. Um diesbezügliche Fragen zu vermeiden, stellte sie selbst eine. „Mrs Arbuckle erwähnte, du hättest die Einbruchgeschichte unter Kontrolle. Was hat das zu bedeuten?"

„Weil du zu Junie gegangen bist und sie daraufhin mit ihrer Cousine gesprochen hat, haben wir Mary Allen alias Marilyn Artois erwischt, und zwar im Postamt, wo sie ihre Post abholen wollte wie eine gesetzestreue Bürgerin, die sie nicht ist. Wie Mrs Arbuckle ihre Anschrift herausbekommen hat, ist mir ein Rätsel. Jedenfalls arbeiten mehrere FBI-Behörden daran, ihre Komplizen zu verhaften. Jim hat das Schwert, von dem ich dir gestern Abend erzählt habe, als Köder benutzt. Er hat eine Kamera auf seiner Veranda installiert, eine von diesen Fotofallen, die Bilder von ums Haus streunenden Tieren macht. Sie werden per Bewegungsmelder ausgelöst, daher haben wir Fotos von der Bande, während sie gerade einbrechen."

„Du dachtest, die Diebstähle hätten einen persönlichen Hintergrund."

„Ja, stimmt. Ich gebe es nur ungern zu, weil es mir peinlich ist, dass Mary – ich meine Marylin – glaubte, wir hätten eine engere Beziehung, als wir sie tatsächlich hatten. Sie nahm es mir übel, dass ich mit ihr Schluss gemacht habe. Und sie hatte etwas gegen dich, als sie erfuhr, wer du bist – nämlich die Frau, an der ich ernsthaft interessiert bin. Insofern waren die Einbrüche durchaus persönlich. Dass du Schmuckdesignerin bist, passte perfekt zu ihrer Rache. Das weiß ich übrigens alles von Junie. Marilyn hat es dem Polizisten erzählt, der sie verhaftet hat, und der erzählte es dann Junie."

„Deshalb hat Marylin dein und mein Haus so verwüstet. Aber warum sollte sie zugeben, was sie getan hat?"

„Vor allem, damit ich inkompetent dastehe. Das ist ihr auch gelungen", bemerkte er trocken.

Melody wollte ihn schon verteidigen, doch Spence winkte ab. „Es spielt keine Rolle mehr. Am Ende haben wir sie erwischt, obwohl ihre Fingerabdrücke in keinem Bundesstaat auftauchen, auch nicht in der Bundesdatenbank. So gut war sie. Für eine Weile glaubte ich sogar, sie arbeite allein. Das war es im Wesentlichen, was sie machte – sie legte sich verschiedene Falschnamen und Komplizen zu, steigerte das Niveau ihrer kriminellen Taten von kleineren Delikten wie dem Diebstahl von Ross Haydens Elektromotor und antikem Werkzeug bis zum Pierce-Diamanten."

„Was für eine Verschwendung von Fähigkeiten. Klingt, als wäre sie durchaus als Chefmanagerin eines Großunternehmens geeignet."

„Ja, sie mag kein Unrechtsbewusstsein haben, aber sie ist schlau", stimmte Spence ihr zu.

„War es das, was dich angezogen hat?"

„Ich mag intelligente Frauen, das gebe ich zu. Aber vergiss bitte nicht, dass ich mich nur ein paarmal mit ihr getroffen habe. Sie ist nicht du. Ende der Geschichte. Und so war es mit jeder Frau, die ich in den vergangenen neun Jahren auch nur angesehen habe."

Der Mann hatte seine Momente. „Du kannst die restlichen Plunderstücke haben. Ich bin in großzügiger Laune."

Es war ein wenig ärgerlich, wenn ein Verbrecherring von jemand anderem dingfest gemacht wurde als von demjenigen, der eigentlich dafür zuständig war. Tröstlich daran war nur, dass auch die anderen Polizeikräfte bisher nicht erfolgreich gewesen waren. Spence musste sogar auf einer Pressekonferenz sprechen, was ihm überhaupt nicht gefiel. Soweit er wusste, hatte es in der Geschichte Mustang Creeks noch nie eine Pressekonferenz gegeben.

Viel lieber wäre er in vollem Galopp mit Reb und Harley unterwegs.

Noch besser wäre dieser Ausritt in Begleitung einer Reiterin, deren blonde Haare im Wind wehten.

Tripp fragte: „Was denkst du? Ist sie nicht schön?"

Die Palomino-Stute hatte einen sanften Blick, und sie nahm die Karotte, die Spence ihr hinhielt, wie eine wohlerzogene Lady. „Das ist glatt untertrieben."

Melody würde das Pferd lieben.

„Ihre frühere Besitzerin muss aus beruflichen Gründen wegziehen und hat keinen geeigneten Unterstellplatz gefunden, darum bot sie das Pferd zum Verkauf an, einschließlich Sattel und Zaumzeug. Ich habe sehr genaue Anweisungen bekommen, wie diese Stute am liebsten gestriegelt wird und solche Sachen." Tripp seufzte. „Als hätte ich noch nie ein Pferd gestriegelt. Aber ich verstehe es. Ich habe den Zuschlag nur erhalten, weil ich der Besitzerin vor der Versteigerung von Melody erzählt habe. Und von dem Pferd weiß ich nur dank Tate. Er spielt mit dem Gedanken, eine Zucht für Vollblutpferde aufzubauen. Sein Vater ist Investmentbanker, und wenn Tate Profit macht, will sein Dad ihn finanzieren. Er war schon auf jeder Auktion in der Gegend und hat viel recherchiert. Er meinte, dieses Pferd sei genau das Richtige für eine ganz besondere Lady. Und dazu zähle ich Mel."

Das war sie allerdings.

„Ich schulde euch beiden etwas, dir und ihm." Spence streichelte die seidige Mähne des Tiers. „Es ist ein perfektes Hochzeitsgeschenk."

„Hadleigh ist übrigens schwanger."

Spence drehte sich um und lehnte den Arm auf den Holzzaun. „Das überrascht mich nicht. Ich kann mir ziemlich gut vorstellen, was ihr in eurer Freizeit treibt. Trotzdem: Herzlichen Glückwunsch."

Tripp grinste. „Danke."

Spence erwähnte nicht, dass er den Anhänger gesehen hatte, an dem Melody arbeitete, eine Stute mit einem Fohlen. Er hatte sofort erraten, für wen der gedacht war.

Nachdem er Tripp einen Scheck ausgestellt hatte, lud er die Stute in den Anhänger und fuhr mit ihr nach Hause. Das neue Pferd und Reb beschnupperten einander zunächst sehr zurückhaltend, verstanden sich aber schnell. Das gegenseitige Berühren ihrer Nasen und gemeinsames Grasen waren ein enormer Schritt und ein gutes Zeichen.

Spence hatte den Ehrgeiz, den vollkommenen Abend zu gestalten. Er wusste noch nicht genau, wie, darum schickte er Melody eine Textnachricht.

Hast du Lust, zur Ranch rauszukommen? Harley vermisst dich.

Schließlich hatte sie definitiv eine Schwäche für den Hund. Warum das nicht schamlos ausnutzen?

Sie schrieb zurück.

Ja, bis gleich. Ich muss vorher noch ein paar Sachen erledigen.

Spence schrieb:

Legere Kleidung heute Abend. Jeans und Stiefel.

Er hoffte, damit nicht zu viel zu verraten, aber er freute sich schon auf den Abendritt, und manchmal trug Melody Shirts oder ein Sommerkleid – das diese langen Beine betonte, die er so liebte.

Ganz besonders, wenn sie sie um seine Taille schlang.

Er setzte sich auf die vordere Veranda und rief seine Tante an, während er wartete. „Ich bin verlobt, Tante Libby."

„Spence, das hier ist Mustang Creek. Ich warte schon eine Weile darauf, dass du es mir endlich erzählst. Glaub bloß nicht, ich wüsste es nicht längst. Wird auch langsam Zeit, wenn du mich fragst. Wie gefällt Melody denn das Pferd?"

„Woher …" Er seufzte. „Ich schenke ihr die Stute doch erst heute Abend. Ich kann wirklich nur hoffen, dass nicht jeder so gut informiert ist wie du. Es soll nämlich eine Überraschung werden."

„Ach, ich bin Pauline im Supermarkt begegnet. Niemand wird es Melody erzählen, da mach dir mal keine Sorgen."

„Meine Mutter hat mir eine Karte geschickt." Er merkte selbst, wie die Anspannung bei diesen Worten zurückkehrte. „Aus heiterem Himmel."

„Das wusste ich zum Beispiel nicht." Es folgte ein kurzes Schweigen, ehe seine Tante fragte: „Was stand drin?"

„Dass es ihr leidtue. Sie hat eine Telefonnummer dazugeschrieben."

„Interessant."

„Das ist alles, was du dazu zu sagen hast?"

„Spence, ich habe ebenfalls seit siebenundzwanzig Jahren weder mit ihr gesprochen noch sie gesehen. Ich habe mich immer gefragt, ob sie bedauert, was sie damals getan hat. Aber wenn ich dir eines versichern kann, dann, dass es mir nicht leidtut. Selbst als du ein streitsüchtiger Teenager warst, war es meine größte Freude, dich großzuziehen. Hin und wieder war ich frustriert, klar, aber aus dir ist ein guter Mann geworden, und ich bin stolz auf dich." Sie machte eine Pause. „Wirst du sie anrufen?"

Es gab einen Grund, weshalb er diese Frau so sehr liebte.

„Ich habe mich noch nicht entschieden."

„Wie auch immer deine Entscheidung aussehen mag, ich stehe voll hinter dir. Ich habe gehört, Lettie Arbuckle organisiert deine Hochzeit."

Es gelang ihm nur knapp, ein Stöhnen zu unterdrücken. Wenn es in Mustang Creek etwas zu tratschen gab, war wirklich kein Halten mehr. Mit den Einbrüchen und seiner Verlobung hatte er den Einwohnern der kleinen Stadt reichlich Gesprächsstoff geliefert. „Was soll's, ich überlasse das ihr und Mel."

Sie würden definitiv durchbrennen.

Kaum war das Gespräch zu Ende, sah er Melodys kleinen gelben Wagen in die lange Zufahrt einbiegen. Hätte er sie nicht bemerkt, hätte Harley ihn darauf aufmerksam gemacht, denn der Hund sprang auf und fing aufgeregt an zu bellen.

Melody schaffte es nicht bis zum Haus. In Höhe der Weide hielt sie plötzlich an. Im nächsten Moment war sie aus dem Wagen gestiegen und lehnte sich über den Zaun.

Der Ausdruck auf ihrem Gesicht war unbezahlbar. Er musste gar nichts sagen.

Die Stute kam herangetrottet, ebenso neugierig, und natürlich folgte Reb ihr.

„Spence." Melodys Augen leuchteten. „Sie ist wunderschön."

„Darin ähnelt ihr euch", erwiderte er mit sanfter Stimme.

„Wie heißt sie?"

„Das darfst du entscheiden. Ihre frühere Besitzerin hatte Trennungsängste. Sie wollte mir den Namen nicht sagen. Die Stute soll einen richtigen Neuanfang haben, mit neuem Namen."

„Dann ist es leicht. Ich nenne sie Charm."

Das gefiel ihm.

„Ich habe mich schon gefragt, warum ich Stiefel und Jeans anziehen sollte." Sie rieb die samtweiche Nase des Palomino-Pferdes. „Können wir ausreiten?"

„Das hatte ich im Sinn. Ich werde die Pferde satteln. In der Zwischenzeit solltest du Harley ein paar Streicheleinheiten gönnen. Der fühlt sich nämlich schon vernachlässigt."

Eine halbe Stunde später ritten sie im Schritt auf der Weide am Fluss. Der Wanderritt kam Melody jetzt zugute, denn sie schien sich im Sattel wohlzufühlen. Außerdem war die Stute so sanftmütig, wie Tripp es vorausgesagt hatte.

Der Himmel war von einem dunklen Blau, das die Dämmerung bereits ankündigte, und eine warme Brise wehte.

Spence hielt Reb an, und wie aufs Stichwort blieb auch die Stute stehen. Melody sah ihn fragend an. „Siehst du das grasbewachsene Uferstück dort?", fragte er in neckendem Ton. „Ich habe mich gefragt … na ja, es ist ein schöner Abend, und die Pferde könnten grasen …"

„Draußen? Im Freien?"

„Könnte es eine bessere Kulisse geben?"

Spence hatte recht.

Er liebkoste jeden Zentimeter ihres Körpers, vom Kopf bis zu den Zehen, bis er endlich zu ihrem intimsten Punkt kam, was ein lustvolles Erschauern bei ihr auslöste. Sie hätte laut geschrien, wenn sie einen Ton herausgekriegt hätte. Aber dafür fand sie nicht genug Atem.

Dann tat er es noch einmal.

Erst als sie schon ganz erschöpft war, drang er tief in sie ein. Seine Lider waren halb geschlossen, und er atmete schwer.

Eine Frau kann nur so und so viel ertragen, dachte Melody später, noch ganz benommen von sinnlicher Lust, während das Gras sie am Rücken kitzelte.

Doch Spence bewies ihr, dass sie sich irrte. Zweimal.

– ENDE –

Lesen Sie auch:

Fiona Harper

Der Weihnachtstausch

Aus dem Englischen von Anita Sprungk

Ab November 2015 im Buchhandel

Band-Nr. 25869
9,99 € (D)
ISBN: 978-3-95649-485-7

PROLOG

Weihnachten 1981

Juliet saß auf dem braunen Veloursofa, die Arme vor der Brust verschränkt, und sah zu, wie ihre Schwester inmitten von zerfetztem Geschenkpapier und achtlos fallen gelassenen Geschenkbändern spielte. Gemmas blonde Locken hüpften, während sie ihrer neuen Puppe fröhlich vor sich hin plappernd die Haare bürstete. Juliets Blick fiel auf den Taschenrechner, der noch in seiner Verpackung neben ihr auf dem Sofa lag, und ihr wurde ein wenig übel.

Die Puppe hatte auf ihrem Wunschzettel gestanden, nicht auf Gemmas. Offenbar hatte ihre Mutter da irgendwas durcheinandergebracht. Aber Daddy hatte gesagt, Mummy sei im Moment ein bisschen traurig und tue deshalb seltsame Dinge.

Gemma hörte auf, der Puppe die Haare zu kämmen, und blickte auf. „Wann gibt es was zu essen?“, fragte sie. „Ich habe Hunger.“

Ein Blick auf die Uhr auf dem Kaminsims zeigte Juliet, dass es zehn nach vier war. Auch sie hatte Hunger. Das Weihnachtsessen hätte schon vor Stunden stattfinden sollen. Am liebsten wäre sie zu Daddy gelaufen und hätte ihn gefragt, aber als sie sich das letzte Mal in die Küche gewagt hatte, hatte er dort gesessen, tief über den Tisch gebeugt, und leise geweint.

„Bald“, sagte sie zu Gemma und rang sich ein Lächeln ab.

Ihre Schwester nickte und beschäftigte sich weiter mit ihrer Puppe. Juliet blieb einfach sitzen. Jetzt war ihr noch übler.

Einige Augenblicke später stand Gemma auf und drückte ihre Puppe an sich. „Ich gehe zu Mummy und zeige ihr, was ich mit Georginas Haaren gemacht habe.“

Juliet sprang vom Sofa auf und stellte sich in den Türrahmen, um ihr den Weg zu versperren. Genau das hatte sie befürchtet.

„Nicht jetzt", sagte sie leise. „Mummy ist weggegangen, weil sie an die frische Luft musste."

Überrascht zog Gemma die Brauen hoch, aber sie stellte die Worte ihrer älteren Schwester nicht infrage. Schließlich war sie gerade erst fünf. Juliet hingegen war schon neun, ein großes Mädchen. Alt genug, um die Wahrheit zu kennen. Das hatte Daddy gesagt. Gemma aber sei noch zu klein. Sie könne das noch nicht verstehen, und deshalb solle Juliet aufpassen, dass sie es nicht erfuhr.

Plötzlich hatte sie wieder das Bild vor Augen, wie ihre Mutter aus dem Haus rannte. An ihren Fingern klebte noch die unfertige Füllung für die Weihnachtspute. Sie war in ihr Auto gesprungen und weggefahren. Juliet stockte der Atem, wenn sie sich daran erinnerte. Ein Zittern erfasste sie, aber Gemma schaute aus großen Augen vertrauensvoll zu ihr hoch, also überspielte sie ihre Angst und ihr Entsetzen mit einem Lächeln.

„Kommt sie bald wieder?", fragte Gemma, die sich offensichtlich nur halbherzig für die Antwort ihrer Frage interessierte, da sie gerade begann, die Haare der Puppe zu einem Flechtzopf, oder was eine Fünfjährige darunter verstand, zusammenzubinden.

Juliet lächelte krampfhaft weiter, obwohl sie sich fühlte, als hätte sich ein großes schwarzes Loch in ihr aufgetan, in das sie hineingezogen wurde.

„Ja", sagte sie und blinzelte die Tränen weg, die sich in ihren Augenwinkeln bildeten.

Sie beugte sich zu Gemma hinunter. „Wenn du willst, bringe ich dir bei, wie man Georgina richtige Zöpfe macht. Das kannst du dann Mummy zeigen, wenn sie wieder nach Hause kommt."

Gemma schlang ihr die Arme um den Nacken und drückte sie heftig. „Du bist so eine tolle große Schwester, Juliet! Ich hab dich lieb."

Die Leute mochten Gemma besonders gern, denn sie war niedlich und quirlig. Nicht dass Juliet so genau verstand, was genau sie damit meinten, aber sie vermutete: nicht schüchtern und nervös, wie sie selbst es war. Manchmal hätte sie sich gewünscht, Gemma wäre anders, aber in diesem Moment verstand sie gut, warum alle begeistert waren, wenn ihre kleine Schwester sie mit ihrer ausufernden Liebe überschüttete.

Sie war wirklich eine tolle große Schwester, oder etwa nicht? Also würde sie Gemma auch weiterhin eine tolle große Schwester sein. Die beste große Schwester, die man sich vorstellen konnte.

Im Schneidersitz ließ sie sich auf dem Teppich nieder, und Gemma hockte sich neben sie. Dann nahm Juliet die Puppe und begann, die Stirn konzentriert gerunzelt, ihr die Haare zu Zöpfen zu flechten. „Schau“, sagte sie, „so macht man das …“

Nachdem sie es Gemma einmal vorgeführt hatte, überließ sie ihr die Puppe, damit sie selbst es versuchen konnte. Und während ihre Schwester vor sich hin plapperte und Zöpfe flocht – wobei sie ihre kleinen kurzen Finger fast darin einschnürte –, warf Juliet einen Blick zur Wohnzimmertür.

Vielleicht sollte sie schauen, ob Daddy ihre Hilfe beim Kochen brauchte, solange Gemma beschäftigt war. Irgendwer musste schließlich das Essen zubereiten. Und sie wusste nicht, ob Mummy jemals wieder nach Hause kommen würde.

1. KAPITEL

Juliet blieb mitten im Gedränge stehen. Die anderen Passanten strebten links und rechts an ihr vorbei, während sie ihr Weihnachtsnotizbuch aus der Tasche hervorkramte. Wie jedes Mal, wenn sie es zur Hand nahm, fühlte sie sich plötzlich geborgen und warm ums Herz. Auch heute war das nicht anders. Ihr Blick fiel auf den hübschen Blumendruck auf dem Einbanddeckel, und sie lächelte. Weihnachtssterne.

Andere Leute hatten Wunschzettel, aber Juliet verschwendete ihre Zeit nicht daran. Wünsche brachten einen keinen Schritt weiter. Wenn etwas vollkommen sein sollte, musste man planen, Listen schreiben, sich informieren. Juliet lag viel daran, ein perfektes Weihnachten auszurichten, und dieses Notizbuch war ihr Fahrplan dorthin, ihr strahlendes Leuchtfeuer mitten im vorweihnachtlichen Chaos. Es war Tagebuch, Terminkalender, Adressbuch und To-do-Liste in einem. Und spätestens ab Anfang November jeden Jahres trug sie es ständig mit sich herum.

Sie schlug es auf und fand schnell die Seite mit der Einkaufsliste für heute, die sie mit einem bunten Klebestreifen markiert hatte.

Ah, ja.

Kandierte Kirschen für die Nasen der Rudolf-Cupcakes, die sie für den Weihnachtsmarkt zu backen versprochen hatte, Zimtstangen und Gewürznelken für den heißen Apfelsaftpunsch nach dem Weihnachtsliedersingen in der Kirche, zwei Rollen Tesafilm und einen Meter rotes Samtband.

Sorgsam verstaute sie das Büchlein wieder in ihrer Handtasche und schlängelte sich geschickt durch den Strom der anderen Weihnachtseinkäufer: Sie entdeckte Lücken, noch bevor sie sich auftaten, schätzte richtig ein, wer in Bewegung bleiben und wer anhalten würde, um die schöne Festtagsbeleuchtung zu bewundern.

Ja, es gab allen Grund, sie zu bestaunen. Juliet war sehr stolz auf ihre Heimatstadt. Gerade um diese Jahreszeit zeigte sich Tunbridge Wells von seiner schönsten Seite. Kein Wunder, dass so viele Supermarktketten und Kaufhäuser ihre aufwendigen Weihnachtswerbefilme jedes Jahr im Oktober hier drehen ließen. Die Kurpromenade der Pantiles diente dabei als bevorzugter Schauplatz, war sie doch eine der ältesten Straßen der Stadt mit ihren herrlichen viktorianischen und georgianischen Gebäuden und den vielen kleinen Läden, die sich unter den zweihundert Jahre alten Kolonnaden aneinanderschmiegten. Zwischen den weißen Säulen hingen Lichterketten, und ihre hellen Lämpchen wanden sich um die Äste der Bäume, die in einer langen Reihe entlang der Mitte der gepflasterten Straße angepflanzt wurden. Jedes Ladenfenster war liebevoll mit Tannengrün und verlockenden Weihnachtsleckereien dekoriert. Von den Marktständen wehte der Duft von Glühwein und gerösteten Esskastanien zu ihr herüber.

Aber Juliet hatte an diesem Nachmittag wirklich keine Zeit, stehen zu bleiben und irgendetwas zu bewundern oder zu riechen. Ihr Weihnachtsnotizbuch rief sie aus den Tiefen ihrer Handtasche zur Ordnung, zerrte an ihrem Bewusstsein und erinnerte sie an all die kleinen leeren Kästchen auf ihrer To-do-Liste, die regelrecht danach hungerten, endlich abgehakt zu werden.

Sie warf der altmodischen Uhr über einer der Boutiquen einen kurzen Blick zu. Zehn nach zwei. Um zwanzig nach drei musste sie die Jungs von der Schule abholen. Wenn sie ihre Einkäufe erledigt hatte, würde sie noch ein Paket für ihre ältere Nachbarin aufgeben, und dann hatte sie gerade noch ausreichend Zeit, um zum Schlachter zu sausen und den Truthahn zu bestellen.

Dieser köstliche pralle Vogel war das Herzstück des Weihnachtsessens. Wenn sie diesen Punkt abhaken konnte, würde das ihre Liste in einer Kettenreaktion mit lauter kleinen Häkchen überfluten. Der Gedanke löste ein leichtes Schwindelgefühl in ihr aus, bevor das schöne Bild all der kleinen glücklichen Kästchen auch schon verdrängt wurde und ihr die verzerrten Klänge von ‚All I Want for Christmas Is You' aus ihrer Tasche entgegendröhnten.

Gemma?

Juliet blieb stehen und kramte nach ihrem Handy.

Nicht Gemma.

Nur die Grundschule St. Martin mit einer Mitteilung an alle Eltern, dass an der Schule schon wieder Kopfläuse aufgetreten waren. Großartig. Zu Hause warteten vier Köpfe, die auf Läuse untersucht werden mussten. Sie würde den Nissenkamm den ganzen Abend nicht aus der Hand legen können. Ein absoluter Zeitfresser! Genau das hatte ihr jetzt noch gefehlt.

Sie schloss die SMS und suchte auf dem Display nach weiteren Nachrichten, aber nichts piepte, nichts blinkte. Kein neues Icon poppte auf. Frustriert stopfte sie ihr Handy zurück in die Handtasche. Jetzt war sie noch wütender auf ihre Schwester, als sie ohnehin schon gewesen war. Aber hatte sie etwas anderes erwartet?

Natürlich wusste sie, wie Gemmas Arbeitstag aussah, wie schwierig es für sie war, persönliche Anrufe zu tätigen oder entgegenzunehmen, und dass ihr oft nur wenige Sekunden blieben, um Textnachrichten am späten Abend zu beantworten. Schließlich hatte sie oft genug damit geprahlt, wenn sie auf einer ihrer Stippvisiten zu Hause war.

Na ja, vielleicht tat sie ihrer Schwester unrecht, was das anging.

Gemma prahlte nicht wirklich. Sie hatte nur diese gewisse Art, von ihrer Arbeit beim Film zu erzählen, von den interessanten Leuten, die sie beim Drehen kennenlernte, von den exotischen Orten, die sie besuchte … Nun, wahrscheinlich konnte sie kaum verhindern, dass ihre Berichte klangen, als wäre sie viel interessanter als die durchschnittliche Vorstadt-Hausfrau.

Das letzte Mal, dass sie Gemma gesehen hatte, war auf dem Grillfest anlässlich der Feiertage im August gewesen. Dabei war es Juliet endlich gelungen, ihre Schwester in die Enge zu treiben und darum zu bitten, sich dieses Jahr am Riemen zu reißen und sich an den Weihnachtsvorbereitungen zu beteiligen. Zu ihrer nicht geringen Überraschung hatte Gemma sich einverstanden erklärt, aber zurzeit herrschte die totale Funkstille zwischen ihnen. Einmal mehr war es Gemma gelungen, sich unbemerkt aus der Affäre zu ziehen – wie immer, wenn eine Familienfeier anstand.

Die ganze Situation drohte ihr allmählich über den Kopf zu wachsen. Da sie mit Gemmas Hilfe gerechnet hatte, war sie vielleicht ein bisschen übermütig geworden, als sie die Weihnachtsplanungen in Angriff genommen hatte. Inzwischen ging es nicht mehr darum, dass sie sich von ihrer Schwester ein bisschen schwesterliche Solidarität wünschte. Nein, sie war vermutlich sogar darauf angewiesen, und diese Vorstellung jagte ihr Angst ein.

„In Touch“ mit MIRA!
Das **Verlagsprogramm** elektronisch abrufbar
Interaktiv dabei sein: **Buchbesprechungen**, **Gewinnspiele**, **Aktionen**, **Leseproben** und vieles mehr.
Folgen Sie uns auf **Twitter**, **Facebook**, **Instagram**, **Pinterest** und **google+**
www.mira-taschenbuch.de
mtb
MIRA TASCHENBUCH

Lesen Sie auch von Linda Lael Miller:

Band-Nr. 25821
9,99 € (D)
ISBN: 978-3-95649-118-4
eBook: 978-3-95649-415-4
304 Seiten

Linda Lael Miller
Bliss County –
Der Hochzeitspakt

„Wir werden nicht ewig die Brautjungfern sein! Zusammen werden wir unseren Mr. Right finden.“ So lautet der Pakt, den Hadleigh Stevens mit ihren besten Freundinnen geschlossen hat. Schon lange sehnt sie sich nach einer eigenen Familie, Kindern und dem perfekten Ehemann. Doch auf ihrer Brautmission läuft sie ständig dem attraktiven Tripp Galloway, dem Kumpel ihres Bruders, über den Weg. Bereits vor Jahren ließ er ihr Herz höher schlagen. Damals war Tripp gebunden – und heute scheint er allergisch auf das Thema Heiraten zu reagieren. Oder deutet Hadleigh seine Signale etwa falsch?